내가 너를
바꿀 수 있다는 착각

모두가 아니라고 하는 사랑에서
헤어 나오지 못하는
심리적 이유

이성찬 지음

내가

바꿀 수

너를

있다는

착각

책들의정원

사랑에는 늘
어느 정도 광기가 있다.
그러나 광기에도 늘
어느 정도 이성이 있다.

_프리드리히 니체

사랑은 왜 이렇게
어려운 걸까?

정신건강의학과 전문의를 찾아 고민을 털어놓고 상담하는 내원자 중 사랑 때문에 힘들어하는 사람이 의외로 많다. 미혼인 청년들은 멋진 사랑을 하고 싶은데 마음먹은 대로 되지 않아서, 사랑하는 사람에게 받은 상처가 너무 아파서, 남들은 다 열애 중인데 나만 홀로 외로운 것 같아서 고민하는 경우가 많고, 30~40대 기혼자들은 배우자와 성격이나 생활 습관 등이 맞지 않아서, 부부 사이에 점점 대화가 줄어들고 소통이 되지 않아서, 남편이나 아내의 외도가 의심스러워서 괴로워하는 경우가 많다. 사랑으로 힘겨워하는 건 50대 이후 장노년층도 마찬가지다. 이 중에는 황혼이혼 또는 졸혼을 심각하게 고려하는 사람들도 있다.

사랑이 뭘까? 사랑이 뭐길래 나이와 무관하게 이토록 많은 사람이 애를 태우는 것일까? 사랑에 대해 듬쑥하게 공부하고 연구하면 이런 고민으로부터 자유로워질 수 있을까?

연인 혹은 부부 사이에 세월이 가면서 사랑이 더욱 깊어지고 애틋해지며, 사랑하는 까닭에 매 순간이 한없이 감사하며 행복하고, 스스로 사랑하고 사랑받기 위해 태어난 것처럼 느끼며 즐겁게 살아가는 사람들도 많다. 그러나 이런 사람들은 나를 찾아오지 않는다. 정신건강의학과 전문의에게 토로할 걱정과 근심거리가 없기 때문이다. 따라서 나는 진료실에서 사랑하는 사람에게 상처받고, 아름다운 사랑을 꿈꾸다가 배신당하고, 상대방이 자신의 진심을 알아주지 않아 사랑앓이 하고, 자존감과 행복감이 충만한 사랑을 하려면 어찌해야 하는지 방황하며 길을 찾는 사람들과 매번 마주하게 된다. 이들 가운데 상당수는 젊은 여성들이다.

"어떻게 해야 이상적인 사랑을 할 수 있을까요?"

"좋은 연애 상대를 만나려면 어떤 준비를 해야 할까요?"

"결혼하는 게 좋을까요? 혼자 사는 게 좋을까요? 결혼하면 정말 행복해지나요?"

내 경험에 의하면 남성보다 여성이 사랑에 관해 훨씬 진지하고 적극적이다. 감정이나 정서적 측면에서도 월등히 예민하고 풍부하다. 그래서 그들은 계속해서 이런 질문을 던지며 보다 나은 해법을 찾으려 한다. 사랑은 매우 중요한 감정이고 정서이기에 정신건강의학과 전문의로서 이에 관해 자료를 찾고 연구하는 건 당연한 일이다. 하지만 나는 사랑 전문가는 아니다. 그래서 진료실에서 만난 이들과 좀 더 허심탄회하게 대화를 나누며 지혜롭고 현명한 처방을 내리기 위해 틈틈이 공부해야만 했다. 그것은 의학 공부이기도 했고 인생 공부이기도 했다. 알면 알수록 사랑은 단순하면서도 복잡하고 난해하기 그지없는 영역이었다.

세상을 긍정적으로 바꾸는 유일한 힘은 혁명도 과학도 정치도 종교도 아닌 사랑이라고 생각한다. 많은 사람과 이야기를 나누면 나눌수록, 책과 자료를 숱하게 뒤지면 뒤질수록 이런 생각은 점차 확고해졌다. 기억은 가볍지만, 기록은 진중하다. 그래서 정신의학신문에 사랑에 관해 글을 쓰기 시작했다. 그런데 일정 간격으로 꼬박꼬박 글을 쓰는 게 쉽지 않았다. 병원 일도 너무 바빴다. 그래서 신문 연재보다는 책을 내기로 했다. 시간 날 때 몰아서 쓸 수 있으니 좋았다. 내게 속내를 털어놓는 사람들만 하는 고민이 아니고, 일부 계층만 겪는 경험이 아니라 이 시대 모든 청춘이 공유하는 것이기에 책을 통해 함께 나누기로 한 것이다.

누군가를 사랑하면 설레고 두근거린다. 기쁘고 행복하다. 먹지 않아도 배가 부르고 잠을 못 자도 피곤하지 않다. 도파민, 옥시토신, 테스토스테론, 코르티솔 등 사랑의 호르몬이 생성되어 시도 때도 없이 웃음이 나오고 기운이 샘솟는다. 그러나 이런 순간은 잠깐이다. 연애는 현실이고 상대방과 나와의 관계 맺기며, 이는 녹록하지 않은 과정이다. 영화처럼 황홀한 연애를 꿈꾸지만 잘되지 않는다. 사소한 것이 자꾸 거슬리고 삐걱거린다. 이런 게 남들이 말하는 성격 차이라는 걸까 싶어 불안해진다. 상대방을 다 알 수 없고 미래를 예측할 수 없기에 혼란스럽다. 그래서 사랑의 다른 말은 불안일 수밖에 없다.

이러한 사랑의 불안에서 벗어나려면 어떻게 해야 좋을까? 많은 사람이 선택하는 방법은 상대방을 내 식대로 바꾸려는 것이다. 상대방이 내 성격과 취향과 상황에 맞춰 말하고 행동한다면 불안하지 않을뿐더러 모든 걸 예측할 수 있기에 편안하고 행복할 것 같다. 그런데 정말 그럴까? 간섭하고 충고하고 지적할수록 마찰과 파열만 심해지고 불안은 증폭된다. 외롭지 않으려고 사랑을 선택했는데, 사랑하면 할수록 외로움은 깊어진다. 사랑의 역설이다. 그렇다면 내가 바뀌어야 할까? 나를 바꾸는 일도 쉽지 않다. 아니, 더 어렵다. 내가 이렇게까지 해서 저 사람에게 맞춰야 하나 자괴감이 들기도 한다. 이쯤 되면 사랑은 약이 아니라 병이다. 사랑은 시작도 힘들지만 끝내는 건 더 힘들다.

내가 책을 쓰게 된 이유가 바로 여기에 있다. 사랑은 감정에서 시작하지만, 거기에만 머물러서는 안 되며 지적이고 인격적인 단계로 계속 나아가야 한다. 상당한 책임과 노력이 따라야 함은 물론이다. 감정에 매몰되면 심리적 함정에 빠질 우려가 있다. 내가 만난 많은 청춘이 이로 인해 힘들어하는 걸 목격했다. 내가 너를 바꿀 수 있다는 건 착각이다. 나는 누군가를 바꿀 수 없고, 나 역시 누군가에 의해 바뀌지 않는다. 나를 제대로 알고 상대방을 정확히 알아야 한다. 그런 다음 두 사람 관계를 정직하게 직면해야 한다. 나를 온전히 존중할 수 있는 진짜 사랑의 얼굴을 마주해야 한다. 내가 가진 사랑의 모양이 상대에 맞춰 매번 달라지지 않으려면 가장 나답게 사랑하는 방법을 알아야 한다. 이 이야기를 하고 싶었다.

인생에서 사랑하는 시간을 빼면 어떻게 될까? 세상이라는 무대 자체가 돌연 사라져버린 듯 느껴질 것이다. 사랑은 먹고사는 문제보다 본질적이다. 그래서 우리는 상처받고 배신당하고 눈물 쏟고 아프고 괴로워도 사랑을 한다. 사랑하지 않는 시간은 죽은 시간이다. 그러니 사랑하며 살지 않을 도리가 없다. 그렇다면 이제부터는 상처받지 않고, 배신당하지 않고, 눈물 쏟지 않고, 아프거나 괴롭지 않은 사랑을 해야 하지 않을까? 나아가 기쁨과 즐거움이 넘치는, 자존감과 행복감에 충만한, 소설처럼 멋지고 아름다운 사랑을 해야 하지 않을까? 이 책이 그런 사랑을 꿈꾸고 실천하려는 사람들에게 조금이나마 도움이 됐으면 좋겠다.

책을 쓰면서 사랑에 관해 오래 생각하다 보니 내 곁에 있는 사랑하는 사람들이 더욱 소중하게 느껴진다. 진정한 사랑을 알게 해

준 아내 정은선과 사춘기를 보내고 있는 아들 선우 그리고 아직 어린 딸 지우에게 사랑한다는 말을 전한다. 이들이 있었기에 지금의 내가 있을 수 있었고, 미약하지만 이 책을 쓸 수 있었다. 아울러 나와 아내가 아들딸을 사랑하고 돌보듯 나를 낳고 키워주신 아버지 이영관 님과 어머니 조인자 님께도 사랑의 인사를 드린다. 내 유년부터 오늘까지 부모님 못지않게 나를 잘 챙겨준 큰형 이성원, 작은형 이성훈에게도 사랑한다는 말을 꼭 하고 싶다. 사람은 사랑을 먹고 사는 존재라는 사실을 증명해 준 분들이다. 이렇듯 사랑은 위에서 아래로 흐르고 흘러, 온 세상을 아름답게 물들이는 건가 보다.

2025년 푸르른 봄날에
저자 이성찬

1장 사랑의 다른 말은 불안

2장 당신의 잘못이 아니었던 것들에 대해

3장 당신을 무너트리는 문제적 연인

4장 가장 나답게 사랑하는 사람

1장

사랑의
다른 말은 불안

누군가와 사랑을 시작할 때, 우리는 예측 불가능한 혼란 속으로 걸어 들어간다. 혼자가 아니기에 스스로 통제가 불가능한 관계는 우리에게 기대와 설렘, 환상을 선사하지만 동시에 어떻게 흘러갈지 알 수 없다는 불안도 함께 가져온다.

사랑이 떠나갈까
불안한 나날들

불안을 호소하던 한 30대 여성은 이런 이야기를 들려주었다.

"남들이 보면 우리 사이에 아무런 문제가 없어요. 그런데 그래서 더 불안해요. 지금 맛있는 밥을 먹으면서도 다음 끼니를 걱정하는 사람 심정이 이럴까요? 사랑하는 사람과 함께 있는 시간에도 저는 불안해요. 이 사람이 갑자기 내 곁에서 멀어져 갈까 봐, 헤어지자고 말하고 벌떡 일어서서 나가버릴까 봐, 불안한 거예요."

누가 봐도 잘 어울리는 한 쌍의 커플이고 상대방도 내게 적극적이고 헌신적이며 마음 깊이 그 사람을 사랑하지만 무슨 이유에선지 이 여성은 불안에서 벗어나지 못하고 있었다. 그 사람이 나에게 잘해줄수록 더 불안해지고 곧 좋지 않은 일이 일어날 것만

같은 기분에 사로잡힌 것이다.

이럴 때는 상대방의 작은 실수나 사소한 오해가 발생해도 상상 이상으로 일이 커지면서 돌이킬 수 없는 지경에 이르기도 한다. 평소 누적돼 있던 불안이 드디어 올 게 왔다는 식으로 확신을 일으키며 폭발하게 되는 것이다. 실제와는 전혀 다른 상황이나 있지도 않은 허무맹랑한 일도 불안한 마음을 자극하면 사실이라고 믿게 된다. 불안한 마음이 보고 싶은 것만 보고 믿고 싶은 것만 믿게 만들기 때문이다. 결과적으로 둘 사이에 아무 일도 없던 이 커플은 엉뚱한 일 때문에 돌이킬 수 없는 다툼을 벌이고 어이없이 헤어지게 되었다. 근거 없는 불안 때문이다.

그녀는 왜 행복한 연애를 하고 있으면서도 혹시 이 사랑이 나를 비껴갈까 봐 늘 불안해하는 걸까? 사랑하는 사람을 잃게 될까 봐 불안을 느끼는 건 기대가 너무 크고 불확실성에 집착하기 때문이다. 상대는 언제나 내가 만족할 만큼의 사랑을 퍼부어 줄 수도 없으며 나 또한 해피엔딩이 약속된 이야기의 여주인공처럼 완벽한 사랑의 주인공이 될 수도 없다. 상대방을 과도한 상상 속에 가두어두면 내가 현실을 망각하게 된다. 당연히 미래가 불안해질 수밖에 없다. 그러니 상대를 나와 똑같은 인격체로 바라봐야 한다. 두 사람이 눈높이를 맞춰야 한다는 말이다.

사랑하는 사람 간의 눈높이를 맞춘다는 건 사랑의 온도를 맞추는 것과 같다. 사랑의 온도를 맞춘다는 건 단순한 것 같지만, 쉬운 일은 아니다. 사랑하는 사람의 온도가 너무 높으면 내가 차가운 온도로 적절히 낮춰줘야 하고, 사랑하는 사람의 온도가 너무 낮으면 내가 뜨거운 온도로 적당히 높여줘야 한다. 반대의 경우도 마찬가지다. 내 사랑의 온도가 너무 낮거나 높을 때 이를 제대로 맞춰줄 수 있는 상대가 좋은 사람이다. 내 온도를 상대방에게 강요하거나 서로 온도가 다르다는 사실에 불안해하면 온도가 맞을 리 없다. 온도 차가 만드는 불안에서 더더욱 벗어날 수가 없는 것이다.

사랑과 불안은 반대되는 감정인 것 같지만, 의외로 긴밀하게 맞닿아 있는 경우가 많다.

불안이란 몸과 마음이 편치 않은 것이다. 안정과 평화가 없거나 부족한 상태를 가리킨다. 정신의학적으로 설명하자면 좋지 않은 일이 예상되거나 위험이 닥칠 것처럼 느껴지는 불쾌한 정동情動 또는 정서적 상태를 의미한다. 신체적으로는 심장 박동이 증가하고, 호흡이 빨라지며, 떨림이나 땀 흘림 혹은 설사 등의 증세가 나타난다. 심리적으로는 무력감을 느끼거나 걱정이 많아지고, 지나치게 자기 자신에게 몰두하는 등의 증상을 보인다. 특정 대상에게서 느끼는 공포와 달리, 불안은 부재한 대상에게서 느끼게 된다.

앞선 사례처럼 사랑하는 연인이 있는 경우도 있지만, 반대로 사랑하는 사람이 없어 불안을 느끼기도 한다. 주변의 연인들을 보며 자극을 받기 때문이다. 알콩달콩 연애하는 친구를 보면 너무 행복해 보인다. 소개팅에 성공해서 데이트에 여념이 없는 동료를 보면 마냥 부럽다. 늘 혼자인 자신이 한심해 보이기까지 하며 언제까지 혼자 지내야 하나 원망스러운 마음이 든다. 내가 그렇게 모자라거나 매력이 없는 사람은 아닌데 왜 사랑에는 이토록 숙맥인지 알 수가 없어 불안을 느낀다.

이럴 때 누군가 친절을 베풀거나 호감을 보이면 그 사람이 내가 그렇게 찾던 인연이라고 착각하기 쉽다. 드디어 내게도 짝이 생겼다고 환호한다. 상대방이 어떤 사람인지, 나와 잘 맞는 사람인지, 내게 베푸는 호의가 진심인지 냉정하게 판단하지 못하고 내민 손을 덥석 잡는다. 거절하지 못한다. 아니, 거절할 수가 없다. 사랑에 오래 목말라 있던 내게 오아시스처럼 다가온 사람을 내칠 수 없는 까닭이다. 사랑에 대한 불안이 또 다른 불행을 낳을 수도 있다.

사랑하는 사람을 만나지 못할까 봐 불안을 느끼는 건 사랑의 결핍에서 오는 감정이다. 모두가 사랑하는 사람의 애정을 받는데 나만 사랑받지 못한다고 생각해 불안해지고, 당장 누군가와 사랑을 나누고 싶은데 사랑할 사람이 없어서 불안해진다. 이러한 불안은 앞으로도 나를 사랑해 줄 사람이 나타날 것 같지 않다는 과도한 억측으로 이어지고 내가 사랑에 빠질 대상이 세상 어디에도 존재하지 않는 것 같다는 절망감까지 만들어 내기도 한다. 불안을 넘어 우울, 심지어 암울해지기까지 하는 것이다.

하지만 이런 생각은 오해이고 자학이다. 세상에 사랑받을 만한 자격이 있어서 사랑받고, 사랑할 만한 자격이 있어서 사랑하는 사람은 없다. 모든 사랑은 우연히 이루어지고 두 사람의 헌신으로 완성된다. 몸과 마음에 여러 결함이 있는 사람들도 다 사랑하며 산다. 이력과 스펙이 별것 없는 사람들도 다 가정을 이루며 산다. 조급한 마음에서 벗어나 나 스스로를 돌보는 데 눈을 돌린다면 내 매력을 온전히 바라봐 줄 사람이 머지않아 나타날 것이다.

불안이란 자연스럽고 당연한 감정의 하나다. 혹시 발생할지도 모를 몸과 마음에 악영향을 미칠 수 있는 요소를 감지하여 예방할 수 있게 하는 순기능이 있다. 적당한 불안은 일의 효율을 높이고, 동기와 의미를 부여해 주기도 한다. 불안이라는 감정이 부족한 사람들은 위험한 상황에 둔감해질 수도 있다. 때문에 어느 정도의 불안은 지극히 정상적이다. 인간이라면 누구나 일정한 불안을 느끼며 산다. 전혀 불안하지 않다면 이 또한 정상이라고 할 수 없다. 예를 들면 약속 시간이 10분 지났는데도 남자친구가 나타나지 않고 전화나 문자 메시지도 없다고 해보자. '차가 많이 막히나? 회사에 무슨 일이 있나?' 이 정도 생각하며 약간의 불안감을 느낀다면 이는 지극히 정상적이라 할 수 있다. 그런데 약속 시간이 5분밖에 지나지 않았는데도 틀림없이 교통사고가 났을 거라는 불안감이 엄습하면서 경찰서나 119에 전화해 울음을 터뜨린다면 이는 정상적이라고 하기 어렵다.

이렇듯 불안이 과도해지면 생활 자체가 어려워진다. 일상에서 심각하게 불안을 느끼는 것은 정신 질환이다. 이를 불안장애라고 한다. 다양한 형태의 비정상적이고 병적인 불안과 공포로 인하여 일상생활에 장애를 일으키는 것이다. 불안장애 환자는 보통 사람들보다 쉽게 과도한 불안을 느끼고 거기서 헤어나질 못한다. 모든 것이 불안하다. 불안한 감정을 떨쳐내려고 안전한 상황에 집착하면서 많은 것을 포기하는 악순환에 빠진다.

'사랑과 사람으로부터 상처받은 당신에게'라는 부제를 단 윤글 작가의 에세이 《나는 너의 불안이 길지 않았으면 좋겠어》에는 불안에 대한 매력적인 처방이 나온다. 작가는 세상에 똑같은 사람이 없는 것처럼 저마다 다른 온도로 이루어진 마음이기에 두 사람의 연애에는 어떤 기준점도 답안도 있을 수 없다며 새로운 사람을 만나면 나만의 연애를 하라고 권한다. 주변 사람들로 인해 흔들리지 말고 나에게 가장 잘 어울리는 색채로 사랑이라는 감정을 애틋하게 풀어낼 수 있어야 한다고 권면한다. 왜냐하면 내가 어떻게써 내려가더라도 그것은 오답이 아니니 자신 있게, 내 멋대로, 가장 나답게 사랑하는 것이 최선이라는 것이다.

근거 없는 불안에 휘둘리지 말고, 주변 사람들에게 흔들리지 말고, 있지도 않은 불확실성에 마음 빼앗기지 말고, 나에게 맞는 연애를 하자. 내 식대로 사랑을 하자. 나에게 가장 잘 어울리는 로맨스를 만들자. 그것이 정답이다. 근사하게, 나답게 사랑하자.

연애를 하면
외롭지 않을 줄 알았다

우리는 일상을 잘 유지하며 살아가다가도 문득문득 외로움과 마주할 때가 있다. 마음을 나눌 사람이 없어 외롭다 느끼기도 하고, 있기는 있지만 어쩐지 외롭다고 느끼기도 한다. 애인이 없는 미혼 남녀만 외로운 건 아니다. 결혼해서 배우자가 있고 자녀가 있는 사람도 외롭다. 인간에게 극히 무관심한 아주 일부 사람을 제외하고, 외로움을 느끼고 싶은 사람은 거의 없다. 그 감정은 참 쓸쓸하고 비어버린 느낌이다. 나만 외로운 감정을 느끼는 것 같아 창피한 생각이 들기도 한다. 하지만 태어나서 죽을 때까지 기나긴 인생 여정 가운데 내 곁을 변함 없이 지키고 있는 사람은 오직 나 자신밖에 없다. 그러니 인간이라면 누구나 외로움을 느끼고, 견뎌야만 한다.

이쯤 되면 이 지긋지긋한 외로움을 치료하고 싶다는 생각이 들기도 한다. 하지만 외로움을 느끼는 것 자체가 질병은 아니다. 대신 외로움이라는 감정과 닮아있는 질환이 하나 있는데, 바로 지속성 우울 장애다. 자신은 외로운 존재고 세상에 홀로 던져졌으며 누구도 자기와 함께하려 하지 않는다는 극단의 외로움을 오래 느낄 경우, 정상적인 일상생활을 하기 어려울 것이다. 하루 중 대부분의 시간 동안 우울한 기분을 느끼는 일이 거의 매일같이 나타나고, 적어도 2년 이상 이런 증상이 관찰될 때 지속성 우울 장애로 판정한다. 그러나 지속성 우울 장애의 증상 중 하나로 외로움이 두드러지는 것이지, 외로워서 지속성 우울 장애를 앓는 건 아니다.

외로움은 사랑받는다는 느낌의 결핍 또는 사람들의 인정과 관심으로부터 자신만 멀어져 있다는 느낌에서 생겨나는 감정이라고 할 수 있다. 유난히 외로움을 많이 타는 사람도 있고 늘 외롭다고 생각하는 사람도 있다. 가족, 친구, 연인, 학교, 직장 등 다양한 사회 속에서 여러 가지 대인 관계를 맺으며 소속감과 성취감을 느껴야 하는데, 그렇지 못할 때 감정적 결핍이 생겨난다. 나를 인정해 주고, 믿어주며, 사랑해 주는 사람들로부터 변함없이 많은 애정과 관심을 받고 있음에도 외롭다고 느끼기는 어렵다. 물론 성격적인 면도 있겠지만 대부분의 외로운 감정은 나와 누군가 사이의, 대인 관계 속에서 발생하게 된다.

몇 년 전 독일 본대학교 등 유럽의 여러 대학이 공동으로 흥미로운 연구를 진행해 그 결과를 발표한 적 있다. 외로움을 절실하게 느끼는 이유가 뭘까 하는 질문으로부터 출발한 연구였다. 연구진은 외로움에 민감하게 반응하고 있는 사람들과 그렇지 않은 사람들로 실험 대조군을 구성했다. 그런 다음 이들에게 신뢰 게임을 실시했다. 외로움과 신뢰와의 상관관계를 알아보기 위해서였다.

게임의 내용은 창업 자본금으로 각자에게 10유로를 지급한 뒤에 화면으로 다양한 인물 사진을 보여주며 이들에게 얼마를 투자할지를 결정하게 한 것이다. 당연히 주어진 창업 자본금을 가지고 그 이상의 수익을 내기 위해서는 돈을 다른 사람과 공유해야 했다. 서로를 믿지 못해 투자에 실패하면 주어진 창업 자본금을 지킬 수 없었다.

결과는 어땠을까? 외로움에 민감하게 반응하는 사람들, 즉 외로움을 자주 느끼고 이를 견디기 힘들어하는 사람들은 자신이 받은 창업 자본금을 다른 사람들과 공유하는 걸 꺼렸다. 활발하게 정보를 주고받고 소통하면서 적극적으로 투자하지 못한 것이다. 반면에 외로움을 잘 느끼지 않고 외로움이 찾아와도 이를 쉽게 벗어나는 사람들은 창업 자본금을 다른 사람들과 활발히 공유했다. '투자에 실패하면 어쩌지?' '저 사람을 과연 믿을 수 있을까?' 이런 걱정을 하기보다는 과감하고 적극적인 자세로 돈을 공유한 것이다. 왜 이런 대조적인 반응이 나타난 것일까?

연구진은 실험 참가자들이 게임을 하는 동안 뇌에서 어떤 변화가 일어나는지를 뇌 스캐너를 통해 관찰했다. 두 집단 사이의 결과는 매우 달랐다. 외로움을 많이 느끼는 사람들은 신뢰 형성에 관여하는 뇌 영역에서 처리 편차가 유의미하게 일어났지만, 외로움을 적게 느끼는 사람들은 신뢰 형성에 관여하는 뇌 영역에서 처리 편차가 유의미하게 일어나지 않았다. 이런 결과를 놓고 봤을 때 만성적으로 외로움을 느끼는 사람은 타인에 대한 신뢰가 매우 낮다는 사실을 알 수 있다. 다른 사람에 대한 신뢰가 낮은 까닭에 외로움을 더 많이 더 자주 느끼는 것이다.

다른 사람들과 곧잘 소통하고 긴밀히 정보를 주고받으며 상호 신뢰가 쌓이면 외로움을 별로 느끼지 못하지만, 그렇지 않으면 외로움을 절실히 느끼게 된다. 연인 사이도 똑같다. 서로에 대한 믿음이 탄탄하고 소통이 잘되는 연인은 만나는 횟수가 많지 않아도 외롭다고 느끼지 않지만, 신뢰가 적고 소통이 잘되지 않은 연인은 만나는 횟수가 많더라도 마음 한구석에 채워지지 않는 외로움과 허전함이 똬리를 틀고 있을 가능성이 크다.

외로움이란 사교적이지 못한, 홀로 남겨진 사람이 느끼는 감정만은 아니며 내 마음속에서 쫓아내야 할 대상도 아니다. 종종 우리는 깊은 외로움을 달래기 위해 연애가 필요하다며 급히 짝을 찾아다니는 사람들을 만나기도 한다. 하지만 외로움을 달래기 위해 조급한 마음으로 시작하는 관계는 기대한 만큼의 만족을 가져다주기 어렵다. 혼자일 때보다 함께일 때 더 외로워지는 불상사가 생기기도 한다. 외로움은 누군가와 함께한다고 해서 사라지는 것도 아니기 때문이다. 대신 그보다 좋은 방법이 하나 있다. 바로 외로움으로부터 벗어나려 몸부림치는 대신, 외로움을 직면하고 즐겨보는 것이다.

1957년 노벨문학상을 수상한 프랑스 작가이자 철학자인 알베르 카뮈는 이렇게 말했다.

"철저한 외로움이 결단코 시들지 않는 능력이다."

그의 시들지 않는 문학적 열정과 시대를 향한 비판 정신은 철저한 외로움을 통해 만들어진 것이라는 말이다. 외로움을 홀로 따돌려진 슬픔으로만 느낀다면 자신을 파괴하는 늪이 될 수 있지만, 혼자서만 경험할 수 있는 경지에 이르러 새로움을 발견하는 시간으로 삼는다면 오히려 자신을 성장시키고 창조와 변화를 만들어내는 샘물로 승화할 수 있을 것이다.

외로움이 홀로 있음을 단지 감정적으로만 받아들이면 단계라면, 고독은 홀로 있음으로써 자기를 더 깊이 들여다보고 성찰하는 단계라고 할 수 있다. 따라서 이 둘은 구분되어야 한다.

"내 안에는 나 혼자 살아가는 고독의 장소가 있다. 그곳은 말라붙은 내 마음을 소생시키는 단 하나의 장소다."

미국 여성 작가로는 처음으로 1938년 노벨문학상을 수상한 펄

벅 역시 이런 말을 했다. 고독은 인간을 파멸로 이끄는 존재가 아니라 말라붙은 영혼과 감각과 마음을 고치고 일으켜 세워 다시 살아나게 하는 존재라는 이야기다. 그녀의 말에 따르면 내 안에 고독이 머무는 장소가 있다는 것은 나락으로 떨어지려는 나를 확실히 붙잡아주는 심리적 안전장치인 셈이다.

외로움이 찾아왔을 때 이에 머물지 않고 고독으로 나아가려면 어떻게 해야 좋을까? 우선 나에게 집중해야 한다. 외로움이 싫어서, 외로움에서 빨리 벗어나기 위해 누군가를 만나고 성급한 사랑에 빠지고 다른 사람에게 의존하게 되면 겉으로는 외로움에서 벗어난 것 같지만 내면은 점점 나약해지면서 고독과 멀어질 수밖에 없다. 외로움은 타인에 의해 극복되는 게 아니다. 결국 자신의 힘으로 극복해야 한다. 나를 더 사랑하고, 나를 더 단단하게 만들고, 나의 내면을 더 아름답게 가꾸면 그때야 비로소 누군가를 사랑하고 타인과 소통하면서 외로움에서 벗어날 수 있다. 사랑은 늘 내가 주인공이지 타인이 주인공이 아니다.

그러니 만약 당신이 외로움을 느낀다면 한번 나 스스로에게 초점을 맞춰보자. 내가 어떤 것을 좋아하는 어떤 사람인지 아는 것, 그래서 나 스스로 나를 행복하게 만들 줄 아는 것이 필요한 시점이다.

내가 나를 온전히 이해하고 인정하며 사랑한다는 것은 구체적으로 어떤 의미일까? 누군가에 의해 평가되거나 누군가를 의식해 나를 꾸미는 것 말고, 아무 눈치도 보지 않은 채 정말 내가 원하고 바라는 것, 하고 싶은 것을 하는 것이다. 즉, 스스로 당당해지는 것이고 나를 옹골차게 채우는 것이다. 그러면 머지않아 '자신감에 찬 나' '자존감이 높아진 나'를 발견하게 된다. 외로워서 의기소침해 있는 내가 아니라 아름답게 반짝반짝 빛나는 내가 드러나게 된다. 그러면 자연스럽게 사랑이 찾아온다. 기다렸다는 듯이 사랑이 나를 향해 걸어올 것이다.

사랑이란 왼손과 오른손을 맞잡는 것이다. 왼손과 오른손은 평소에 떨어져 있다. 각기 할 일도 있다. 한 손으로는 밥을 먹고 글을 쓰며, 다른 한 손으로는 물건을 들고 스마트폰을 작동한다. 그러다가 아주 무거운 것을 들거나 중요한 일을 할 때면 왼손과 오른손이 힘을 모은다. 한데 힘을 합치지 않으면 그 일을 할 수 없기 때문이다. 찬바람이 불거나 눈비가 내릴 때도 왼손과 오른손이 서로를 포개면 따스한 온기로 추위를 물리치게 된다. 왼손과 오른손은 각기 자기 방식대로 살아가지만, 하나가 되었을 때 온기는 배가 되며 힘겨운 일도 거뜬히 해낼 수 있고 뜻하지 않은 위기도 극복할 수 있다. 사랑의 힘은 바로 이런 것이다.

잊지 말아야 할 것은 두 손이 맞잡기 전까지는 각자 온전한 한 손으로서 묵묵히 제 역할을 하고 있었다는 사실이다. 당당히 홀로 설 줄 알아야 두 손을 맞잡는 순간이 오는 법이다.

인생은 달콤한 한쪽 면과 외로운 한쪽 면이 붙어 있는 과일과 같다. 어느 쪽을 베어 물든 반드시 다른 한쪽까지 먹게 되어 있다. 홀로 외롭다고 느낀다면, 나는 인생이라는 과일의 외로운 부분을 먼저 베어 물었을 뿐이라고 여기면 된다. 그렇다면 이제 남아 있는 것은 달콤한 부분이다.

너무 좋아하지만
고백할 수는 없어

주변에서 마음에 드는 이를 만났을 때 그 사람에게 좋은 인상을 주면서도 적절하게 마음을 전달하는 건 쉬운 일이 아니다. 너무 저돌적이고 적극적이면 이상한 사람으로 오해받을 수 있고, 지나치게 은근하고 간접적이면 마음이 제대로 전해지지 않을 수 있다. 서로 약간 호감을 느꼈다 해도 누가 먼저 어떻게 마음을 표현하느냐에 따라 결과가 달라지기도 한다.

성격이 발랄하고 활기차며 진취적인 사람은 다양한 방식으로 자신의 마음을 전하기 위해 애쓴다. 그러다 잘되지 않는다고 해도 어쩔 수 없다며 포기도 빠른 편이다. 반면 소심하거나 부끄러움이 많고 소극적인 사람은 여간해서 나서기 쉽지 않다. 만약 낌새챈

친구나 동료가 다리를 놓으려 해도 극구 이를 말릴 것이다. 만약 상대가 내 마음을 눈치챘다가 거절당하게 되면 어떡할까 하는 걱정에 혼자서 마음속에 간직해 두는 편을 택한다. 나는 안 될 거라는 열등감 때문에 눈앞의 인연을 흘려보내고 마음속에 담아둔 채 짝사랑에 만족하는 것이다. 거절당할 게 뻔하다는 이유에서다.

열등감이라는 감정은 흔히 경쟁 상대에게 느끼는 것이라 생각하지만, 이는 이성과의 관계에서도 큰 영향을 끼친다. 내가 호감을 느끼는 이성이 있을 때, 나 외의 다른 동성 경쟁자들과 끊임없이 스스로를 비교하게 되기 때문이다. 자존감이 낮고 스스로에 대한 자신감이 없는 사람이 누군가를 짝사랑하게 된다면 열등감은 더 크게 작용한다. 그래서 누군가에게 호감이 생기고 좋아하는 마음을 가져도 직접적이든 간접적이든 그 마음을 표현하지 못한다. 상대가 어떤 생각을 가지고 있을지 모르면서도 나의 부족한 면만 생각하며 지레짐작해 이미 나는 안 될 거라고 결론을 내려버리는 것이다.

이는 단지 소극적인 성격이거나 조심성이 많아서가 아니다. 원인은 거절에 대한 두려움 때문이다. 그러나 거절을 당하게 될지 아니면 그 사람도 나에게 호감을 보일지는 뚜껑을 열어봐야 안다. 가능성은 반반이다. 오히려 그 사람도 나와 같은 마음이었으나 나처럼 망설이고 있었을지도 모를 일이다. 하지만 열등감이라는 장벽에 걸려 다가가지도 못하고 말 한마디도 건네지 못한 채 속절없이 시간이 흘러 어느 날 갑자기 그 사람에게 사랑하는 사람이 생겨 멀리멀리 떠나게 되면 홀로 슬픔을 삼키며 마음이 병들게 되는 것이다.

열등감에 사로잡힌 사람은 고백을 하는 데 어려움을 겪기도 하지만 거절을 하는 것도 쉽지 않다. 문득 한 남자가 나타나 느닷없이 고백한다면 어떨까. 자기를 좋아한다고, 자기에게 관심을 두고 있었다고, 자기랑 사귀자고 한다. 평소 관심도 없던 사람이고 아무리 봐도 내 스타일이 아닌데도 그의 고백을 외면할 수 없다. 어렵사리 자기 같은 사람에게 사랑을 고백한 그가 고맙기도 하고, 거절하면 그가 받게 될 마음의 상처가 안쓰럽기 때문이다. 거절당함으로써 받게 될 고통을 누구보다도 잘 아는 사람일수록 누군가를 거절하는 일을 어려워하게 된다. 측은한 마음에 덜컥 그 남자의 고백을 받아들이고 나와는 맞지 않는 사람이라는 생각이 들어도, 고백을 거절하기 어려웠듯 이별을 고하기는 더 어려워진다.

열등감은 자기 자신이 다른 사람에 비해 모자라고 뒤떨어졌으며 무능력하다고 생각하는 만성적인 감정 또는 의식을 말한다. 열등감에 빠진 사람은 자신을 한없이 부족하고 무가치한 존재로 여긴다. 합리적이지도 이성적이지도 못하기 때문에 누군가와 경쟁하면 항상 자기는 실패할 거라는 생각에 사로잡히게 된다. 신체적인 문제로 열등감에 빠지기도 하고, 정신적인 문제로 열등감에 빠지기도 하며, 사회적인 문제로 열등감에 빠지기도 한다. 이를테면 키가 작거나 공부를 못하거나 가난하다는 이유 등으로 열등감을 가지는 것이다. 별다른 원인이 없는데도 주기적으로 열등감이 나타난다면 우울증을 의심해 볼 수도 있다.

이러한 열등감은 대체로 사람을 소극적이고 내성적으로 만들지만 반대로 공격적인 모습으로 발현되기도 한다. 열등감을 가진 사람은 의식적이든 무의식적이든 자신의 단점에 대해 보상받으려는 심리가 작동하게 되는데, 학력에 대해 열등감이 있는 사람은 부자가 되어 학벌 좋은 사람을 수하로 부리고 싶어 하고, 외모에 대해 열등감이 있는 사람은 외모가 출중한 사람을 주변에 둠으로써 동류의식을 누리려고 한다. 이는 연인을 대할 때도 마찬가지다. 키가 작은 사람이라면 이성을 볼 때 꼭 키가 얼마나 큰가를, 학벌이 좋지 못한 사람은 상대의 학벌을 중요시 여기며 이성을 선택하는 가장 중요한 요소로 삼게 된다.

열등감의 뿌리는 다른 사람과의 비교 의식이다. 내가 가지고 있지 못한 것을 남이 가지고 있을 때, 내게는 한없이 부족한 것이 남에게는 풍성히 차고 넘칠 때, 내가 간절히 원하나 도무지 이룰 수 없는 것을 남이 너무도 쉽게 성취해 내는 것을 봤을 때, 열등감에 빠지게 된다. 나만 뒤처진 것 같고, 나만 무능한 것 같고, 나만 왜소해 보인다. 끝없이 타인의 소유와 나의 소유, 타인의 삶과 나의 삶을 비교하면 열등감에서 헤어 나올 방법이 없다.

자신의 한계와 주어진 현실을 있는 그대로 인정하고 이를 하나씩 극복하기 위해 노력하며 사는 사람은 열등감이 오히려 성취감으로 바뀔 수 있지만, 내 힘으로 바꾸기 어려운 한계와 현실을 인정하지 못한 채 거기에 짓눌려 살아간다면 열등감의 굴레에서 벗어나기 어렵다. 심한 열등감을 가진 사람은 자기의 약점이 드러나는 상황에 놓이면 불안과 공포를 느껴 그런 상황에 직면하는 것을 회피하기도 한다. 예를 들어 스스로 생각하기에 자신이 이성에게 매력을 어필할 수도, 호감을 살 수도 없을 것 같다는 생각이 들면 이성 관계 자체를 포기하고 살아가는 식이다.

진료실에 들어서자마자 울음을 터뜨린 여성이 있었다.

"저는 나름대로 열심히 살아왔다고 자부하고 있었어요. 가정 형편 때문에 4년제 대학을 가지 못하고 전문 대학을 나와 취업해서 가장 아닌 가장 노릇을 하며 살았죠. 미인은 아니지만 늘 단정하고 교양 있는 모습을 갖추려고 노력도 했고요. 그런데 이제 나이도 있고 해서 결혼을 생각하고 주변 사람들 소개로 남자들을 만나봤는데…… 사람을 만나면 만날수록 제가 이렇게 형편없는 여자였나 하는 생각이 들더라고요. 이젠 정말 자신감이 바닥을 친 것 같아요."

감정을 추스르고 마음이 좀 안정되자 그녀는 이렇게 자신의 심정을 털어놓았다.

"얼마 전에 회사 동료에게 소개팅을 받았어요. 자기 남자친구랑 제일 친한 친구인데 직업도 탄탄하고 외모도 괜찮다고요. 걱정 반 기대 반인 마음으로 만나봤는데, 동료분 말처럼 정말 괜찮은 남자였어요. 대화도 잘 통하고 취미도 비슷하고요. 그러다 대학 얘기가 나왔는데 그분이 말하는 걸 들어보니까 당연히 제가 4년제 대학을 나왔을 거라고 생각하시더라고요. 그래서 저는 전문대학을 졸업했다고 하니 순간 표정이 조금 굳는 게 느껴졌어요. 아마 동료분이 서울에 있는 4년제 대학을 나왔으니 직장 동료도 비슷한 수준이겠거니 생각하신 것 같더라고요. 대학 얘기가 나오기 전까지는 분위기가 좋았는데, 그 후로 왠지 말수도 좀 적어지고 표정도 안 좋은 것 같고……. 결국 애프터 연락도 없었어요. 대학 때문에 차인 건지 아니면 다른 이유가 있었는지는 모르는 거지만 요새 출근해서 그 동료분을 볼 때마다 이상하게 자격지심이 들더라고요. 직장도 같고 외모도 비슷한 수준인 것 같은데, 결국 난 대학 때문에 안 되는 거구나 싶고……. 이제는 남자 만날 자신도 없고 일에 대한 의욕도 없어요. 매사 귀찮고 짜증만 나고요. 제가 어쩌면 좋죠? 연애나 결혼은 다 포기해야 하는 걸까요?"

진료실을 찾는 이들 중 이와 비슷한 열등감을 호소하는 사례가 종종 있다. 안타까운 이야기였다. 여러 차례 상담과 치료를 통해 평상심을 회복하고 예전처럼 열심히 일상을 유지하게 되었지만, 그녀를 둘러싼 조건과 환경은 변하지 않았으니 자신감을 되찾아

멋진 연애도 하고 아름다운 결혼도 하게 되었는지는 모르겠다. 그녀의 겉모습이 아닌 당당하고 성실한 내면의 진가를 알아주는 남자를 만난다면 그녀는 누구보다 행복한 삶을 살아갈 수 있을 것이다.

장점만 가진 사람도 없고 단점만 가진 사람도 없다. 모든 사람은 장단점을 공평하게 가지고 있다. 자신감만으로 똘똘 뭉친 사람도 없고 열등감만으로 가득 채워진 사람도 없다. 모든 사람은 자신감과 열등감을 고루 가지고 있다. 나만 모자라고, 나만 부족하고, 나만 거절당할 거라는 생각은 내 일방적인 착각일 뿐이다.

표현하지 않는 상대방 마음은 누구도 알 수가 없다. 부모 자식 사이나 부부간에도 표현하지 않는 속내까지 알지는 못한다. 관계는 표현이다. 사랑 역시 표현이다. 내 마음을 상대방에게 진솔하게 드러낸 후 설령 외면이나 거절을 당한다고 해도 고독과 슬픔에 잠겨 마음의 병을 앓는 것보다는 낫지 않겠는가?

열등감은 마음을 조금씩 갉아먹는다. 나는 원래 그런 사람이라면서 방치할 경우, 자존감에 큰 상처를 입고 자신감을 상실한다. 결국 자신을 하찮은 존재로 만들어버린다. 사랑도 잃고 나도 잃어버리는 안타까운 결과를 가져올 수 있다. 그러기엔 내 인생이 너무 귀하다.

만약 당신에 내면의 열등감 때문에 마음고생 하고 있다면 자신을 있는 그대로 받아들이는 연습을 해보길 바란다. 남들과 지나치게 비교할 필요가 없다. 지금 이대로의 나, 현재 상태에서의 나를 인정하고 존중해야 한다. 다른 누군가를 사랑하려면 우선 나 자신부터 사랑해야 한다. 타인에 대한 사랑과 이웃에 대한 사랑은 나에 대한 사랑으로부터 출발한다. 매일 아침에 일어나서 그리고 잠자리에 들기 전에 나를 격려하는 게 필요하다.

"오늘도 나는 많은 사랑을 받을 거야."

"오늘 하루도 잘 해냈어. 많은 인정을 받은 하루야."

내가 나를 인정하고 존중해야 남들도 나를 인정하고 존중한다. 나는 충분히 사랑받을 만한 사람이고, 아름다운 사랑을 할 수 있는 사람이다. 인정과 존중 속에 서서히 용기가 피어난다. 용기를 내서 진심으로 다가가 말을 건넨다면 상대방의 마음도 조금씩 열릴 것이다.

"우리가 허락하지 않는 한 아무도 우리에게 열등감을 느끼게 할 수 없다."

미국 제32대 대통령 프랭클린 루스벨트의 아내 엘리너가 남긴 말이다. 열등감은 누가 누구에게 강제로 주입하는 게 아니다. 내가 스스로 느끼는 것이다. 따라서 내가 허락하지 않는 한 결코 내 안으로 들어올 수 없다.

당신을 생각하다
잠 못 드는 밤

우리는 언제나 다양한 욕구에 따라 행동하고 사고하며 살아간다. 배가 고프면 먹고, 졸리면 잠을 자야 일상을 유지하며 살아갈 수 있다. 그런데 사랑은 종종 우리의 욕구를 잠재우기도 한다. 사랑에 빠지면 먹지 않아도 배가 부르고 밤에 잠을 자지 않아도 낮에 피곤하지 않다. 사랑의 힘으로 끊임없이 에너지가 솟아나기에 가능한 일이다. 사실 이런 현상은 몸 상태와는 무관하다. 아드레날린이나 도파민 같은 호르몬의 작용으로 잠시 욕구를 잊을 수는 있지만 먹지 않으면 허기지고 잠이 부족하면 피로가 쌓일 수밖에 없다.

사실 연애를 시작하면 상대에게 잘 보이기 위해, 혹은 긴장하느라 식사량이 줄기도 하지만 맛집을 찾아가거나 카페에서 디저트를 즐기는 데이트 과정에서 식사를 잘 챙겨 먹게 되기 때문에 살이 찔 확률이 더 높아지기도 한다. 하지만 잠은 다르다. 이제 막 불같은 사랑에 빠진 사람이라면 줄어든 수면 시간을 보충하는 건 고사하고 제시간에 잠드는 것도 쉽지 않다. 사랑하는 사람과 헤어져 집에 들어오면 방금 만나 밥 먹고 술 마시고 한참이나 수다를 떨었는데도 스마트폰이 뜨거워질 때까지 전화를 놓지 못한다. 그러고 나서도 새벽까지 SNS의 바다를 유영한다. 가까스로 잠을 청해보지만, 쉽사리 잠이 오지 않는다. 사랑의 에너지는 너무도 충만해 사랑에 빠진 사람이 차분히 꿈나라로 떠나는 걸 허용하지 않는다.

사랑에 눈이 멀어 "다른 건 아무것도 필요 없어. 너만 있으면 돼"라고 호기롭게 외쳐보아도 수면에서까지 멀어질 수는 없다. 간혹 잠자는 시간을 아까워하는 사람도 있다. 문제는, 자는 시간을 줄여 일이나 공부를 하면 얼마나 생산적인 결과가 나오겠느냐는 것이다. 깨어서 뭔가를 하는 시간은 살아 있는 시간, 아무것도 하지 않고 자는 시간은 죽은 시간이라는 건 잘못된 생각이다. 잠자는 시간은 절대 죽은 시간이 아니다. 개운하게 씻고 편안하게 잠자리에 드는 것은 하루 동안 쌓인 피로를 푸는 일이며, 과도하게 움직인 신체 근육을 쉬게 하는 일이고, 과부하가 걸린 뇌가 기억과 정보를 정리하면서 쌓인 문제를 해결하는 시간이다. 아무것도 하지 않는 무용한 시간이 아니라는 이야기다. 내일 또다시 활동하는 데 필요한 에너지를 저장하는 매우 유용한 시간이다.

프랑스의 철학자 볼테르는 "신은 여러 근심에 대한 보상으로 희망과 잠을 주었다"라고 말했다. 잠을 잘 자면 전날 있었던 유쾌하지 않은 일들도 훌훌 털어버리고 하루를 새롭게 시작할 수 있다. 반대로 잠을 제대로 이루지 못하면 전날 아무리 유쾌한 일이 있었어도 종일 찌뿌둥한 기분을 떨칠 수 없다.

제때 잠을 자지 못하거나 수면의 질이 좋지 않아 피곤하고 몽롱한 상태가 이어져 일상에 지장이 생기는 걸 수면장애라고 한다. 다양한 이유로 밤에 잠을 잘 이루지 못하는 불면증은 정상적인 생활을 힘들게 하는 수면장애의 대표적 증상이다. 평상시 수면 시간이나 습관이 불규칙한 사람에게 주로 생기는 불면증은 환경이 갑자기 바뀌거나 심한 스트레스에 시달릴 때 찾아오기도 하는데, 생활 리듬이 달라질 때 일시적인 불면증을 겪을 수도 있다.

불면증이 이런 증상이라면 사랑에 빠진 사람이 잠 못 이루는 건 선뜻 이해하기 힘든 일이다. 사랑하면 마냥 즐겁고 기쁘고 행복하기만 할 테니 우울증이나 스트레스와는 거리가 멀기 때문이다. 구름 위에 떠 있는 것처럼 신나게 사랑하며 산다면 잠도 잘 오지 않을까?

남녀가 사랑에 빠지면 신경전달물질인 아드레날린과 도파민

등이 분비되어 감정을 증폭시킨다. 아드레날린은 심장이 뛰면서 흥분하게 만들고, 도파민은 기분이 좋고 행복한 감정을 느끼게 만든다. 뇌과학자들이 열애 중인 사람들의 뇌를 분석해 봤더니 코카인 등 마약에 중독됐을 때 뇌가 일으키는 작용과 흡사한 작용이 일어나는 걸 발견했다. 뇌를 영상으로 촬영한 결과 쾌락의 중추라고 불리는 복측피개영역이 활성화되었다. 마약은 뇌에서 도파민 생성을 촉진함으로써 중독 현상에 이르게 하는데, 사랑에 빠졌을 때 역시 복측피개영역에서 도파민 분비를 촉진한다. 동시에 사랑에 빠진 뇌는 심장 박동수와 혈압을 높이는 스트레스 호르몬인 노르에피네프린을 증가하게 한다. 이처럼 심장이 뛰면서 흥분을 느끼고, 좋은 기분과 행복한 감정에 싸여 지내다 보니 말 그대로 먹지 않아도 배가 부르고, 잠을 자지 않아도 피곤하지 않다. 실제로 식욕과 수면욕이 줄어드는 것이다.

게다가 사랑에는 늘 순풍만 불지 않는다. 거센 바람도 불고 폭풍우도 친다. 질투와 사랑싸움, 오해와 갈등이 찾아오게 마련이다. 그러면 이를 풀기 위해 고민해야 하고, 사랑하는 사람의 마음을 돌리려 무진 애를 써야 한다. 보통 스트레스를 받는 일이 아니다. 불면의 밤이 길어질 수밖에 없다. 사랑의 항해에 순풍이 불면 기쁘고 즐거워서 잠이 오지 않고, 악천후가 찾아오면 위기를 극복하기 위해 노심초사해야 하므로 잠이 오지 않는다. 이래저래 사랑에 빠진 사람에게는 편안하게 숙면할 시간이 많지 않은 것이다.

한 사람을 사랑하게 되면 세상 그 누구도 줄 수 없는 행복을 느끼지만, 사랑 때문에 마음 졸이고 애를 태우고 속이 상하고 숱한 번민의 밤을 지새워야 하는 것도 사실이다. 사랑의 속성은 양극단을 오간다.

매력적인 목소리를 가진 가수 청하의 노래 중 〈벌써 12시〉라는 곡의 노랫말은 대단히 흥미롭다. 두 사람이 만나 데이트를 즐기다 보니 시간이 쏜살같이 지나갔다. 자정이 다 된 것이다. 나도 집에 가야 할 시간이고, 그 사람도 집으로 보내야 할 시간이다. 그런데 이대로 헤어지는 게 너무도 아쉽다. 내일 다시 만나든가 다음 약속을 잡으면 되지만, 그건 그때 일이고 지금의 서운함은 그 무엇으로도 채워지지 않는다. 아쉽고 허전한 마음이 가사에 절절 흘러넘친다.

'방금 집 앞에서 헤어졌는데 또 보고 싶네. 잠깐만 다시 왔다 가라고 할까? 자려고 해도 그 사람 생각이 나서 잠도 안 오는데…….'

'전화 통화 끝나고 SNS만 잠깐 보려고 했는데 벌써 새벽 1시네……. 오늘 잠은 잘 수 있으려나?'

아마도 사랑에 빠진 세상 모든 연인의 심정이 이와 같을 것이다. 하지만 사랑의 기쁨 때문에 잠을 못 이루거나, 사랑의 슬픔 때문에 잠 못 드는 밤이 많아지더라도 불면증이 오래가는 건 건강에 좋지 않다. 과도한 감정의 흐름을 조금 절제하면서 정상적인 일상 리듬을 유지하기 위해 노력하는 게 바람직하다. 길게 봐야 한다는 말이다.

다음 날이면 또다시 찾아올 그 사람과의 행복한 시간을 위해 숙면은 꼭 필요하다. 그렇다면 불면증을 해결하기 위해 어떻게 하면 좋을까?

먼저 낮잠을 피하는 게 좋다. 밤에 잠을 자지 못했기에 낮에 졸릴 수 있다. 그러나 낮에 잠을 자면 밤에 자기 더 어려워진다. 낮에 자고 밤에 잠을 자지 못하는 악순환이 이어지는 것이다. 잠자리에 드는 시간과 전체 수면 시간을 일정하게 유지하는 것이 필요하다. 예를 들어 이성 친구나 애인과 이에 관해 솔직하게 이야기하고 서로의 생활 리듬을 위해 일정 시간까지만 전화 통화나 SNS를 하기로 약속하는 것이다. 부득이한 때가 있겠지만, 일상생활에 지장이 생길 정도로 과도한 경우는 생기지 않을 것이다. 전화 통화나 SNS를 하지 않는데도 이성 친구나 애인 생각에 쉽사리 잠들 수 없다면 잠자리에 들기 약 2시간 전에 따뜻한 물로 목욕을 하거나 반신욕 또는 족욕을 하면 잠자는 데 도움이 된다.

수면을 방해하는 담배, 커피, 홍차, 탄산음료, 술 등은 피하는 게 좋다. 그래도 잠이 오지 않으면 억지로 누워 있지 말고 일어나서 음악을 듣거나 영화를 보거나 책을 읽는 등 평소대로 활동하는 것도 괜찮다. 반드시 잠을 자야 한다는 강박증과 조급증이 오히려 수면을 방해할 수 있다.

"진짜 네가 보고 싶고 통화하고 싶어서 밤에 잠을 잘 수가 없어. 하지만 나 하고 싶은 대로 했다가는 너 잠 못 자서 회사에 출근도 못 할 텐데 그러면 안 되잖아? 그러니 우리 아무리 늦어도 자정까지만 연락하는 걸로 하자. 자정이 넘으면 우리 둘 다 정확하게 잠자리에 들기, 어때?"

애정이 가득 담긴 이런 제안을 무시하거나 뿌리칠 사람은 없을 것이다. 사랑에 빠지는 건 분명 좋은 일이고 아름다운 일이고 행복한 일이다. 저절로 솟아나는 사랑의 감정과 아드레날린과 도파민의 분비를 억제할 수는 없다. 인생에 이런 순간은 그리 오래, 그리고 자주 오지는 않는다. 충분히 누리고 즐기는 게 좋다. 하지만 일상의 리듬을 잘 조절해야 한다. 내일 낮이나 퇴근 후에 만나면 되니까 오늘은 이만하고 적당한 시간에 잠자리에 드는 게 건강한 연애 생활이다. 잠깐 만났다 헤어질 사이가 아니라면 연애는 단거리 경주가 아니라 장거리 경주라는 사실을 잊지 말아야 한다. 일상을 건강하게 유지해야 사랑도 건강하게 이어진다.

내가 연애 운이
없다는 착각

좋은 사람을 만나 연애를 시작하고 싶지만 인연이 뜻대로 맺어지지 않을 때면 마음에 커다란 돌덩이가 얹힌 것처럼 답답하다. 원인을 찾아보지만 뚜렷한 게 보이지 않고, 자신에게서 별다른 문제를 발견하지 못했을 때는 더욱 애가 탄다.

'나 정도면 정말 괜찮지 않나? 얼굴도 몸매도 이만하면 됐지, 회사도 남들이 다 알아주는 곳이지, 나이도 아직 한창인데 도대체 왜 남자들은 내게 관심이 없는 거지?'

혹은 연인이 있음에도 그 사람과의 관계에 확신이 없거나 뭔가 부족한 부분이 있다고 느낄 때도 마음 한편이 무겁다. 우리는 이럴 때 자기기만에 빠지기 쉽다. 꽤 괜찮은 내가 번번이 연애에 실패하는 이유, 소개팅 자리에만 나가면 혹시나 했다가 역시나 하면서 돌아오는 이유, 나보다 못한 친구들도 괜찮은 사람을 만나 멋지게 연애하고 있는데 나만 싱글인 이유, 아무리 연애를 해도 결혼을 결심할 만큼 매력적인 상대를 만나지 못한 이유, 지금 만나는 사람에게 인생을 걸기에는 내가 너무 아깝다는 생각이 드는 이유 등등. 이 모든 이유는 나 아닌 바깥에 있다고 여기게 된다. 자신의 가치를 몰라주는 다른 이들에게 화살을 돌리는 것이다.

'내가 외롭고 힘든 이유는 오로지 보석 같은 나를 발견하지 못하는 다른 남자들에게 있어. 그들 때문에 내가 괴로울 뿐 나에게는 아무런 문제가 없어.'

이런 생각으로 자기기만은 점점 견고해진다. 자기기만이란 사실과 다른 것, 진실이 아닌 것을 진실인 것처럼 정당화해서 받아들이는 심리를 일컫는다. 자기 자신을 속이는 것이다. 누가 나를 의도적으로 속이는 게 아니라 스스로 사실과 진실이 아닌 것을 사실과 진실인 것처럼 믿는 게 자기기만이다. 이는 자신을 보호하려는 방어기제이기는 하지만, 심할 경우 자신은 물론 타인에게도 깊은 상처를 남길 수 있다. 작은 것을 은폐하고 왜곡하면 이를 합리화하거나 감추기 위해 조금 더 큰 것을 은폐하고 왜곡하게 된다. 이게 이어지면 사태가 걷잡을 수 없이 커지게 된다.

자기기만은 일상생활 속에서 우리가 흔히 경험하는 마음 상태다. 예를 들어, 더 이상 사랑이라고 부를 수 없을 정도로 자신을 좀먹는 문제적인 연인과 관계를 끝내지 못하고 몇 년째 계속 이어가고 있을 때, 주변 사람들이 이제 연애를 끝내는 게 좋겠다고 조언한다면 어떨까.

"그 사람 그렇게 나쁜 사람은 아니야. 걱정하지 마. 만약 그 사람이 정말 아닌 것 같다는 생각이 들면 그 자리에서 바로 헤어질 거야."

이렇게 말하는 사람들은 대부분 끝내 상대가 나쁜 사람이라는 것을 인정하지도, 관계를 끊어내지도 못할 것이다. 의지만 있다면 언제든 그 관계를 끊을 수 있는 사람이라고 스스로를 착각하고 있기 때문이다. 어느 날엔 친구가 조심스럽게 이런 말을 꺼냈다고 해보자.

"어젯밤에 회식 끝나고 집 가는 길에 네 남자친구를 봤는데 어떤 여자랑 같이 있더라. 아무래도 분위기가 이상해 보여서 말해줘야 할 것 같더라고."

만약 연인이 평소에도 종종 피곤해서 먼저 자겠다며 연락이 되지 않았고 그날도 마찬가지였다고 해도 당신은 그 말을 단박에 믿지는 못할 것이다.

"아냐, 그 사람은 어젯밤에 집에 있었어. 너 회식했으면 술도 마셨을 거 아냐. 네가 취해서 잘못 봤거나 닮은 사람이겠지."

대부분의 사람들은 믿고 있던 연인이 나를 배신했다는 사실을 쉽게 인정하지 못한다. 그 사람과 쌓아온 관계가 한순간에 부정당한다고 생각하기 때문이다.

이렇듯 사람들은 자기 자신과 관련된 문제에 대해서는 이성적으로 사고하지 못하고 자기를 너무 과신하거나 쉽게 합리화한다. 객관적이고 이성적으로 판단할 수 있는 능력이 있으면서도 그렇게 하지 않는 것이다. 사실이 아닌 것을 사실로 여기도록 믿는 것, 진실이 아닌 것을 진실이라 오도하고 그릇된 신념을 자꾸만 정당화하는 것, 이것이 바로 자기기만이다.

그렇다고 자기기만이 무조건 나쁜 것이라 말하긴 어렵다. 객관적 사실이 아닌 것을 부풀리고 왜곡해서 받아들임으로써 만족과 위로를 얻는 건 연애 과정에서 빈번하게 나타나는 일일뿐더러 꼭 필요한 일이기도 하다. 친한 친구가 새로 만난 애인을 자랑하며 그 사람의 눈이 사슴처럼 초롱초롱하고 웃을 때 드러나는 보조개는 너무 매력적이라고 한다. 얼마나 괜찮은 사람인지 궁금해 직접 만나봤더니 초롱초롱하다는 눈은 그저 그런 평범한 눈이었고, 매력적이라던 보조개는 잘 보이지도 않아 집중해서 찾아봐야 할 정도였다. 이렇게 친구의 말과 현실이 너무나 동떨어져 있다면 과연 문제는 누구에게 있는 걸까? 정답은 '아무에게도 문제가 없다'이다. 애인의 모든 것이 매력적으로 보이는 친구의 눈에는 콩깍지가 씌었기 때문에 상대를 온전히 객관적으로 파악할 수가 없다. 남들이 봤을 때는 부풀리고 왜곡되어 사실이 아니라고 생각하지만, 그런 자기기만으로 인해 본인이 더없이 행복하고 애인 역시 만족하기에 전혀 걱정할 일이 아니다. 오히려 시간이 지나면서 콩깍지가 벗겨져 사랑하는 사람을 온전히 객관적으로 바라볼 수 있게 되었을 때가 더 문제다.

그러나 사랑하는 사이에서 벌어지는 이런 긍정적인 자기기만이 아니라 자신이 사랑에 빠지지 못하는 이유를 찾거나 자신의 연애가 항상 삐걱거리기만 하는 원인을 찾다가 화살을 상대방에게 돌리며 자기기만의 수렁으로 빠지게 되면, 더 나은 연애를 위한 준비와 더 좋은 사람을 만나기 위한 도약 없이 세상과 타인에 대한 원망과 불평만 점점 쌓여갈 수 있다. 그럴 경우 자신을 돌아보고 가꾸고 성숙시킬 수 있는 아까운 시간을 스스로 갉아먹게 된다.

자기기만에서 깨어나 자신과 상대방을 있는 그대로 바라보고 인정하고 받아들이는 건 상당한 아픔이 따르는 일이다. 인정하기 싫었던 자신의 본래 모습을 인정해야 하고, 똑바로 보기 힘들었던 자신의 결함을 직면해야 하며, 드러내기 꺼려졌던 자신의 미숙함을 드러내야 하기 때문이다. 그러려면 진지한 자기 성찰과 반성이 선행되어야 한다. 객관적 사실과 진실을 가리고 있던 막을 스스로 걷어내는 일이다. 자기 성찰과 반성 역시 객관적이어야 한다. 자칫하면 타인에 대한 화살을 자신에게 향하게 해서 지나친 자기 비난이나 자책에 빠질 수도 있다. 자기기만도 연애에 독이 될 수 있지만, 자기 비난과 자책 또한 치명적일 수 있다.

그렇다면 우리는 어떻게 자기기만의 덫에서 헤어 나올 수 있을까? 몇 가지 방법을 함께 살펴보자.

첫째, 일어나자마자 나를 들여다본다. 아침에 눈을 뜨면 곧바로 나 자신을 평가하는 것이다. 내 기분 혹은 내 상태를 냉정하게 파악하는 시간이다. 나를 정확하게 알고 하루를 시작한다면 그날 무슨 일이 벌어지더라도 적절하게 대처할 수 있다. 아무 생각 없이 하루를 맞거나 출근 준비에 바빠 허둥대며 하루를 시작하면 어제와 똑같은 자기기만 상태에서 벗어나기 힘들다.

둘째, 오늘 꼭 해야 할 일보다 하고 싶은 일, 좋아하는 일을 먼저 생각해 본다. 나를 다그치기보다는 잠시나마 위로와 휴식을 주는 것이다. 뭔가를 해내야 한다는 강박에서 벗어나 편안하게 행복감을 맛볼 수 있어야 자기기만으로부터 조금 더 거리를 둘 수 있다. 이를테면 남자친구에게 잘 보이려 하지 말고 남자친구를 만나 즐겁고 행복한 내 모습을 상상하는 것이다.

셋째, 내 약점이나 감추고 싶은 면을 보려 하지 말고 강점이나 드러내고 싶은 면을 보려고 노력하자. 나만의 장점 세 가지를 써서 책상 앞에 붙여두는 것도 좋은 방법이다. 이런 태도를 갖추게 되면 남자친구를 만났을 때도 약점을 감추느라 급급한 게 아니라 장점을 드러내고자 하는 당당한 모습을 보이게 될 것이다. 나의 장점에 집중하면 자기기만에서 벗어날 수 있다.

세상에 완벽한 사람이란 없다. 있는 그대로의 부족한 나를 바라보되 그런 자신을 미워하기보다 관용해 준다면, 우울 대신 성장을 이룰 수 있을 것이다.

종종 우리의 현실은 내면의 자아가 감당할 수 없는 충격을 선사한다. 이는 마음의 상처로 알려진 '트라우마'나 심리적 외상을 일으키기도 한다. 그러나 이를 계기로 내면이 더 단단해지는 경험을 통해 긍정적인 변화로 나아가는 사람들도 있다. 원치 않는 불안과 공포를 겪었지만, 이것이 오히려 자신을 한층 성장시키는 동기가 되는 셈이다. 예를 들어 이성의 외모를 가장 중요한 기준으로 삼던 사람이 이상적인 외모를 가진 사람과의 만남에서 예상치 못한 수모나 트라우마를 겪게 된다면, 이를 계기로 사람을 볼 때 외모만을 평가하는 태도에서 벗어나 내면을 더 깊숙이 보는 관점을 갖게 되는 식이다. 자신에게 상처를 입힌 트라우마가 오히려 앞으로의 대인 관계를 더 품격 있게 만들어주는 것이다.

이 같은 변화를 '외상 후 스트레스 장애'와 대조되는 의미로 '외상 후 성장'이라고 한다. 트라우마를 겪었지만, 그것이 삶을 옭아매는 족쇄로 작용하는 게 아니라 더 넓고 큰 세계로 나아갈 수 있게 하는 디딤돌 혹은 도약대로 작용하는 것이다.

번번이 연애에 실패하는 것도 작은 트라우마다. 이런 트라우마는 또 다른 이성을 만날 때도 적지 않은 영향을 끼친다. 원하는 대로 연애가 되지 않을 때, 마음에 드는 이성과의 만남이 자꾸 어긋날 때 좌절감을 느끼고 우울감에 빠지면 한없이 무기력해지면서 자존감이 곤두박질친다. 연애 실패가 외상 후 스트레스 장애로 작용하는 경우다. 이에 반해 몇 번의 실패를 겪으며 도리어 홀가분한 마음이 되어 이성을 편안하게 대하고 자기 내면을 채우는 일에 열심을 낸다면 연애 실패가 외상 후 성장으로 작용하는 경우다. 후자라면 다음 연애에 성공할 가능성이 점점 커진다.

우울증으로 고통스러워하던 한 여성 환자가 있었다. 겉으로 보기에는 너무 멋진 여성이었다. 외모도 준수했고 직장도 번듯했으며 말도 조리 있게 잘했다. 그런데 이 여성은 소위 말하는 모태 솔로였다. 자기에게 어울리는 상대를 만나 영화 같은 연애를 하고 싶었으나 이루어지지 않았다. 자기가 바라는 수준의 상대는 이 여성에게 당연히 남자친구가 있을 거라고 여겨 접근하지 않았고, 바라는 수준이 아닌 상대는 고백해 봐야 안 될 거라고 미리 포기해 다가오지를 않았다.

이 여성은 점점 자기기만 속으로 빠져들었다. 남자들이 내게 관심이 없는 게 아니라 내가 남자들에게 관심이 없다고 믿기 시작하며 스스로를 화려한 독신주의자로 여겼다. 그러는 사이 연애는 더욱 멀어졌고, 불안과 우울증은 한결 가까워졌다. 나는 이 여성에게 자신을 깊이 들여다보고 자신의 내면을 가감 없이 드러낼 수 있도록 하라고 조언했다. 시간을 두고 훈련을 한 결과 그녀는 조금씩 변해갔다. 위장된 정신 승리의 영역에서 내려와 꾸밈없는 자신을 조금씩 표현할 수 있게 된 것이다. 인간적인 여백 혹은 삶의 빈틈이 드러나자, 그녀는 발랄하고 활기찬 모습을 회복했다. 그즈음 친구 소개로 만난 남성과 연애도 시작했다. 늘 똑똑하고 유능하고 완벽한 나를 보여주려 하지 않고 소탈하고 수수한 자신의 모습을 여과 없이 보여주었을 때 그에 딱 어울리는 사람이 나타난 것이다.

자기기만에 빠져 자신이 보고 싶은 것만 보려고 한다면 문제를 해결할 수 없다. 자기기만에서 벗어나는 길은 현실을 냉철하게 직시하고 있는 그대로 받아들이는 것이다. 문제는 나에게 있다. 내가 변해야 상대도 바뀌고 세상도 달라진다. 내가 변하지 않으면 내가 나를 속이고, 자기기만에 빠지면 상대도 바뀌지 않고 세상도 달라지지 않는다. 연애가 마음먹은 대로 잘되지 않을 때 답답하고 초조한 건 당연하다. 그렇다고 해서 현실에서 도망을 치거나, 현실을 왜곡하거나, 내가 보고 싶은 대로 보고 믿고 싶은 대로 믿는 자기기만에 빠지면 안 된다. 나를 더 아껴주고 사랑하고 존중하면서 자신감을 가지고 살아가면 그런 나로 인해 상대방이 바뀌고 세상이 달라질 것이다.

사랑에 돈을 따지는 나,
속물일까?

　돈 그리고 사랑, 아니 사랑 그리고 돈 사이에는 어떤 함수관계가 있을까? 남자와 여자가 첫눈에 반하거나 발효하듯 서서히 사랑이 무르익었을 때는 뜨겁고 애틋한 감정이 자신을 지배한다. 모든 걸 다 가진 듯 충만하다. 그 사람만 있으면 어디서 무엇을 하며 살아도 행복할 것 같다. 안 먹어도 배가 부르다. 사랑 때문에 인생 전체가 장밋빛으로 변한 것 같다.

　그러나 돈이 없으면 어떨까? 돈이 없어도 사랑이 변함없이 유지될까? 사랑하려면 돈이 필요하다. 만나서 밥도 먹고 차도 마시고 술도 한잔 곁들여야 한다. 극장도 가고 음악회도 가고 미술관도 가야 한다. 각종 기념일에 근사한 곳에 가서 파티도 해야 하고 선물도 줘야 한다. 때에 맞춰 피서나 여행을 갈 수도 있다. 모든 게 돈 들어가는 일이다. 사랑하는 사람에게 뭐든 다 해주고 싶고 더 잘해주고 싶은 마음이 있어도 돈이 없으면 할 수가 없다.

서양 속담 중 이런 말이 있다.

'가난이 대문으로 들어오면 사랑은 창문으로 나간다.'

말로만 아무리 사랑한다고 하고 '너밖에 없다'며 미사여구를 늘어놓아도 지갑을 열지 않으면 그 마음을 의심받게 된다. 기막힌 문장을 동원해 멋진 카드를 썼더라도 선물 없이 달랑 카드만 건넨다면 받는 사람의 마음은 한없이 씁쓸하다. 말은 달콤하지만, 구체적 행동이 뒷받침되지 않으면 공허함만 남는다. 마음은 표현해야 알고, 표현은 말로 시작해서 가시적 실천으로 완성된다. 결국 사랑을 표현하는 눈에 보이는 행위에는 물질적 기반, 즉 돈이 필요하다.

사랑하면 자랑하고 싶어진다. 친구들과 가족에게 자신이 사랑에 빠졌다는 사실을 드러내고 사랑하는 사람을 소개하고 싶다. 사랑하는 사람에게 받았던 선물을 보여주며 그 사람과 함께했던 기억을 끄집어내 과시하고 싶다. 그런데 변변한 선물을 받은 게 없고 매번 분식집에서 김밥이나 라면을 먹은 뒤 자판기 커피를 마시면서 데이트했다면 말을 꺼내기 쉽지 않다. 보여줄 게 없기 때문이다. 사랑에 빠진 다른 친구나 동료가 애인에게 받았다며 값비싼 액세서리나 핸드백, 옷 등을 내보이며 자랑하면 나는 뭔가 속상하고 초라하게만 보인다. 그러다가 문득, 사랑에 돈을 따지는 내가 속물인 것 같다는 생각에 괴로워지기도 한다.

　자본주의 사회에서는 돈 없이 아무것도 할 수 없듯, 사랑을 완성하는 것도 결국 돈인 걸까? 여기 돈보다 사랑이 더 중요하다고 생각한 여자가 있었다. 직업도 좋고 연봉도 센 남자들과 소개팅을 해봤지만, 끌림이 없었고 별 관심이 가지 않았다. 무엇보다 남들의 시선이 껄끄러웠다. 색안경을 낀 채 남자의 겉모습과 조건만 보고 만나는 게 아니냐는 듯 쳐다보는 것 같았다. 그래서 우연한 기회에 알게 된 지인의 친구를 만나게 되었다. 그는 이른바 공시생이었다. 5급 공무원 행정직 시험을 준비 중이라는 그 사람은 1차 합격을 했으니 2차도 합격할 거라며 자신만만했다. 곧이곧대로 믿을 수는 없으나 왠지 그렇게 말하는 그가 듬직해 보였다.
　"아, 제가 내겠습니다. 공시생이지만 그 정도 돈은 있습니다."
　"아니에요. 공시생이 무슨 돈이 있겠어요. 제가 낼게요."
　처음 데이트할 때는 이런 식의 공방이 몇 차례 오갔다. 그런데 만나는 횟수가 잦아지고 연인 사이로 발전하면서 이런 공방은 소리 없이 사라졌다. 데이트 비용은 으레 여자가 내는 걸로 굳어진 것이다. 남자는 처음에 미안하다는 말도 하고 겸연쩍은 표정도 지었지만, 이제는 당연하다는 태도를 보였다. 하루는 이런 생각까지 들었다.

'내가 저 남자 밥 사주고 커피 사주려고 아침부터 저녁까지 뼈 빠지게 일하는 건가?'

이런 생각이 들자 그 남자가 미워지기 시작했다. 2차 시험에 붙는다는 보장도 없고, 붙는다고 해도 3차 시험이 남았으니 산 넘어 산이었다. 처음에는 그 남자가 말을 청산유수처럼 잘하는 게 매력적이었으나 지금은 실속 없는 수다쟁이로 보인다. 처음에는 아는 게 많아 지적인 남자로 보여 좋았으나 지금은 시험 공부는 안 하고 쓸데없는 데 기웃대는 것 같아 얄밉게 보인다. 만날 때마다 싫은 것들만 눈에 띈다. 그녀 얼굴에서 웃음이 사라지고 불면증까지 생겼다.

결국 그녀와 나는 환자와 정신과 의사로 상담실에서 만나게 되었다. 여러 차례 대화를 나눠 보니 그녀는 자신이 데이트 비용으로 쓰는 돈이 아까운 게 아니었다. 그 남자의 여자에 대한 배려와 세심한 마음 씀씀이가 부족한 데 따른 섭섭함이 큰 것이었다. 얼마든지 남자가 경제력이 부족하거나 현실적으로 넉넉지 않은 상황에 놓일 수 있다. 그렇다 하더라도 존중받고 싶은 여자의 마음을 잘 살피고 대처한다면 이 같은 결과까지는 이르지 않았을 것이다.

남자의 직업과 경제력을 중요하게 생각하고, 연애와 결혼에 있어 돈이 매우 막중한 요소라고 생각한다 해서 속물이라고 단정하는 건 금물이다. 인간은 공기와 이슬만으로 살아갈 수 없는 존재다. 자본주의 사회에서 돈은 가치의 척도로 여겨지며, 현실의 삶

속에서 돈 없이 할 수 있는 일은 그다지 많지 않다. 더군다나 결혼을 생각한다면 문제는 더 심각해진다. 결혼식, 양가 혼수, 신혼집과 살림살이 장만, 신혼여행 등을 생각하면 어마어마한 돈이 들어가야 한다. 신랑 신부 모두 자신들이 살아온 생애 가운데 가장 많은 돈을 써야 할 순간이 닥치는 것이다. 결혼을 준비하는 과정에서 예비부부가 자주 다툼을 벌이고, 심한 경우 헤어지기까지 하는 건 경제적인 준비가 덜 됐거나 이에 관한 서로의 생각이 너무 다른 까닭이다.

"돈과 사랑 중 한 가지만 선택해야 한다면 어떤 걸 선택해야 좋을까요?"

"돈은 있는데 마음이 가지 않는 남자, 가난한데 마음이 가는 남자, 누굴 만나야 할까요?"

요즘도 인터넷 카페나 블로그에 들어가 보면 이런 고민을 털어놓은 사연을 심심찮게 접할 수 있다. 돈과 사랑 중 어느 것을 선택해야 좋을지를 두고 고민한다는 것은 역설적으로 사랑만큼이나 돈이 중요하다는 사실을 보여주는 셈이다.

1925년에 발표된 피츠제럴드의 장편소설 《위대한 개츠비》는 제1차 세계대전 이후 미국 사회에 만연한 돈과 사랑에 관한 문제를 예리하고 섬세하게 포착해 낸 작품이다. 가난한 노동자 출신인 개츠비는 부유한 집안 출신의 젊고 매력적인 아가씨인 데이지를 사랑한다. 그러나 집안의 거센 반대로 헤어질 수밖에 없었다. 돈이 없어 사랑을 잃은 것이다. 이듬해 데이지는 시카고 부호의 아들이자 명문 예일대를 졸업한 톰과 결혼한다. 개츠비는 자신을 사랑했지만 부자인 톰과 결혼한 데이지를 되찾기 위해 온갖 방법을 총동원해 부를 축적했고, 보란 듯이 톰과 데이지 앞에 나타난다. 하지만 그는 끝내 자신의 사랑도 꿈도 되찾지 못한 채 허망하게 사라진다. 작품에서 작가는 무엇을 말하려 한 것일까?

개츠비가 전장으로 떠난 후 그가 무사히 돌아오기만 기다린 건 데이지였다. 그런데도 그녀는 돈 많은 남자인 톰을 만나면서 쉽사리 마음을 바꿔 결혼한다. 사랑보다 돈을 선택한 것이다. 그녀의 남편은 공공연히 바람을 피우지만, 자신이 누리고 있는 부를 놓을 수 없는 그녀는 이를 참고 지낸다. 천신만고 끝에 부자가 된 개츠비와 재회한 데이지는 남편을 버리려 했으나 개츠비가 죽자 다시 남편인 톰을 선택한다.

데이지는 개츠비의 사랑을 받을 만한 여자였을까? 그런 그녀를 사랑하며 5년이란 시간을 허비한 개츠비가 과연 위대한 걸까? 지고지순한 사랑에 인생을 건 남자 개츠비와 매번 가장 현실적인 선택을 하는 데이지. 오늘날 이 땅을 살아가는 청춘남녀들은 누구의 손을 들어줄까? 누가 더 위대하다고 느낄까? 많은 시간이 흘렀지만, 아직도 이 질문은 사랑에 빠진 수많은 사람에게 유효한 질문이다.

경제적 어려움은 극복의 대상이지 회피의 대상이 아니다. 사랑은 완성품을 구매하는 게 아니라 원재료를 구해 완성품을 만들어 가는 것이기 때문이다. 상대방의 어려움에 공감하면서 같이 이를 극복해 나가는 것 자체가 사랑이다. 돈은 나중에 벌 수도 있고, 경제적 상황도 언젠가 개선될 수 있지만, 사랑은 지금 지나가면 다시 오지 않을 수 있다. 돈을 버는 건 때가 없거나 여러 번 기회가 올 수 있지만, 사랑은 때가 있고 단 한 번밖에 기회가 오지 않을 수 있다. 무엇을 더 중요하게 생각하느냐는 결국 각자의 몫이다.

아무리 생각해도 데이지의 손을 들어줄 수밖에 없다면 이 또한 존중받아야 할 선택이다. 한 개인이나 집안이 이룩한 부는 엄청난 땀과 노력의 산물이고, 그녀는 부 자체보다 그 같은 노력과 성취에 많은 점수를 준 것이다. 경제력을 실력으로 본다면 부자는 단연 실력자다.

주식의 신으로 불렸던 유럽의 전설적인 투자자 앙드레 코스톨라니는 그가 남긴 최후의 역작 《돈, 뜨겁게 사랑하고 차갑게 다루어라》라는 책에서 대다수 의견과는 달리 '한 여자가 돈 때문에 어떤 남자와 사랑에 빠지는 것을 나는 비난할 생각이 없다'고 말한다. 돈은 성공의 표현이며, 그 여자는 바로 성공에 매료되는 것이기 때문이라는 것이다. 의미심장한 이야기다.

사과나 깎으러
너희 집에 간 건 아닌데

　연인 관계가 깊어질수록 피할 수 없는 상황이 하나 찾아온다. 바로 그 사람의 가족, 친구 등 주변인들을 소개받는 자리다. 나의 연인과 그 사람들은 이미 편안한 관계가 형성된 사이지만, 나에겐 처음 만나는 낯선 사람들이자 좋은 이미지를 남겨야 하는 평가의 자리가 되어버린다. 옷차림은 어떻게 해야 할지, 어떤 분위기로 대화를 이어가면 좋을지 수십 가지 고민을 하는 당신에게 "그냥 내 친구들이야. 편하게 대해도 돼" "우리 부모님 어려운 분들 아니야"라고 속없는 말을 하는 연인이 원망스럽게 보일지도 모른다.

　이미 고착화된 인간관계 무리에 새로운 사람이 개입해 함께 어울리기란 쉽지 않다. 그 사람들과 나는 내 연인이라는 매개체를 통해 일시적으로 연결된 것이기 때문에 만약 연인에 대한 주제로 대화를 한다면 문제가 없을지도 모르지만 그들은 이미 너무 잘 알고 나만 모르는 주제로 대화가 넘어간다면 그때부터는 입이 붙은 듯 할 말이 없어질 것이다.

만약 당신이 연인의 대학 동창들과 만나게 되었다고 해보자. 대학 시절 일화를 신나게 떠드는 사람들 사이에서 당신은 주제에 참여하기 위해 열심히 노력해 보겠지만 외딴섬처럼 홀로 둥둥 떠있는 듯한 느낌을 받을지도 모른다. 연인의 부모님 생일에 초대를 받아 꽃다발과 케이크를 들고 그의 집을 찾는다면 어떨까. 화목한 분위기에 좋은 말들을 주고받으며 식사는 무사히 마쳤다. 과일을 내오겠다는 어머님을 만류하고 당신이 주방에 가 과일을 깎고 있을 때, 등 뒤에서 나를 제외한 가족들이 사진 앨범을 보며 하하 호호 웃고 있다면 또다시 당신은 소외감으로 외딴섬이 된 기분을 느끼며 '내가 과일 깎으러 여기 왔나?' 하고 생각할지도 모른다.

소외감은 남에게 따돌림을 당하여 멀어진 듯한 느낌이다. 폭력을 당하거나 욕설을 들은 건 아니지만, 그에 못지않게 기분 나쁘고 당혹스러운 감정이다. 사람은 자신이 속한 모임이나 공동체 안에서 연대감과 소속감을 느끼고 싶어 한다. 내가 그들과 서로 긴밀하게 연결되어 있다는 정서, 내가 이들과 끈끈한 공통점이 있다는 마음을 갖고 싶은 것이다.

그런데 소외감은 이와 정반대로 이들로부터 외면당하고 버려져 외톨이가 된 느낌을 준다. 쓸쓸하기도 하고 비참하기도 하다. 홀로 고립되었다는 생각에 외로움이 밀려온다. 내가 사람들에게 어떤 영향도 끼치지 못한다는 무력감을 느끼기도 하고, 내가 하는 말과 행동이 사람들에게 아무런 의미를 주지 못한다는 자괴감이 들기도 하며, 자신의 인간적 가치마저 무시당하고 있다고 모멸감을 맛보기도 한다. 이 같은 소외감을 계속해서 경험하게 되면 갈수록 소극적이고 붙임성이 없으며 자신감도 떨어져 인간관계가 어려움에 빠질 우려가 있다.

연인 사이에서도 누가 누구를 소외시키고, 누가 누구에게 소외감을 느낄 수 있을까? 얼마든지 그럴 수 있다. 의도적으로 그런 건 아니라 해도 무심코 한 말이나 행동이 사랑하는 사람에게 소외감을 느끼도록 할 수 있다는 말이다. 이때 상대방이 느끼는 섭섭함이나 서운함은 그 어떤 모임이나 공동체에서 느끼는 것보다 훨씬 더 크고 오래가기 마련이다.

앞선 사례에서라면 당신은 남자의 태도에 아쉬움을 가질지 모른다. 이미 나와 관계가 형성된 모임에 애인, 즉 새로운 사람이 참여할 경우 소외감을 느낄 수도 있다는 점을 미리 살폈으면 좋았을 것이다. 물론 오랜만에 만난 친구들이 반가워 그 시절 추억에 빠지고 싶을 수도 있다. 하지만 내 연인이 포함되지 않은 공동체의 경험만을 대화 주제로 삼는 대신 그녀가 더 대화에 참여할 수 있도록 사려 깊은 모습을 보여주었다면 좋았을 것이다. 가족 행사 또한 마찬가지다. 타인의, 특히 연인의 집에 방문해 그의 가족을 만난다는 부담스러운 일일 수밖에 없는데, 그 자리에서 연인이 이방인이 된 기분을 느끼지 않도록 홀로 두지 않으며 마음을 편하게 해줄 수도 있었다. 모임의 분위기를 흐트러트릴 정도로 과도하게 챙겨주어야 한다는 뜻은 아니다. 그저 소외감을 느끼지 않도록 주의를 기울이고 마음을 써야 한다는 것이다.

나를 가장 힘들고 아프게 하는 건 나와 아무 상관 없는 행인이나 먼 데 사는 지인이 아니다. 수시로 만나고 함께 밥을 먹으며 허물없이 이야기를 나누는 사이, 즉 연인이나 배우자 혹은 가족이다. 나를 제일 잘 알기에 무엇이든 이해해 주고 내 편을 들어주며 나를 감싸주리라 생각하지만, 결정적일 때 그들은 늘 정반대로 말하고 행동한다. 그래서 더 서운하거나 화가 나고, 더 나아가 배신감까지 들게 되는 것이다.

이렇듯 우리는 사랑을 하면서도 일상의 작은 순간순간마다 종종 소외감을 마주하게 된다. 이럴 때면 상대에게 자신이 느낀 소외감을 토로하고 도움을 요청할 수도 있지만, 스스로 자신의 감정을 검열하는 경우도 많다. '애도 아니고, 너무 나만 챙겨달라고 보채는 건가?' '내가 너무 예민하게 구는 건가?' 하며 자신이 받은 소외감을 '적응하지 못한 자신의 탓'이라 생각하게 되는 것이다.

하지만 그저 서운함, 외로움 등으로 존재하던 소외감이 제때 해소되지 못하고 켜켜이 쌓이기만 하면 더 큰 문제를 일으킬 수도 있다. 심각할 경우 정신의학적인 문제까지로 이어지는 것이다.

물론 이는 소외감이 극단적으로 진화했을 때 생기는 상황이다. 하지만 일상에서 느끼는 소소한 소외감이라 할지라도 내 마음을 돌아보고 살피는 과정은 필요하다. 만약 소외감을 느끼는 상황이 온다면 이렇게 대처해 보면 좋다.

첫째, 소외감이라는 감정을 있는 그대로 인정하고 받아들인다. 소외당하면 가슴 아픈 게 당연하다. 지극히 정상적인 반응이다. 내가 속이 좁거나 나약해서가 아니다. 내가 모자라거나 열등해서도 아니다. 자책할 필요가 없다. 우리 뇌는 누군가에게 거절당했을 때 물리적 고통과 같은 방식의 아픔을 느낀다. 별로 좋아하지 않는 사람에게 소외당해도 고통스러운데 하물며 가장 사랑하는 사람에게서 소외감을 느낀다면 얼마나 마음이 아프겠는가?

둘째, 내가 소외당한 이유가 무엇인지 자문해 본다. 상대가 나를 소외시키려 한 게 아닌데 내가 과민하게 그런 기분을 느낀 것인지, 정말 상대가 의도적으로 나를 소외시키려 한 것인지 따져볼 필요가 있다. 소외감을 느꼈을 때의 장면을 객관적으로 들여다봐야 한다. 감정에서 벗어나 상황을 여러 시각에서 바라보는 것이다. 소외감을 느끼게 한 사람에게 말 못 할 이유나 사정이 있었는지 생각해 본다. 어쩌면 상대가 다른 생각을 하고 있었을 수도 있다.

셋째, 기분을 전환할 수 있는 일을 한다. 자꾸 그때 일을 기억하면서 부정적인 생각을 하는 것은 내게 도움이 되지 않는다. 오히려 상황을 악화시킬 수도 있다. 따라서 지금 집중할 수 있는 다른 것에 관심을 쏟아야 한다. 시간을 내서 내가 감사하다고 생각하는 요소들을 써보거나 내가 얼마나 행운고 복을 많이 받은 사람인지 생각해 보는 방법도 있다. 산책, 운동, 여행, 쇼핑 등 즐거운 활동을 하는 것도 좋다. 울적한 기분을 날려버리는 것이다.

넷째, 소외감을 느끼게 만든 사람과 계속해서 관계를 유지해야 한다면 내 감정을 솔직하게 말하고 비슷한 상황에서 또다시 그런 기분이 들지 않도록 배려해 달라고 요청한다. 말하지 않으면 같은 상황을 또 겪을 수도 있다. 상대방이 실수를 인정하고 사과하며 재발 방지를 약속한다면 이를 흔쾌히 받아들인다. 상대방이 자신은 잘못한 게 없고 내가 자격지심으로 소외감을 느꼈을 뿐이라고 강변한다면 관계를 계속 유지해야 하는지 숙고해 봐야 한다.

사랑은 상대방을 편안하게 하는 것이다. 안정감과 따뜻함을 느끼게 하는 것이다. 내가 꽤 괜찮은 사람이고 꼭 필요한 사람이라고 인식하게 하는 것이다. 그런데 이런 감정과 기분을 느끼는 건 사람마다 다르다. 내 방식과 생각대로 했을 때 기대와 달리 상대방은 전혀 다른 감정과 기분을 느낄 수 있다. 상대방에게 맞춰야 한다. 그것이 배려고 존중이다. 아무리 궁리해도 모르겠으면 직접 물어

보면 된다. 묻지도 않고 고민도 없이 내 기준대로만 한다면 상대방은 내 의도와 정반대로 소외감을 느끼고 상처를 받을 수 있다.

조금은 덜 아픈
이별이 하고 싶어서

헤어지는 건 만나는 것 이상으로 힘든 일이다. 새로운 사람을 만나 사랑에 빠지는 일이 얼마나 어려운지는 사랑을 해본 사람만 안다. 매번 기대에 부풀어 소개팅 자리에 나가지만, 역시나 하고 낙담하며 돌아서는 게 부지기수다. 그때의 그 허탈감이란 이루 말할 수 없다. 하지만 만남은 늘 사람을 설레게 하고 기대감을 품게 한다. 그것만으로도 보상이 이루어진 셈이다. 얼마나 만났든, 어느 정도 사랑하든, 모든 헤어짐에는 슬픔과 고통이 따른다. 오랫동안 깊이 사랑했던 사이라면 아픔의 크기는 상상할 수 없을 만큼 크다. 헤어진 후에는 그 어떤 기대나 미련도 갖기 어렵기에 아무런 보상도 없이 깊고 깊은 비애만을 느껴야 한다.

사랑하는, 혹은 한때 지극히 사랑했던 사람과 헤어지거나 먼저 떠나보내는 일은 엄청난 정신적 충격이다. 극복하기 쉽지 않은 트라우마를 남기기도 한다. 대표적인 것이 연인 간의 이별, 부부 사이의 이혼, 가족이나 친한 친구와의 사별이다. 인간관계에서 겪는 수많은 스트레스 중 가장 큰 스트레스를 받는 일이다. 이로 인해 느끼는 정서적 결핍이 바로 상실감이다.

　상실감은 무엇인가를 잃어버린 후의 느낌이나 감정 상태를 가리킨다. 누구나 일상생활에서 크고 작은 상실을 경험한다. 사업이 실패했을 때, 큰돈을 잃었을 때, 다니던 회사에서 쫓겨났을 때, 평생 쌓아온 명예를 잃었을 때 우리는 상실감에 괴로워한다. 그러나 사랑하는 연인과 헤어지거나 자식 낳고 행복하게 살던 부부가 이혼하거나 세상에 하나뿐인 배우자, 부모, 형제, 친구와 사별하는 일만큼 커다란 상실감을 안겨 주는 일은 없다.

　상실감의 정도를 크기로 나타내거나 비교할 수는 없지만, 연인 사이의 이별이 이혼이나 사별보다 결코 낮은 단계의 상실감을 가져다준다고 말할 수는 없다. 이혼이 살아본 뒤의 경험에 기초해 이루어지는 일이고, 누군가의 귀책 사유로 벌어지는 일이며, 법적 절차를 통해 잘잘못이 가려지는 일임에 비해 이별은 살아보지 않았기에 서로에 대해 잘 모르며, 누군가 잘못한 일이 있더라도 법적 다툼을 벌일 만큼 중대한 일이 아닌 경우가 더 많고, 얼마든지 이해하고 포용할 수 있음에도 불구하고 미숙하거나 미처 오해를 풀지 못해 발생한다는 점에서 더 안타깝고 아쉬운 점이 많다. 아름다운 이혼이라는 말은 없지만, 아름다운 이별이라는 말은 있다. 이루어졌다가 깨진 사랑보다는 아직 이루어지지 않은 사랑이 더 애틋한 법이다.

사랑하는 사람의 갑작스러운 죽음, 즉 사별은 형언할 수 없는 충격이다. 현실을 인정하고 받아들이기까지 오랜 시간이 필요하다. 어제까지 얼굴을 마주하던 사람을 더는 볼 수 없게 되었을 때, 얼마 전까지 따스한 체온을 느꼈던 사람이 이제 차디찬 땅속에 묻혀 돌아오지 못할 때 밀려오는 당혹감과 상실감은 처절하다. 그러나 역설적으로 불가항력에 의해 더 볼 수 없는 상황이 되어 마음속으로만 그리워하는 것과 얼마든지 볼 수 있고 만날 수 있는데도 그럴 수 없는 처지가 되어 본능을 억누르며 괴로워하는 것은 조금 다른 차원의 문제다. 멀쩡히 살아있는 사랑하는 사람을 한순간 상실해야 하는 고통이 한층 더 깊고 쓰릴 수 있다.

이별이 주는 상실감은 이렇게 큰 상처를 남기지만 그럼에도 우리는 종종 이별이라는 이 무섭고 무거운 말을 쉽게 입에 담기도 한다.

"싫어? 진짜 싫어? 그럼 우리 헤어져. 나 싫다는 사람 뭐 하러 더 만나? 헤어져."

어쩌면 나를 더 붙잡아 줬으면 하는 간절한 마음이 엇나간 것일지도 모르고, 상대에게 이별의 고통을 선사하겠다는 협박일지도 모른다. 연애 분야에서 손꼽히는 파워 블로거로 알려진 김종오 작가는 수많은 연애 상담을 통해 얻은 자신의 경험담을 풀어놓은 책 《헤어진 후에 알게 되는 것들》에서 아무리 화가 나는 상황이라도 헤어지자는 말은 절대 해서는 안 되는 말이라고 조언한다. 이 말은 가장 냉정하고, 가장 차분한 상황에서 해야 할 말이라는 것이다. 홧김에 불쑥 이런 말을 내뱉으면 나중에 제정신이 돌아온 뒤 수습이 쉽지 않다. 후회해도 돌이킬 수 없는 결과가 올지도 모른다. 설령 갈등이 해소되거나 마음을 되돌렸다 하더라도 두 사람 사이가 언제든 마음만 먹으면 헤어질 수 있는 사이라는 쓸쓸한 자괴감은 잊히지 않는다. 엉킨 관계를 도저히 풀 수 없어 마지못해 선택하는 이별도 아픈 법인데, 한순간의 말실수로 이별의 대가를 치르는 건 너무나 어리석은 일이다.

이별은 통보한 사람이든 통보받은 사람이든, 모두 괴롭고 힘들다. 이별을 겪는 청춘들의 마음은 수많은 사람에 의해 시와 노래와 영화와 연극으로 만들어졌다. 이 세상 대부분 사람이 사랑하고, 사랑하는 대다수가 한두 번은 이별을 경험하기에 끊임없이 읽히고 불렸다.

모든 이별 노래가 그렇듯 가수 아이유가 부른 〈첫 이별 그날 밤〉이라는 노래 역시 첫 소절만 들어도 가슴이 저려온다. 이별 후에 멍하니 아무 일도 할 일이 없다고 말한다. 할 게 없는 것이 아니라 할 수가 없는 것이다. 이별 직후의 삶이란 그런 것이다. 더구나 첫 이별이라니. 어디선가 쓸쓸한 바람이 불어오는 듯하다. 아무 생각이 나지 않는다. 머릿속은 온통 그 사람 생각이나 그 사람과 있었던 추억뿐이고, 집 안 곳곳 보이는 것마다 그 사람에 얽힌 사연의 찌꺼기들뿐이다. 가슴이 뻥 뚫린 듯 바람이 스쳐 지나간다. 비로소 눈물이 뚝뚝 떨어진다. 왈칵 쏟아지기도 한다. 무기력은 슬픔으로 가파르게 상승한다. 어느 시인이 말하길 이별은 내힘으로 어찌할 수 없는 상황에 떠밀린 헤어짐이고, 작별은 내 판단과 의지로 결단한 자의적 헤어짐이라고 했다. 그렇다면 이별은 더욱 쓰라릴 수밖에 없다.

이별은 언제나 이렇게 아파야만 하는 걸까? 어쩌면 마음이 덜 아플 수 있는 바람직한 이별법도 있는 걸까? 일단 그 이별이 돌이킬 수 없는 거라면 빨리 미련을 버리는 게 좋다. 그를 위해서가 아니라 나를 위해서다. 헤어날 수 없는 슬픔의 늪에 빠지거나 가능성 없는 미련에 목을 매는 경우, 내 삶이 리듬을 잃게 되고 내 정신은 황폐해질 수밖에 없다. 성급하게 다른 사람을 찾아 나서는 건 금물이다. 그 누구도 꿩 대신 닭일 수는 없다. 충분한 휴식기를 가지는 게 좋다.

죽음 앞에서만 애도가 필요한 건 아니다. 이별에도 애도가 필요하다. 상실에 대한 반응과 고통은 사람마다 다를 수 있다. 누구에겐가는 돈을 상실하는 것이 그 어떤 상실감보다 클 수 있으며, 어떤 사람에게는 연인과의 이별이 부모를 잃는 것보다 더 고통스러울 수 있다.

미국의 정신과 의사인 엘리자베스 퀴블러 로스는 자신의 저서 《죽음과 죽어감》에서 죽음과 애도에 대한 다섯 가지 심리변화 단계를 소개했다. 이에 따르면 죽음을 앞둔 환자들의 심리는 몇 가지 단계적인 변화 양상을 보인다. 그는 환자들의 심리변화는 부정-분노-타협-우울-수용의 단계로 나타난다고 했다. 물론 꼭 이같은 순서대로 나타나는 것은 아니다. 여러 단계가 함께 나타날 수도 있고, 특정 단계는 나타나지 않을 수도 있다.

이별을 애도하는 첫 번째 단계는 충격과 부인이다. 이별을 사실로 받아들이지 않으려 하고, 갑작스러운 감정에 압도되어 슬픔과 그리움이 함께하게 된다. 두 번째 단계는 지속적이고 강하게 옛 연인에 대해 생각하는 시기다. 일상생활 도중에도 불쑥불쑥 헤어진 사람을 생각하고, 누군가와 대화하다 보면 그 사람에 관한 이야기가 튀어나온다. 세 번째 단계는 절망과 우울증이 찾아오는 시기다. 이별의 아픔에 짓눌려 일상으로의 복귀가 자연스럽게 이루어지지 않는다. 우울한 기분, 분노, 죄책감, 불안, 슬픔 등을 느끼고, 비합리적인 행동과 생각을 하게 된다. 네 번째 단계는 회복이다. 일상생활로의 복귀가 이루어지면서 이별의 상처를 딛고 새로운 것들에 대한 흥미가 생겨나며, 자신의 삶을 새롭게 꾸려가게 된다.

미국의 심리상담가로 전 세계를 바쁘게 오가며 상실의 아픔으로 힘들어하는 사람들에게 치유의 메시지를 전하고 있는 호프 에덜먼은 최근작 《슬픔 이후의 슬픔》에서 상실의 아픔과 함께 삶으로 나아가는 법에 관해 이야기했다. 그에 따르면 가슴을 깊이 꿰뚫는 그리움의 고통은 우리가 없애거나 고쳐야 할 무언가가 아니다. 그는 우리가 그리움의 고통에서 빠져나오려고 애쓰는 대신에 그런 고통을 우리가 강렬한 열정으로 사랑할 능력이 있다는 증거로 받아들여야 한다고 말한다. 이별의 고통은 빨리 빠져나와야 하는 늪이 아니라 앞으로 더 열정적인 사랑을 만들어갈 디딤돌 혹은 도약대라고 생각해야 한다는 것이다.

당장 이별의 아픔을 겪는 사람에게 세월이 약이라고, 소중했던 추억은 가슴에 묻으라고, 아픈 만큼 성숙해지는 거라고 말하면 위로가 아니라 상처에 소금을 뿌리는 것처럼 들릴 수 있다. 하지만 충분한 애도 기간을 가지고 감정을 잘 추스르고 나면 결국 이 말들을 다 수긍할 수 있게 된다. 이로써 나는 사랑할 능력이 있는 사람으로 한 단계 더 나아간 것이다.

2장

당신의 잘못이
아니었던 것들에 대해

외로움의 사전적 정의는 '혼자가 되어 쓸쓸한 마음'이라고 한다. 그런데 왜 우리는 함께일 때 더 외로운 걸까? 당신은 자꾸만 어긋나는 관계를 바로잡기 위해 애쓰지만 진짜 바뀌어야 할 사람은 당신이 아닐지도 모른다.

미안하다는 한마디가
그렇게 어려운 걸까?

　최고의 방어는 공격이라고 했던가. 스포츠 전술을 이야기할 때 명언처럼 등장하는 이 말은 승리를 위해선 지지부진한 방어 대신 전투적으로 상대를 몰아세우는 공격이 곧 실책을 막는 지름길임을 암시한다. 이 말은 승패를 가르는 전쟁 같은 스포츠에서 꼭 필요한 말일지 모르나 삶을 대하는 태도로 사용한다면 적합하지 않다. 어느 날 병원을 찾아온 한 내담자는 남자친구가 매번 남 탓만 해 너무 스트레스를 받는다며 이야기를 털어놓았는데, 그녀의 이야기 속 남자친구가 바로 자신을 방어하기 위해 공격을 택하는 사람이었다.

　"남자친구 회사에서 인사 발령이 났는데, 그 사람이 원하던 결과가 아니었어요. 사실 전에도 승진이 누락된 적 있었거든요. 저도 기대하고 있다가 소식 듣고 실망하긴 했지만 남자친구가 더 속상할 것 같아 위로해 줬어요. 근데 갑자기 엄청 흥분해서 막 욕을 하더라고요. 누구는 전무 조카라서 누구는 납품 업체 사장 아들이라 승진한 거고, 다른 사람들도 능력은 하나도 없는데 아부만 잘하고 학벌만 좋아서 승진한 거라면서 버럭 성질을 내더라고요. 묵묵히 죽어라 열심히 일하는 자기 같은 사람은 만년 대리라고요. 그런데 사실 한 번도 아니고 번번이 승진에서 미끄러지는 게 그 사람들 탓만은 아니잖아요? 참다 참다 저도 화가 나더라고요. 평소에도 자기가 실수하면 엉뚱하게 가만히 있던 저를 탓하거나 다른 변명이나 핑계 대기 일쑤였거든요. 크고 작게 다투더라도 먼저 사과 한번 한 적이 없고요. 처음엔 잘 타일러 보려고 했는데, 그 사람 도저히 바뀔 것 같지 않아요."

말을 마친 여성의 얼굴은 질릴 대로 질렸다는 듯 지쳐 있었다. 그 사람의 문제 해결법을 바로잡기 위해 긴 시간 동안 많은 노력을 들여왔다는 게 보였다.

나의 약점과 문제를 인정하고 싶지 않아 변명과 핑계로 일관하는 것은 방어기제의 일종이다. 사람은 심각한 공포, 고통, 분노, 좌절 등을 경험하게 되면 이성적으로 판단해서 현실을 받아들이지 않고, 순간적 감정과 정서에 굴복해 현실에 무관심하거나 거기서 벗어나기 위해 자꾸 회피하려는 경향이 있다. 이를 현실 회피 혹은 현실 도피라고 한다. 당장은 편할 수 있겠지만, 이는 자신에게 전혀 도움이 되지 않으며 이는 그 사람과 함께하는 연인에게도 고통이 된다. 이런 상태로는 아무것도 제대로 파악할 수 없다. 괴롭고 힘들어도 현실 속으로 들어가 인정하고 받아들여야 비로소 문제가 보이는 법이다.

현대인들은 본인 의지와 관계없이 극심한 스트레스와 긴장 속에 살아가기 때문에 현실 회피적 성향을 보이는 사람이 많다. 우울신경증의 일종이다. 심리 치료에 들어가면 이런 사람은 자기 수용 단계를 거친다. 자신과 자신이 처한 환경, 자기가 맞닥뜨리고 있는 문제를 있는 그대로 인정하고 받아들이는 훈련을 하는 것이다. 자기를 제대로 수용할 수 있어야만 자신의 마음과 생각을 바르게 표현할 수 있고, 비로소 세상을 긍정적으로 바라보게 된다.

뜻하지 않은 위기나 위험에 맞닥뜨렸을 때 사람은 누구나 자신을 보호하기 위한 행동을 한다. 이는 생존을 위한 본능적인 행위다. 충분히 자신을 방어할 수 있음에도 무방비로 있다가 위기나 위험을 고스란히 감수하지는 않는다. 피하거나 막는 게 당연하다. 이때 무의식적으로 자신을 속이거나 상황을 달리 해석하여 충격과 상처로부터 자신을 지키려는 심리 혹은 그 같은 행동을 정신의학에서는 방어기제Defense Mechanism라고 부른다.

마음의 평화를 깨뜨리는 잠재적 위협으로부터 자신을 보호함으로써 마음의 평정을 유지하려는 방어기제는 굉장히 다양하다. 위기나 위험의 정도에 따라 달라지기도 한다. 처음에는 정상적인 방어기제가 동원되다가 나중에는 비정상적인 방어기제로 확대되며, 낮은 수준의 방어기제에서 높은 수준의 방어기제로, 성숙한 방어기제에서 미성숙한 방어기제로 나아가기도 한다. 자신의 심리적 안정과 안전을 위해 사용하는 도구이기에 당연히 중복될 수 있다.

방어기제의 유형 중 부정과 분리는 병리적인 방어기제에 속한다. 부정은 자신의 외적인 상황을 감당하기 어려울 때 상황을 아예 거부함으로써 심리적인 상처를 줄이고 불안을 방어하기 위한 수단이다. 사랑하는 사람이 죽었는데 "아냐, 그는 죽지 않았어. 어제도 나랑 통화했잖아?"라고 믿거나 연인과 이별했는데 "그녀는 여전히 나를 사랑하고 있어. 요즘 너무 바빠서 잠깐 못 만날 뿐이야"라고 생각하는 것이다. 분리는 자기와 남들의 이미지를 마음속에서 선과 악의 양극단으로 나누는 것이다. 전적으로 좋은 것과 전적으로 나쁜 것이라는 두 개의 상반된 것으로 분리한다. 원시적 형태의 방어라고 할 수 있다.

억압과 억제는 모두 감정을 억누르는 방어기제지만, 분명한 차이가 있다. 억압은 감정을 의식하지 못한 채로 억누르는 것이고, 억제는 감정을 의식한 후에 억누르는 것이다. 의식하기에 너무 고통스럽고 충격적이어서 무의식적으로 억눌러버리는 억압은 미성숙한 방어기제이고, 억제는 이보다는 성숙한 방어기제라고 할 수 있다. 감정을 의식하지 못한 채 억누르기만 하는 사람들에게서는 감정을 처리하지 못하다 보니 신체화 증상(내과적으로 이상이 없는데도 다양한 신체적 증상을 호소하는 상태)이나 중독, 식이장애가 빈번히 관찰된다. 불편한 감정을 제때 적절하게 해결하지 못하기 때문에 원치 않는 신체적 질병에 걸리기 쉽다. 마음속에 켜켜이 쌓아두기만 한 감정의 앙금이 몸 어딘가에 이상 증세로 나타나는 것이다.

그와 달리 합리화는 어떤 일을 하고 나서 뜻대로 되지 않자 죄책감이나 자책감에서 벗어나기 위해 그럴듯한 이유를 만들어 냄으로써 자신의 말과 행동을 정당화하는 방어기제다. 예를 들어 이런 상황이다. 애연가인 애인에게 건강상의 이유로 금연을 권유했는데, 담배를 끊겠다던 그가 몰래 흡연한 사실을 들키자 이런 말을 했다고 한다.

"오랫동안 담배 피운 사람 중에도 건강하게 장수한 사람이 얼마나 많은데. 내 친구네 할아버지는 100세가 다 되셨는데 그렇게 담배를 좋아하시면서도 아직 정정하시다니까?"

"애연가 중에 성공한 사람들이 많아. 우리 회사 사장님도 하루에 한 갑씩 피는데……."

이런 합리화는 일상에서 가장 자주 목격할 수 있는 방어기제의 한 유형이다. 이솝 우화에 등장하는 〈여우와 포도〉 이야기도 대표적인 사례다. 어느 날 길을 가던 배고픈 여우가 나무를 휘감고 높이 올라간 포도나무에 먹음직스러운 포도송이들이 주렁주렁 매달린 것을 보았다. 당장 따 먹고 싶었지만 나무가 너무 높아 그럴 수 없었다. 아무리 힘껏 뛰어올라도 포도송이가 닿지 않았다. 다람쥐나 원숭이처럼 나무 위를 잘 올라갈 수도 없었다. 하는 수 없이 눈앞의 먹이를 포기하고 돌아서면서 여우는 "저건 아직 덜 익은 신 포도야"라고 말했다. 도저히 먹을 수 없는 상황이 되자 자신의 능력으로 따 먹을 수 없어 돌아선 게 아니라 포도가 덜 익어서, 신 포도들이라 맛이 형편없기에 그냥 가는 것뿐이라고 변명한 것이다. 여우는 어차피 그림의 떡이 되어버린 포도였기에 마음껏 비난하고 돌아섰다. 결코 못 먹은 게 아니라 안 먹는 거라면서.

우화는 동식물이나 사물을 주인공으로 삼아 만들어 낸 이야기다. 짧고 재미있기에 한바탕 웃고 지나간다. 그러나 그 속에 담긴 풍자와 교훈은 가볍지 않다. 생각해 보면 우리는 누구나 여우처럼 살아간다. 뭔가를 얻으려 노력하다 마침내 성취하면 전부 자기 노력의 대가라고 여기고, 아무리 애를 써도 얻지 못하면 목표했던 것 자체를 신 포도처럼 취급해 버린다. 합리화에 너무 쉽게 빠진다. 그렇게 해야만 마음이 편하고 위안이 되기 때문이다.

합리화는 인지 부조화 때문에 일어난다. 인지 부조화란 자신이 평소 옳다고 믿어온 신념, 태도, 행동 사이에 모순과 불일치가 발생했을 때 느끼는 심리적인 불편함을 가리킨다. 이럴 때 사람은 불편함을 없애거나 줄이기 위해 자신이 품어 왔던 생각과 믿음을 바꾸든가 아니면 그럴싸한 구실을 만들어 자신이 하는 말과 행동을 정당화한다. 우화 속 여우가 되는 것이다.

연인 사이에서도 이런 일은 빈번하다. 연인 간에는 믿음이 가장 중요하다고 말하면서도 항상 상대를 믿지 못해 잠시라도 연락이 안 되면 불같이 화를 내며 "네가 연락이 안 되니까 당연히 의심할 수밖에 없잖아"라고 말한다거나, 공평함을 위해 '반반 결혼'을 하자던 연인이 "그래도 집안일은 여자가 더 잘하니까 자기가 맡아서 해줬으면 좋겠어"라며 자신에게 유리한 쪽으로 말을 바꿔 정당화하는 경우가 그렇다.

〈여우와 포도〉 이야기 속 여우는 자신의 실패를 들킬 타인이 없는 상황에서도 혼잣말을 하며 스스로 합리화를 했다. 하지만 만약 자신의 약점이 되는 실패를 타인에게 들킬 위험이 있다면 어떨까? 특히 연인에게는 자신의 잘나고 좋은 모습만 보이고 싶은 건 인간의 당연한 심리일 것이다. 그러니 자신의 문제를 스스로도 잘 받아들이지 못하는 사람은 상대방에게 나약한 모습을 들키고 싶지 않으니 쉽게 들킬 거짓이라 해도 변명과 핑계를 대는 것이다.

그 밖에도 투사, 해리, 환상 등의 미성숙한 방어기제가 있는데, 투사는 자신의 감정이나 동기를 다른 사람에게 돌려서 어려움에 대처하는 방법이다. 자기가 화가 나서 큰 소리를 내면서 자꾸만 상대방이 화를 냈다고 생각한다. 아침에 늦게 일어나 애인과의 약속 시간에 늦었는데도 게으른 자신을 탓하기보다 '나 아침잠 많은 거 알면 미리 전화해서 센스 있게 깨워줄 수 있는 거 아닌가? 내가 늦을 거 알면서 왜 안 깨웠지?'라는 생각이 먼저 들면서 자신이 늦게 일어난 잘못을 애인에게 돌린다. 앞선 사례의 남자친구가 번번이 승진에 탈락한 원인을 외부에 투사하여 남들을 질책했던 것도 마찬가지다. 자신의 실력이 부족하거나 회사에서 요구하는 실적을 달성하지 못한 사실 등은 인정하지도 않고, 타협하려 하지도 않는다. 이처럼 자신이 받아들일 수 없는 부정적인 생각이나 태도 등에 대해 다른 사람에게 무의식적으로 그 원인을 돌리는 투사는 현실을 교묘하게 왜곡시키는 바람직하지 않은 방어기제라 할 수 있다.

해리는 고통과 갈등 상태에 놓인 인격의 한 부분을 다른 부분과 분리하는 것이다. 다시 말해서 자신을 불편하게 하는 성격 일부가 그 사람의 의식적 지배를 벗어나 다른 독립된 성격인 것처럼 행동하는 경우를 가리킨다. 프로이트에 따르면 환상이란 과거의 트라우마 사건을 무의식적 욕망에 따라 현재에 소환하여 재구성할 때 이를 시각적으로 무대화하는 것을 말한다. 상상 속에서 성취를 경험함으로써 현실에서 좌절된 욕망을 충족하는 것이다. 예를 들면 매번 구직에 실패해 백수 상태인 사람이 아침만 되면 최고급 양복을 입고 대기업에 출근하는 상상을 하거나 소개팅 자리에만 나가면 퇴짜를 맞는 사람이 어느 날 훈남이 되어 많은 여성에게 구애받는 공상을 하는 식이다. 현실과 대립하는 가상적인 상상력의 산물이다.

자신을 방어하기 위한 심리적 수단은 이토록 무궁무진하다. 누구나 자기를 보호하기 위해 무의식적으로 이 같은 방어기제를 동원한다. 나부터 살아야 하기에 어쩔 수 없다. 하지만 방어기제를 통해 자신을 보호하는 데만 급급하다 보면 현실을 회피하거나 왜곡함으로써 근본적인 문제는 해결되지 않은 채 오해와 불신만 쌓여 관계의 악순환에 빠지는 경우가 많다. 정신의학의 치료 목적은 방어기제를 없애는 것이 아니다. 현실적으로 없앨 수도 없다. 실질적으로 좀 더 현실에 적응할 수 있는 형태로 또는 좀 더 성숙한 형태로 바꾸는 데 있다.

항상 핑계와 변명을 입에 달고 사는 남자가 있다면 얄밉기도 하고 비겁해 보이기도 할 것이다. 그러나 어쩌면 그는 너무 힘들고 아프기에 자신을 보호하려고 그러는 것일지 모른다. 좀 알아달라고, 나 이렇게 애쓰고 있다고, 따뜻하게 보듬어달라고 항변하는 것일지도 모른다. 모든 인간관계는 상대적이다. 나 역시 방어기제를 사용하는 데 능숙하지 않은가? 상대방의 방어기제를 존중하고 공감한다면 서로에 대한 이해와 사랑이 더 깊어질 수도 있을 것이다.

나를 위한다는 말 뒤에 숨은
이기적인 마음

"넌 데이트 할 때 애인이 데이트 코스까지 다 짜온다며? 너 애인 정말 잘 만났다."

친구에게 이런 말을 들을 정도로 만남에 적극적으로 만반의 준비를 다하는 애인, 그는 과연 배려심 넘치는 좋은 사람일까? 그 속사정은 아무도 알 수 없다. 내장 요리는 입에도 못 대는 나를 두고 유튜브에 소문난 맛집이라며 한 시간을 운전해 데려간 곱창 전골집에서 쌈 하나를 크게 싸 먹는 애인을 곱게 볼 순 없을 것이다. 이 집 정말 맛집이라고, 편식은 안 좋은 거니까 한 번만 먹어보라는 말에 억지로 몇 점 집어 먹은 곱창에 속도 마음도 다 상해버리고 만다. 상한 속을 달래러 간 카페에서 시원한 아이스 아메리카

노라도 한잔 마시려는데 애인의 손에는 김이 폴폴 나는 뜨거운 커피가 들려있다.

"나 아이스로 마신다고 하지 않았나? 왜 뜨거운 거 사 왔어?"

메뉴를 잘못 부탁했던가 기억을 더듬는 나에게 상대는 이렇게 말한다.

"기름진 거 먹고 찬 거 마시면 안 좋아. 게다가 오늘 날씨도 추워서……."

처음엔 친구의 말처럼 매사 적극적이고 배려심 넘치는 사람인 줄 알았겠지만 사실은 그 반대다. '배려'라는 이름 뒤에는 자신이 원하는 선택, 옳다고 생각하는 정답만을 고집하는 이기심이 숨어 있다.

이기심은 다른 사람의 의사나 상황을 고려하지 않고 오직 자신의 이익이나 안위나 즐거움만을 위해 말하고 행동하는 것을 가리킨다. 나만 좋으면 그만이라는 마음이다. 엄밀히 따지면 모든 생물은 이기적이다. 일단 내가 안전하게 살아 있어야만 남도 돌아보고 다른 것도 살필 수 있기 때문이다. 본능적으로 나를 먼저 챙기는 것은 당연한 일이다. 그런 의미에서 이기심은 생존의 필수 조건이며 그 자체로 가치 중립적이다. 좋다 나쁘다, 옳다 그르다 판단할 수 없는, 선천적으로 가지고 있는 억누르기 힘든 감정이나 충동인 것이다.

하지만 모든 것을 본능에 의존하는 다른 생물과 달리 인간은 생각하고 판단하며 도덕과 규범을 지키면서 살아간다. 개인의 본능과 공동체의 안녕과 이익이 상충할 때 내 본능을 자제하고 억제하는 힘이 있다. 이기심이 본능임에도 불구하고 공동체의 안녕과 이익에 부합되지 않게 지나칠 만큼 자신의 이익과 안위와 즐거움만 추구하는 사람이 비난받는 이유다.

타인보다 나를 더 위하는 이기심은 몇 가지 차원으로 구분해 볼 수 있다.

첫째는 가장 낮은 단계의 저급한 이기심이다. 자신을 위해 남에게 손해를 끼치고 불이익이 되는 일조차 서슴지 않는 사람이다. 공동체의 안녕과 이익에 반하며 다른 사람에게 피해를 주기에 파괴적이다. 도덕이나 규범을 따지지 않으므로 범죄로 이어질 가능성이 크다.

둘째는 자신의 이익과 안위와 즐거움을 추구하지만, 타인에게 피해를 주거나 불이익을 끼치지는 않는 사람이다. 저급하지는 않으나 차원 높은 단계도 아니다. 다른 사람의 말과 행동에 무관심할 뿐이다. 중요한 것은 오로지 자신이며 이웃이나 공동체에는 관심이 없다.

셋째는 오로지 자신만을 위해 살기보다는 타인에게 도움도 주며 이웃과 공동체를 위해 양보하고 헌신하기는 하는데, 그에 상응한 대가와 보상을 바라는 사람이다. 내어준 만큼 받아 채우려는 것이다. 이타심이 있는 듯하나 결국은 자신의 이기심을 채우려는 목적이 강하다.

넷째는 타인을 배려하고 존중하며 돕는 것이 즐거운 사람이다. 이웃과 공동체의 안녕과 이익에 부합하는 삶에서 행복을 느끼는 것이다. 그러면서도 일절 대가나 보상을 바라지 않는다. 타인을 배려하고 존중하는 삶에서 행복을 느끼는 게 어떻게 이기심이라고 할 수 있는지 의문이 들 수도 있으나, 이기심이라고 해서 다 나쁜 것만은 아니다. 봉사하고 헌신하며 이타적으로 사는 것이 결국은 자기 자신을 위한 거라고 느껴 행동하는 것이기 때문이다.

다섯째는 종교적 차원까지 나아간 이기심이다. 이 단계는 나와 이웃과 공동체를 구분하지 않는다. 세상을 이롭게 하는 것이 나를 이롭게 하는 거라는 생각이 신앙이 된 사람이다. 가장 높은 단계라 할 수 있다. 마더 테레사나 슈바이처 박사 같은 위대한 사람이 이 부류에 속한다.

사랑은 이 중 어느 단계에 속할까? 사랑은 이기적일까 아니면 이타적일까? 가장 일관되게 이타적으로 이루어지는 사랑은 자식에 대한 부모의 사랑이라고 할 수 있다. 자신이 가진 모든 것을 아낌없이 내어줄 수 있는 사랑이다. 심지어 자식을 위해서라면 목숨까지도 아깝지 않은 게 부모다. 반면 가장 이타적이면서도 지극히 이기적인 것이 남녀 사이의 사랑이다. 뜨겁게 불타오를 때는 상대방을 위해 어떤 것을 희생해도 아깝지 않을 만큼 사랑하지만, 차갑게 식어버리고 나면 아무런 상관없는 남보다도 못한 존재가 되고 만다. 오히려 상대방을 제일 아프게 하고 힘들게 하고 괴롭게 만드는 사람이 될 수도 있다.

사랑은 나의 행복을 위해 하는 것이다. 사랑하는 사람과 함께 있고, 사랑하는 사람과 대화를 나누며, 사랑하는 사람과 맛있는 음식을 나누어 먹는 것은 소소한 행복이지만, 내가 경험할 수 있는 최고의 행복이다. 돈을 많이 벌고, 원하던 자리에 오르고, 대단한 힘을 가지게 됐다고 해도 항상 홀로 있고, 일상의 대화를 진솔하게 나눌 사람이 없으며, 맛있는 음식을 혼자서만 먹어야 한다면 단연 행복하지 않을 것이다. 따라서 사랑은 나의 행복을 위해 사랑하는 사람에게 모든 것을 맞추어야 한다. 상대방에게 주목하고 존중하며 배려해야 한다. 사랑하는 사람이 행복해야 내가 행복한 까닭이다. 나의 이기심을 채우기 위해 내가 가진 이타심을 최대한도로 발휘하는 것, 이것이 남녀 간에 이루어지는 사랑의 방정식이다.

내가 가고 싶은 곳만 가고, 내가 보고 싶은 것만 보고, 내가 먹고 싶은 것만 먹으려는 사람, 이런 문제로 다투는 사람, 끝까지 자기주장만 하는 사람은 가장 낮은 단계의 저급한 이기심을 가진 사람이라 할 수 있다. 누군가 그렇게 행동한다면 그 연인까지 불행해지고 만다. 이해받고 존중받지 못한다고 느껴 결국 그가 나를 무시하고 업신여긴다고 생각하게 될 수밖에 없다.

이기심을 가진 연인은 자신을 위해 상대를 불행하게 만들지만,

결국 그 불행은 돌고 돌아 원래의 주인을 찾아가게 된다. 이기적인 그 사람마저 절대 행복해질 수 없는 것이다. 좋아하는 가수의 콘서트에 가고 싶다는 사람을 억지로 유명 성악가의 클래식 연주회에 데리고 가면 누가 행복할까? 둘 다 불행하다. 끌려간 사람이 즐거울 리 없으니 끌고 간 사람도 유쾌할 수 없다. 피자를 먹고 싶다는 사람에게 감자전을 먹으라고 강요하면 누가 행복할까? 둘 다 불행하다. 먹고 싶지 않은 걸 먹는 사람이 맛있을 리 없으니 먹고 싶었던 사람도 맛있을 수 없다. 사랑은 받는 게 아니라 주는 것이다. 이타심을 발휘해야만 이기심이 채워질 수 있다.

내 남자친구가 이기적인 사람이라면, 처음엔 그 사람이 원하는 대로 맞춰줄 수는 있을 것이다. 이기적인 사람이든 이타적인 사람이든, 결국 내가 사랑하는 사람이기 때문이다. 이걸 하든 저걸 하든 내가 정말 싫어하는 것만 아니라면 상대를 배려하고 존중하는 마음에 그 사람의 의견에 맞춰주는 건 어려운 일이 아닐 것이다. 하지만 이러한 관계가 지속된다면 아무리 배려심 깊은 사람일지라도 지치는 날이 오게 된다.

매번 싸워가면서라도 그가 얼마나 이기적인지를 증명하고 가르치면서 하나씩 고쳐나가도록 하면 어떨까? 하지만 그 방법도 잘 풀리기는 어렵다. 만날 때마다 분위기가 엉망이 되고 사이만 멀어질 공산이 크다. 이기심을 이타심으로 바꿀 수 있는 치료법이나 약은 아직 개발되지 않았다.

남자친구에 맞서 내 이기심을 그대로 밀고 나가면 어떨까? 눈에는 눈, 이에는 이로 대응하는 것이다. 그러면 아마도 매번 전쟁을 치러야 하지 않을까? 타협점을 찾아 한 번은 남자 뜻대로, 한 번은 여자 하고 싶은 대로 하면? 연애가 너무 기계적으로 흘러갈 우려가 있다.

이기적인 사람을 대하는 게 힘들고 피곤하니 그냥 헤어지는 건 어떨까? 헤어질 이유를 찾는다면 이것 말고도 많을 것이다. 사랑은 단점을 찾는 게 아니라 장점을 발견하는 것이다. 함께할 수 없는 증거를 수집하기보다 같이 할 수 있는 조건을 쌓아가는 것이 사랑이다.

하지만 가끔은 거꾸로도 한번 생각해 보자. 남자친구가 너무 이기적이라 힘들다면, 나 또한 남자친구에게 이타심을 베풀기보다 내 이기심을 강하게 고수하기 때문에 힘든 것일지도 모른다. 내가 사랑하는 사람을 위해 내 이기심을 내려놓고 이타심으로 대한다면, 그래도 힘들까? 사랑은 이기는 게 아니다. 지는 것이다. 졌는데, 양보했는데, 손해가 났는데, 다 줬는데, 그런데도 마냥 행복한 게 바로 사랑이다. 내 이기심은 보지 않고 상대의 이기심만 보니 힘든 것이다.

미국의 심리학자 웨인 다이어는 《행복한 이기주의자》라는 책에서 행복한 사람이란 자기 자신을 가치 있게 생각하는 사람이라고 말한다. 이런 사람을 가리켜 그는 행복한 이기주의자라고 정의했다. 여기서 이기주의는 나의 이익을 위해 타인을 희생시키는 게 아니다. 다른 사람의 시선이나 세상의 평가에 끌려다니지 않고 자신만의 기준으로 행복을 누리는 사람이 행복한 이기주의자다. 내가 상대를 소중히 여기고 존중하고 배려하고 사랑함으로써 그 사람이 행복해하는 걸 바라보며 내가 한없이 행복하다면 그게 바로 행복한 이기주의자라고 할 수 있다. 내가 먼저 이타심을 발휘해 내가 원하는 이기심을 채워 행복을 누리는 것이야말로 연애에 있어 최상위 단계의 이기주의자가 아닐까?

"스스로 소중하지 않거나 사랑받지 못하는 사람 취급을 하면 다른 이들에게 사랑을 베푼다는 것이 불가능해진다. 내가 가치가 없는데 어떻게 남들에게 사랑을 베풀 수 있겠는가?"

연인 사이에 상대방이 너무 이기적이라 만날 때마다 부딪히고 힘들다면 웨인 다이어의 이 말을 깊이 숙고할 필요가 있다. 나는 상대방을 소중한 사람, 사랑받는 사람, 가치 있는 사람으로 대하고 있을까? 나는 진심으로 그에게 이타심을 베풀고 있을까? 내가 사랑하는 사람을 충분히 이타심을 가지고 대한다면 아마도 그가 가진 이기심이 점점 희미해지지 않을까? 그렇게 되었을 때 두 사람은 비로소 행복한 이기주의자로 원숙한 사랑을 하게 될 것이다.

물론 이기적인 사람의 모든 것을 받아들이고 끌려다니는 것이 정답이란 뜻은 아니다. 모든 관계는 평등하기에, 내가 보인 이타심에 감사할 줄 알고 자신도 그렇게 배려와 사랑을 돌려줄 수 있는 사람이라면 얼마든지 그 사람을 위한 사랑을 베풀어도 좋다. 하지만 나의 노력을 또 한 번 자신의 이기심을 채우기 위해 이용하는, 양방향의 배려가 불가능한 사람이라면 미련 없이 뒤돌아도 좋다. 나의 행복을 위해 그 정도의 이기심을 부린다고 비난할 이는 아무도 없다.

밀당인 줄 알았는데
그저 무심한 남자였다

넷플릭스를 통해 세계적인 인기를 끈 드라마 〈오징어 게임〉에서는 목숨을 건 줄다리기 게임 장면이 나온다. 투자에 실패해 큰돈을 잃고 게임에 참가하게 된 조상우(박해수 분)는 상대편에 의해 줄이 계속 끌려가는 것을 보고 한 가지 방법을 제안한다. 서로가 팽팽하게 줄을 잡아당기는 대치 상황에서 일부러 세 걸음 앞으로 걸어가 상대편의 중심을 무너트리는 전략이었다. 그대로 줄이 끌려가 패배, 즉 죽음을 맞이할 수도 있었던 위험한 밀당이지만 결국 전략은 통했고 줄다리기 게임에서 승리했다.

줄다리기는 힘만 앞세워 당긴다고 해서 이기는 게임이 아니다. 연애도 마찬가지다. 연애는 밀당, 즉 밀고 당기기를 잘해야 한다.

끌려가지 않도록 버티기도 해야 하고, 상대의 힘을 빼기 위해 밀리는 척 놔주기도 해야 한다. 그러다가 결정적 순간에 확 끌어당겨 승기를 잡아야 한다. 남녀 사이의 미묘한 심리 싸움에서도 이와 같은 밀당의 기술이 필요하다. 무조건 상대에게 맞춰주기만 한다든지, 상대는 아랑곳없이 내가 하고 싶은 대로만 한다든지 하면 연애가 잘되기 어렵다. 금방 싫증이 나거나 지칠 수 있다. 밀당을 잘하면 연애 기간이 오래되었어도 권태나 지루함에 빠지지 않고 두 사람 사이에 약간의 긴장과 설렘을 유지하는 효과가 나타난다.

그런데 밀당이 잘 안되는 사람이 있다. 본인 의견과 감정을 통 드러내지 않는 사람이다.

"우리 이번 연휴에 여행 가기로 한 거, 부산으로 갈까 아니면 제주도 갈까?"

"여행이 다 거기가 거기지 뭐, 그냥 아무 데나 자기 가고 싶은 데로 정해."

여행 생각에 들떠 계획을 짜려 하는데 이런 반응이 나오면 기운도 빠지고 의욕도 떨어질 것이다.

"난 자기랑 가는 여행이면 다 좋아. 우리 둘 다 회 좋아하니까 부산 자갈치 시장 가서 회 사 먹어도 되고, 지금 제주도에 유채꽃 축제할 시즌이라 제주도도 좋겠는데, 자기는 어디가 더 좋아?"

이렇게 상대를 배려하면서도 자신의 의사를 분명히 말한다면 여행을 준비하는 과정부터 즐거움이 가득할 것이다.

자기 의견과 감정을 잘 드러내지 않는 것, 무슨 생각을 하고 있는지 영 말을 하지 않아 답답한 것, 나에게 관심이 있는 건지 없는 건지 헷갈리게 만드는 것, 이것이 바로 무심함이다. 무심은 감정이나 생각하는 마음이 없는 상태를 가리킨다. 좋게 말하면 도화지처럼 순백한 상태라고 할 수 있으나 나쁘게 말하면 정도 없고 의욕도 없고 소통도 할 줄 모르는 냉담한 상태라고 할 수 있다. 불교에서는 생각 이전의 본래의 마음자리, 속세에 전혀 관심이 없는 경지, 망념을 멀리 떠난 참된 마음 등으로 차원 높게 해석하지만, 연애할 때나 가정생활 또는 사회생활에서는 일이나 사람에게 관심과 애정이 없는 경우에 쓰는 말이다.

무심함은 공감력이 떨어지거나 표현력이 부족한 사람에게서 나타나는 심리적 태도다. 공감력은 상대방 관점에서 생각과 감정을 이해하고 그에 맞춰 적절히 반응하는 것을 말하는데, 타인의 상황과 기분을 느낄 수 있는 능력이다. 이 같은 공감력이 떨어지는 사람에게서는 여러 가지 문제가 발생한다. 대인 관계를 원만하게 유지하기 어렵고, 상대방과 감정을 교류하기 힘들며, 본의 아니게 사회적으로 부적절한 행동을 하게 된다. 따라서 누구와도 진지하고 깊이 있는 관계를 만들거나 이어가는 게 곤란해진다. 연인 사이에서 어느 한쪽의 공감력이 떨어지면 예민한 감정을 주고받기 힘겨워지기에 오해와 갈등이 생길 수밖에 없다.

예를 들어, 연인과 만남을 이어간 지 1주년이 되는 날이라고 해

보자. 당신은 둘만의 첫 기념일을 축하하기 위해 들뜬 마음으로 상대를 만났는데 상대는 그날이 1주년인 줄도 모르고 있다. 설마 하는 마음에 '모른 척하고 있다가 서프라이즈 이벤트라도 하려는 건가?'하고 기대감을 버리지 않는데, 그 사람은 정말 기념일을 새카맣게 잊었다면 어떨까. 서운한 마음으로 그에게 기념일을 상기시켜줘도 돌아오는 대답은 탐탁지 않다.

"아, 오늘이 1주년이었구나. 완전히 깜빡 잊고 있었네. 미안해. 그런데 뭐 1주년이 뭐 대단한 날인가. 난 기념일 같은 거 잘 안 챙겨서 신경 안 쓰고 있었어."

상대에게 줄 선물을 고르고 골라 품에 안고 있는 당신이 면전에서 이 말을 들었다면 이는 단순히 '깜빡한 실수'로 여겨지지는 않을 것이다. '이 사람은 나와의 만남이 그다지 중요하거나 특별하지 않나 보네'라며 관계에 대한 회의감을 느끼거나, 이를 통해 나를 향한 사랑의 깊이를 가늠해 보게 되는 계기가 될지도 모른다.

이런 공감력은 타고난 기질과 성장 환경 그리고 개인적 노력으로 발달한다고 볼 수 있다. 기질적으로 공감력이 다소 떨어지게 태어난 데다 어릴 적 성장 환경마저 좋지 않았다면 공감력을 키우기 위해 자신만의 노력을 기울여야 한다. 공감력이 심각한 수준으로 부족했을 때는 조현병, 지적장애, 반사회성 성격 장애 등 정신의학적 질병으로 옮아갈 수도 있다.

연애는 물론 모든 인간관계에서 표현력은 아무리 강조해도 지나치지 않을 만큼 중요하다. 표현하지 않는 마음은 그 누구도 알수 없다. 내 마음은 연인에게 더 잘해주고 싶고, 좋은 관계로 발전시키고 싶어도 이를 적절하게 표현하지 않으면 상대방은 이 사람이 나를 얼마나 사랑하는지, 어느 단계까지 가려고 생각하는지 알지 못한다. 가타부타 아무런 표현도 하지 않는 사람이 그저 무심하게 느껴질 뿐이다. 연애에서는 절대로 침묵이 금이 아니다. 사랑한다, 고맙다, 좋다, 기쁘다, 잘했다, 맛있다, 최고다, 이런 표현을 제대로 할 줄 알아야 한다.

여기 A, B, C라는 세 명의 남자가 있다. 연인과의 데이트 중 여자친구가 갑작스럽게 복통을 호소하는데 각자 이런 대답을 내놓았다.

A: "아까 너무 많이 먹더라니……. 조금 있으면 괜찮아질 거야."
B: "나는 회사 들어가야 하니까 가까운 병원에 가봐."
C: "증상이 어떤데? 많이 아파? 내가 빨리 가서 약 사올게."

연인이 아픈 상황이니 당연히 누구라도 C처럼 반응할 거라 생각하겠지만, 현실은 그렇지 않다. 아픈 연인을 두고도 공감력이 떨어지고 무심한 반응을 보이는 이들은 많다. 그렇다면 좀 더 일상적인 상황에서는 어떨까. 당신이 예전부터 가지고 싶어 하던 목걸이를 사고 연인에게 "이거 새로 산 목걸인데 어때?"라고 물었다고 해보자.

A: "목걸이 많은데 또 샀어? 얼마짜리야?"

B: "목걸이 다 똑같지 뭐. 밥이나 먹으러 가자."

C: "와, 멋지다. 자기한테 딱이네. 너무 예쁘고 잘 어울려."

여자가 남자에게 바라는 건 자신의 마음을 좀 알아주고 존중해 달라는 것이다. 그런데 남자 A는 여자의 말을 듣고 그를 비판하면서 충고하려고만 한다. 남자 B는 여자의 말에 관심이 없고 딴전만 피운다. 전형적인 무심한 남자다. 두 사람 모두 공감력이 떨어지고 표현력이 부족한 사람이다. 반면 남자 C는 여자에게 주목하고 몰입하며 그녀의 말을 존중한다. 공감력이 뛰어나고 표현력이 풍부한 사람이다. 어떤 사람이 연애에 성공할까? 당연히 남자 C다. 어떤 사람이 여자에게 더 사랑받고 존중받을까? 이 역시 당연히 남자 C다.

이처럼 상대를 배려하며 존중하는 연인 사이가 되기 위해서는 공감과 표현이 필수적이다. 그렇다면 공감력을 높이고 표현력을 기르기 위해서는 어떻게 하는 게 좋을까?

첫째, 상대방의 말을 잘 듣는 훈련을 해야 한다. 남의 말에 귀를 기울이는 것이다. 무심함은 주의를 기울이고 몰입하지 않기 때문에 생긴다. 신경 써서 반복하면 나아질 수 있다.

둘째, 상대방의 말이나 행동에 대해 비판적으로 생각하고 말하는 것을 삼가야 한다. 그 사람은 내게 지적당하고 평가받으려고 말하는 게 아니다. 비판은 기분만 상하게 할 뿐이다.

셋째, 몸짓이나 표정으로 상대방의 말과 행동에 적극적으로 반응하려고 노력해야 한다. 비언어적 신호 또한 말처럼 중요하다. 대화 상대에게 바짝 다가가 앉는다든지, 눈을 맞추며 경청한다든지, 고개를 끄덕인다든지, 손뼉을 친다든지, 추임새를 넣는 것은 좋은 반응이다.

넷째, 적절한 순간에 질문을 던지는 연습을 하는 게 좋다. 그냥 조용히 듣기만 하는 게 아니라 말하는 중간중간 되묻거나 질문하면 상대는 내 말에 주목하고 공감한다고 느낀다.

다섯째, 상대방에게 뭔가를 전달하거나 선물할 때 손으로 쓴 카드를 전하면 좋다. 포스트잇에 몇 자 적어 건네도 괜찮다. 이메일, 문자, 카톡 등을 받으면 짧게라도 즉시 답장한다.

만약 내가 연인에게 더 깊이 공감하고 표현하기 위해 노력하는데 상대는 그러한 노력을 기울이지 않는 것 같다면 답답하고 화도 날 것이다. 하지만 남자친구가 무심한 성격이라고 해서 대놓고 면박을 주거나 타박하면 관계만 더 안 좋아진다. 그의 공감력과 표현력을 끌어올리기 위해서는 잘하는 면이나 장점을 찾아내 이를 칭찬하고 적극적으로 표현해서 그가 자신의 말과 행동을 하나씩 교정할 수 있도록 유도하는 게 낫다. 이를테면 내 마음에 들지 않더라도 반박하거나 따지지 말고 인정하고 격려하는 것이다.

"그러니까 결국 내가 잘했다는 거지? 고마워. 역시 내 편 들어주는 건 자기밖에 없어."

"자기가 내 말을 묵묵히 들어주니까 큰 힘이 된다. 자기는 늘 한결같고 든든해서 좋아."

오랜 기간 우리 사회에서는 '과묵함'을 남자의 미덕이라 여기곤 했다. 과묵함이라는 미덕을 가진 남자들에겐 대인 관계에서 있어 함부로 묻지 않고, 섣불리 도와주지 않으며, 쓸데없이 조언하지 않는 것이 예의였다. 상대의 감정을 세세하게 살피거나 연인과 이런저런 대화를 나누며 조곤조곤 수다를 떠는 것은 남성성에 위배되는 행동인 것이다. 하지만 이는 어디까지나 케케묵은 과거의 편견이다. 이제는 상대의 생각과 감정에 잘 공감하고 잘 표현할 줄 아는 것이야 말로 남자의 미덕을 넘어서는 '인간의 미덕'이다. 상대가 원하는 것을 잘 물어보고, 요청하지 않아도 먼저 나서서 도울 줄 알며, 대화를 통해 무엇이든 소통할 수 있는 남자야말로 성별과 시대를 넘어서는 최고의 연인이다.

'아무거나 다 좋아'란
말에 담긴 진심

프랑스의 철학자 장 폴 사르트르는 "인생은 B와 D 사이의 C다"라는 말을 남겼다. Birth탄생와 Death죽음 사이의 Choice선택, 인생이란 선택의 연속이라는 뜻이다. 우리는 매 순간 선택의 기로 앞에 선다. 진로나 결혼같이 삶의 큰 기로가 되는 선택도 있지만, 작게는 매일 아침 옷장에 앞에 서 어떤 옷을 입고 나갈지 고민하거나 점심시간을 앞두고 메뉴를 고민하기도 한다. 점심 메뉴를 고민하는 것 정도야 별것 아닌 것 같지만, 12시를 앞두고 직장인 커뮤니티에 들어가 보면 점메추(점심 메뉴 추천)라는 말과 함께 자신이 먹을 점심 메뉴를 추천해달라는 글이 곧잘 눈에 띈다. 그깟 점심 한 끼 아무거나 먹으면 뭐 어떤가 싶지만 무엇을 하든 선택지가 수

십, 수백 가지는 되는 현대 사회에서는 무언가를 선택하는 행위 자체를 어려워하는 이들이 많다.

이렇게 결정을 어려워하는 연인과 주말에 함께 집에서 넷플릭스로 영화라도 보기로 했다면 상황은 어떻게 될까? 화면을 채운 수많은 리스트에서 한 편을 고르지 못하고 페이지만 넘기는 연인에게 "보고 싶은 거 틀어. 난 아무거나 괜찮아"라고 말했지만 선택의 시간은 계속 길어지기만 한다.

"그럼 오랜만에 달달한 로맨스 영화 볼까? 더우니까 화끈한 공포 영화도 좋고, 웅장하고 화려한 SF 영화도 재밌겠다."

이렇게 제안해 해봐도 그 사람은 그때마다 "글쎄, 그것도 나쁘진 않은데……"라며 대답을 얼버무리고 화면을 넘기는 손을 멈추지 않는다. 결국 인기 차트에서 아무 영화나 선택한 당신은 이 시간이면 이미 영화 한 편 다 봤겠다며 답답해할 것이다.

이처럼 뭔가를 결정해야 하는 순간에 분명한 선택을 하지 못하고 망설이기만 하는 태도를 결정 장애라고 부른다. 어디로도 방향을 정하지 못하는 엉거주춤한 행동이기에 선택 장애라고 하기도 한다. 의학적으로 질병은 아니지만, 일상에서 종종 볼 수 있는 성격 유형이다. 선택 불가 증후군이라는 표현을 사용하기도 하고, 딱 부러지게 자기 의견이나 소신을 밝히지 못하고 이리저리 눈치를 보며 "글쎄요……"라는 애매한 답만 남발하기에 '메이비Maybe족'이라고 불리기도 한다.

이런 성격을 가진 사람은 사회에서 환영받지 못한다. 명령 체계에 따라 일사불란하게 움직여야 하는 군대나 경찰 같은 조직의 간부가 이 같은 성격의 소유자라면 큰일이 아닐 수 없다. 적을 제압하고 범죄자를 검거해야 하는 작전을 신속하고 정확하게 수행하기 어려울 것이다. 직장에서도 마찬가지다. 충분한 연구와 검토를 거친 후에는 빠른 의사 결정을 내려야 치열한 비즈니스 전쟁에서 우위를 점할 수 있다. 임원이나 CEO가 결정 장애에 빠진다면 아무리 좋은 사업도 브레이크가 걸리고 말 것이다.

문화권에 따라 차이는 있을 수 있지만, 지나치게 수동적이거나 결단력이 부족한 사람은 어느 조직이나 공동체에 소속되더라도 좋은 평가를 받지 못한다. 우유부단한 사람과 함께 일하면 업무에 지장이 생기고, 해당 부서나 주변 사람들은 그로 인해 피로감을 느낀다. 사회에서뿐만 아니라 가정에서도 매한가지이며, 연인 사이에서는 말할 것도 없다.

햄릿 증후군이라는 심리학 용어가 있다. 결정 장애를 가리키는 말로, 셰익스피어의 희곡 〈햄릿〉에 나오는 대사 "죽느냐 사느냐, 그것이 문제로다"에서 유래했다. 내가 무언가를 결정하기 어려워하는 햄릿 증후군인지 아닌지 아래의 항목을 통해 확인해 보자.

첫째, 식당에 가서 메뉴를 고를 때 다른 사람의 결정에 따라간다.

둘째, 누가 뭘 물으면 "글쎄" "어쩌지?" "잘 모르겠네"라는 대답을 많이 한다.

셋째, 내가 한 선택에 대해 후회를 자주 한다.

넷째, 뭔가를 선택하는 게 두렵고, 내 선택에 따라 어떤 결과가 나올지 걱정스럽다.

다섯째, 뭘 사러 가면 어떤 걸 골라야 할지 막막하고 어렵다.

여섯째, 다른 사람에게 사소한 결정을 부탁한 적 있다.

이 중 두 개 이하의 항목이 내게 해당하는 경우라면 약간 우유부단한 타입이라고 할 수 있지만, 네 개 이상의 항목이 내게 해당하는 경우라면 결정 장애에 빠진 상태라고 할 수 있다. 변화의 속도가 날로 빨라지는 현대 사회에서, 그것도 '빨리빨리'가 문화가 되어 버린 한국 사회에서 선택과 결정을 신속하게 하지 못하고 우유부단한 모습을 보이는 건 치명적이다.

특히 이성 관계에서 한 사람이 결정 장애라면 문제는 심각하다. 뭐든 자기 마음대로 선택하고 독단적 결정을 내리는 사람도 나를 화나게 하지만, 모호한 태도와 애매한 행동이 일상이 된 사람 역시 나를 지치고 힘들게 한다. 짜장면이냐, 짬뽕이냐를 정하는 문제라면 애교로 넘어갈 수도 있으나 언제 어디로 여행을 갈지, 커플 티셔츠나 반지는 무엇으로 할지, 집을 사야 할지 전세를 얻어야 할지 등 매우 중요한 문제를 결정할 때 망설이면서 눈치만 본다면 낭패가 아닐 수 없다. 게다가 지금 나와 사귀고 있으면서도 다른 이성이 호의를 보이며 잘해주면 거절하지 못한 채 이 사람도 좋고 저 사람도 좋다는 식으로 어정쩡하게 인연을 맺고 지낸다면 그야말로 속 터질 일이다. 맺고 끊는 게 불분명한 것과 사람 좋은 건 다르다. 햄릿은 무대 위에서만 멋진 법이다.

현대인은 매일 매 순간 수많은 선택과 결정의 기로 앞에 선다. 무언가를 선택하는 과정에서 우리는 끊임없이 비교하고 고민하며 피로감을 느끼게 되는데, 이때 쌓인 피로감으로 인해 의사 결정 능력은 계속 저하될 수밖에 없다. 이걸 의사 결정 피로감Decision Fatigue이라 부른다. 예를 들어 우리가 마트에 가서 이것저것 가격을 꼼꼼히 비교해 보고 제품을 고르느라 선택에 대한 피로감이 쌓이게 되면 결국 나중에는 고민하기를 포기하고 계산대 근처에 놓인 저렴한 껌이나 사탕을 쉽게 장바구니에 넣게 되는 것과 같다.

미국 스탠퍼드 경영대학원에서 진행한 연구에 따르면 법정에서 판사들이 가석방 심사를 할 때 오전에는 판결을 내리는 빈도가 높지만 시간이 지날수록 판결을 내리는 비중이 감소한다고 한다. 오후에는 의사 결정 피로도가 높아져 최상의 결정을 내리기에 적합한 상태가 아니기 때문에 가석방이라는, 일정 부분 위험을 무릅써야 하는 의사 결정을 회피하는 것이다.

이는 두려움과도 연관이 있는데, 잘못된 선택으로 좋지 않은 결과가 나타나거나 그릇된 결정으로 책임질 일이 생길까 걱정스러워 판단을 내리지 못하는 것이다. 실패에 대한 지나친 염려가 문제다. 판사는 가석방 심사를 통해 중죄를 저지른 죄수를 계속 감옥에 수감할지 혹은 사회에 다시 내보낼지를 선택한다. 이 선택은 만일 판사가 적절하지 못한 선택을 했을 때 발생하는 피해가 클 수밖에 없기에 최선의 선택을 위해 선택을 유예하는 것이 옳을지도 모른다. 하지만 우리가 일상에서 실패에 대한 지나친 염려로 인해 선택을 유예하다가 오히려 우리에게 주어진 기회들을 흘려보내는 결과를 낼 뿐이라면 더 이상 이는 현명한 처사라 할 수 없다.

그 밖에도 사람들이 선택과 결정을 앞두고 힘들어하는 이유는 다양한데, 또 다른 이유 중 하나는 바로 욕심 때문이다. 완벽한 선택과 결정을 내리려는 욕심이 지나쳐 한 가지를 고를 수 없는 것이다. 하지만 무오류의 선택과 결정이란 없다. 하나를 택하면 다른 하나를 포기해야 하는 게 세상 이치다. 충분한 숙고 끝에 내린 선택과 결정이라면 결과가 어떻든 겸허하게 받아들여야 한다. 모든 선택과 결정에는 기회비용이 따르게 마련이다.

마지막은 독립성과 주체성 부족 때문이다. 어린 시절 부모의 과도한 보호로 인해 스스로 무언가를 선택하거나 결정해 본 경험이 없는 사람들이 늘어나고 있다. 이런 경우의 부모들은 무엇을 먹을지 입을지에서부터 어느 학교에 가서 전공은 무엇으로 할지까지 다 결정해 주기도 한다. 심지어는 군대나 회사에서도 무슨 일만 생기면 부모가 달려와 해결해 주는 사람도 있다. 결혼마저 내가 사랑하는 사람이 아니라 부모가 정해주는 사람과 한다. 내가 독립적이고 주체적으로 판단하고 선택하고 결정하지 않아도 인생을 살아가는 데 어려움이 없다는 것이다. 이렇게 몸은 어른인데 정신은 어린아이 같은 사람들이 의외로 많다.

진료실에서 만난 사람 중에는 자신의 결정을 후회하거나 선택하지 않은 것에 대한 미련 때문에 괴로워하는 분들이 있다. 젊은 사람들뿐 아니라 나이 지긋한 사람들도 마찬가지다.

"좋아하던 여자가 있었어요. 부모님의 반대가 심하셨죠. 가난한 집 장녀인데다 학벌도 변변치 않았거든요. 결국 우리는 헤어졌습니다. 얼마 뒤 부모님 지인의 소개로 만난 여자와 결혼했습니다. 부잣집 외동딸에 좋은 대학 나온 여자였어요. 부모님이 워낙 좋아하시니까 결혼한 거예요. 하지만 막상 살아보니 전혀 딴판이더군요. 맞는 게 없어요. 매일 싸웁니다. 요즘은 헤어진 여자가 자꾸만 생각납니다. 이러면 안 되는데, 어째야 좋을지 모르겠어요."

인생은 갈림길의 연속이다. 태어나서 죽을 때까지 어디로 가야 할지 선택하고 결정하며 살아야 한다. 선택과 결정은 자유이자 특권이지만, 무한히 보장된 자유와 특권은 사람들을 무력하게 만들고 좌절시키기도 한다. 모든 선택과 결정에는 책임이 뒤따르기 때문이다. 어느 것을 택해도 좋으나 그 결과는 온전히 내 책임이라는 게 버겁다. 그래서 많은 사람이 스스로 판단하는 대신 다수가 정한 걸 택하고, 어른들이나 선배들이 조언한 대로 따라가는 경향이 있다. 최선이 아닐 수도 있으나 가장 나쁜 길만은 아닐 거라는 생각에서다. 모두가 인정하는 학교에 가고, 대부분이 선호하는 동네에 살고, 다수가 부러워하는 회사에 취직하고, 선망의 대상이 되는 사람과 결혼하고, 많은 돈과 높은 지위를 얻을 수 있는 선택과 결정을 하기 위해 애쓴다.

그렇게 안전하고 평탄하게 정해진 길을 선택하고 결정해서 걸어간 사람들은 행복할까? 낭떠러지는 물론 가시덤불이나 웅덩이나 돌멩이 하나 만나지 않고 순탄하게 인생길을 완주한 사람들은 과연 기쁨과 보람이 넘칠까? 가지 않은 길에 대한 미련과 후회가 전혀 없을까?

그렇다면 이미 나 있는 뻔한 길을 걸어가지 않은 사람들은 어떨까? 아무도 가지 않은 길을 가거나 다수가 위험하다고 말하는 길을 가거나 전혀 길이 아닌 곳으로 향하는 사람도 있다. 자기만의 길을 만들어가는 인생이다. 힘들고 어렵고 외로운 줄 알지만, 과감하게 도전하는 삶이다. 한 시대를 개척하거나 새로운 세상을 열어젖힌 선구자들이 그런 길을 걸어갔다. 대부분이 걸어가는 널따란 길을 마다하고 굳이 좁고 험한 길을 스스로 걸어간 사람들이다.

그런 선택은 아무나 할 수 있는 게 아니다. 시대와 상황에 대한 치열한 고민, 도전 정신, 반항적 기질, 이런 게 갖춰져야 한다. 그러면 그런 사람들은 자기 선택과 결정에 만족하며 충만한 행복 속에 살아갈까? 안전하고 평탄하게 정해진 길을 가지 않은 데 대한 미련과 후회가 없을까? 그렇지 않다는 걸 많은 사람을 만나며 알게 되었다. 인생 앞에서 어떤 선택과 결정을 하든 대개 인간은 자신이 선택하고 결정하지 않은 데 대해 미련과 후회를 갖는다.

혹시 선택이 부담스러워 당신에게 항상 선택의 기회를 넘기는 것을 두고 '다 내가 원하는 대로 선택할 수 있으니 난 오히려 좋은 걸?'이라고 쉽게 생각해 본 적 있는가? 만일 애인이 점심 메뉴나 함께 볼 영화를 선택하지 못하는 정도라면 당신은 그 사람 대신 명쾌한 해답을 내려줄 수도 있다. 어쩌면 어머니 생신에 드릴 센스 있는 선물을 대신 찾아봐 줄 수도 있을 것이다. 하지만 당신은 그 사람이 이직을 고민할 때 이직할 만한 다른 회사를 알아봐 줄 수도 없고, 새해 목표를 대신 세워줄 수도 없다. 매번 그 사람의 부담을 대신 지려다가는 언젠가 피할 수 없는 선택의 기로의 선 그 사람이 책임 대신 회피를 선택할지도 모를 일이다.

물론 이는 결정 장애가 있는 애인뿐만 아니라 당신에게도 해당하는 일이다. 자신의 결정에 확신이 없어 매번 망설여지는가? 내 선택에 대한 믿음이 부족해 두렵거나 불안한가? 내가 사랑하는 사람이 햄릿 증후군 같아서 걱정되는가? 내 연애 상대가 결정장애에 빠진 것 같아 불만인가? 진지하게 나 자신과 상대방의 인생을 들여다볼 필요가 있다.

한 번 흘러간 인생의 강물은 다시 돌아오지 않는다. 거꾸로 흐르는 강물은 없는 까닭이다. 떠내려가는 강물을 바라보며 후회해 봐야 아무런 소용이 없다. 강물이 나를 향해 흘러오고 있을 때 건널지 말지, 막아설지 물러설지, 뗏목을 놓을지 헤엄을 칠지 결정해야 한다. 선택한 뒤에는 최선을 다해 질주하면서 그에 관해 책임지는 것이 인생을 당당하게 사는 바른 자세다. 모든 선택은 나의 행복과 안녕을 위한 것이다. 그 누구도 이를 대신할 수 없다.

사랑은 올바른 결정과 굳건한 책임을 통해 뿌리를 내리고 꽃을 피우고 열매를 맺는다. 이도 저도 아니고 우물쭈물하다가는 기차가 떠나가듯 사랑도 떠나간다. 매사에 때가 있다. 이미 선택해 놓고 다른 곳을 기웃거리거나 선택하지 않은 다른 데에 한눈을 팔다 보면 다 잡은 것 같던 사랑도 훨훨 날아가 버린다. 결정에 대한 강한 책임이 필요한 이유다. 결정력과 책임감은 동전의 양면과 같다. 사랑을 아름답게 가꿔가는 사람은 내 선택과 결정을 존중하는 사람이다.

나에게 집중하지 않는 그 사람,
날 사랑하지 않는 걸까?

    사랑은 모양이 없다. 형태도 향도 맛도 없으니 상대와 나 사이에 사랑이 있는지 없는지 확인하기란 여간 쉬운 일이 아니다. 연인 관계에서 깊은 신뢰나 안정감을 얻기까지 시간이 오래 걸리는 것도 이 때문일지 모른다. 그 사람과 나 사이에 눈으로 보고 확인할 수 없는 감정이 존재한다는 것을 확신하기까지 눈에 보이지 않는 검증의 절차가 필요하기 때문이다. 대신 우리는 몇 가지 다른 방법으로 상대의 사랑을 확인한다. 나를 대하는 태도나 말투, 지속적인 관심 등을 통해 사랑의 유무를 확인받고자 한다.

    하지만 만일 상대가 나에게 집중하지 않는 태도를 보이면 어떨까? 나와의 만남을 잊거나 반복적으로 약속 시간에 늦고, 만나서는 눈을 맞추고 대화를 하는 대신 스마트폰만 들여다보는 등 엉뚱한 곳에 신경이 쏠려있다면 이 사람에게 나는 중요한 존재가 아니라고 생각하게 될 것이다. 기분이 몹시 상하는 걸 넘어 나를 사랑하지 않는다고 오해할 수도 있다. 진심으로 사랑하는 여자가 있는데 일부러 약속 시간에 늦거나 딴전을 피우거나 엉뚱한 곳을 쳐다보는 남자는 없다. 만약 상대가 당신을 진심으로 사랑하면서도 그런 행동을 보인다면 거기에는 이유가 있는 것이다.

어쩌면 그는 성인 ADHD, 즉 주의력결핍 과잉행동장애일 가능성이 크다. 최근 성인 ADHD 환자 수가 빠르게 증가하고 있다. 건강보험심사평가원에 따르면 2022년 ADHD로 병원 진료를 받은 환자 수는 14만 명을 넘어섰고, 이 중 성인 비율이 무려 41.6퍼센트에 이르렀다. 의학계에서는 성인 ADHD 환자 수가 82만 명에 달할 것으로 추정한다. 실제 병원 치료를 받는 사람은 10명 중 1명에도 못 미치는 셈이다.

ADHD는 열두 살 이전 초등학생까지의 아동기에 주로 나타나는 장애로 주의력이 부족하여 계속해서 산만하고 과다한 활동성과 충동성을 보이는 상태를 가리킨다. 이런 증상들을 치료하지 않고 방치하면 아동기 내내 여러 방면에서 어려움이 지속되고, 일부의 경우 청소년기와 성인기가 되어서도 증상이 남게 됨으로써 일상생활에 지장이 생긴다.

어렸을 때 없던 ADHD 증상이 성인이 되어 갑자기 나타나는 건 아니다. 대단치 않다고 생각해 방치하거나 무심코 지나쳤던 증상을 어른이 되어 비로소 발견하게 된 것이다. 병원을 처음 방문한 성인 ADHD 환자는 자신에게서 드러난 증상을 질병으로 대하기보다는 '내가 게을러서 그렇다' '내 성격이 이상해서 그런 거다'라며 자책하는 사람들이 많다. 그렇지 않다. ADHD는 유전 혹은 다른 원인으로 우연히 그렇게 타고난 것이지 본인이 뭘 잘못해서 생기는 게 아니다.

ADHD의 발병 원인은 무엇인지 아직 명확하게 밝혀진 것은 없다. 한 가지 원인을 콕 짚어서 설명하는 것도 불가능하다. 여타 질병들이 그렇듯 유전적, 환경적 요인들의 상호 작용으로 인해 뇌의 구조와 기능에 변화가 생겨 발생하는 것으로 알려져 있다. 주로 복합적인 원인으로 인한 도파민 보상 회로의 이상으로 생각하는 경향이 많다. 이 회로의 이상으로 어떤 일을 할 때 적절한 보상이 이루어지지 못해 집중력이 떨어지고 다른 일을 찾게 된다. 따라서 아동기에는 안절부절못하고, 말을 많이 하며, 아무 때나 불쑥 대답하고, 자신의 차례를 기다리지 못하며, 다른 사람을 방해하거나 끼어들고, 차분히 경청하지 못하며, 물건을 잘 잃어버리는 등의 증상을 보인다.

'이 어린이는 주의가 산만하고 한 가지 일에 집중하지 못하며 주변이 어수선하다.'

초등학생 때 생활기록부에 담임선생님이 이렇게 기록했다면 자신이 ADHD 환자가 아닐까 의심해 보는 게 좋다. 실제로 초등학생 때의 생활기록부는 매우 중요한 진단 기준이 된다.

어린이들은 뇌 발달이 덜 이루어졌기 때문에 집중력이 떨어지는 경우가 많지만, 어른들은 뇌 발달이 이미 끝났기 때문에 충동 조절에 어려움을 느끼는 경우가 많다. 시간 관리 능력이 부족하고, 업무를 효율적으로 끝마치기 어려워지며, 불안과 정서적 압도감을 느끼기 쉽고, 갑작스럽게 화를 내거나 충동을 억제하기 힘든 증상을 나타낸다. 직장에서 이런 증상을 자주 보이게 되면 업무 수행에 어려움이 생겨 상사로부터 지적을 받거나 동료들의 눈총을 받게 됨으로써 자존감이 낮아지고 만성적으로 성취감을 느끼기 어렵게 된다. 또한 충동적인 행동을 하거나 타인의 말을 경청하지 못하고 대화에 자주 끼어드는 등의 문제를 일으킨다. 연인이나 부부 사이에서는 교감하는 부분에 어려움이 생겨 갈등이 유발되는 경우가 많다.

예를 들어 이런 식이다.

"자기야, 오늘 또 늦었네? 매번 약속 시간에 늦는 이유가 도대체 뭐야?"

"아, 정말 미안해. 시간을 잘못 봐서 그만⋯⋯."

성인 ADHD 환자인 A 씨는 여자친구를 만나기 위해 제시간에

퇴근했지만, 회사 화장실 변기에 앉아 있다가 스마트폰을 들여다보는 바람에 여자친구와 약속 시간에 늦고 말았다. 유튜브 영상이 아무리 재미있어도 시간을 확인하며 봐야 하는데 한번 빠져들면 시간 가는 줄 모르는 것이다. 여자친구에게 심하게 혼이 났으니 다음에는 늦지 말아야 하는데 스마트폰을 보게 되면 언제 그런 일이 있었느냐는 듯 또다시 유튜브 영상 삼매경에 빠져들 공산이 크다.

"어? 자기 주려고 잘 챙겨뒀던 브로치 어디 갔지? 깜빡하고 안 가져온 것 같은데?"

"오늘은 꼭 챙겨오겠다더니 또 안 가져온 거야? 안 산 거 아냐? 아니면 누구 딴 여자 준 거야?"

B 씨 역시 집중력이 떨어지다 보니 중요한 일을 잊거나 물건을 놓고 다니는 경우가 많다. 연인에게 주려고 비싼 돈을 주고 고르고 골라 산 소중한 선물을 번번이 두고 와 전달하지 못함으로써 돈 쓰고 시간 들이고 마음을 다했음에도 감동은커녕 핀잔만 듣는 건 이런 이유에서다. 만약 남자친구가 성인 ADHD 환자라는 사실을 알았다면 무안을 주거나 다그치기보다는 마음의 여유를 가지고 치료에 전념할 수 있도록 다독이고 격려해 주는 게 좋을 것이다. 가장 힘든 건 본인이기 때문이다.

성인 ADHD 환자는 자기 의지와 무관하게 뇌의 구조와 기능에 변화가 생긴 탓에 자꾸만 실수를 반복하게 된다. 전두엽은 인체의 모든 감각이 모이는 뇌의 핵심적인 영역이다. 언어 기능은 물론 감정을 표현하고 논리적으로 사고하는 등 중요한 요소들을 좌우하는 역할을 한다. 충동을 억제하고 운동 신경을 조절하는 것도 전두엽의 기능이다. 살아가는 데 필요한 필수적인 능력을 제대로 발휘하게끔 관여하는 셈이다. 전두엽의 기능이 떨어지면 공부나 일에 집중하지 못하므로 학업 성적이나 업무 성과가 떨어진다. 하지만 지능이 떨어지는 건 아니다. 판단력과 집중력을 조절하고 통제하는 전두엽의 발달이 지연되면 ADHD 증세를 보일 수 있다. 그래서 성인 ADHD 환자는 직장에서 해고를 당하거나 퇴직 또는 이직을 경험하는 비율이 높아진다.

내 남자친구가 성인 ADHD 증상을 보이는 것 같다면 어떻게 해야 좋을까?

성인 ADHD 환자들은 판단력과 집중력만 떨어지는 게 아니다. 실수를 자주 하면서 사람들에게 자꾸 지적을 당하고 눈치를 보게 됨으로써 스트레스를 받아 우울증이나 무력감 등을 호소하게 된다. 공존 질환이 나타나는 것이다. 또 실수할지 모른다는 불안과 두려움을 잊기 위해 술을 마시기도 하는데, 조절과 통제가 어려워 알코올 의존증에 빠질 우려도 있다. 따라서 많은 성인 ADHD 환자는 ADHD로 진단받지 못한 채 표면상으로 나타나는 우울감, 불안, 기분 증상 또는 다른 정신과적 문제로 치료받게 된다. 제때

ADHD 진단을 놓치는 경우에 증상에 대한 치료 반응 없이 수개월 또는 수년간을 기분 안정제, 항우울제 등을 복용하며 지낼 수도 있다. ADHD와 공존하는 질환이 있으면 가장 문제가 되는 질환을 우선 치료하는 것이 필요하다.

예를 들어 성인 ADHD를 겪는 당신의 연인이 불안할 때 안절부절못하는 증상이 심하고 집중력이 떨어진다면 불안장애를, 감정 상태와 무관하게 안절부절못하는 증상이 있으면 ADHD를 우선 치료하는 게 좋다. ADHD와 강박증이 동시에 있으면 침습적 사고가 반복되며 반추하는 일이 잦아지면서 집중력이 떨어지는지, 집중력이 떨어지면서 반복적으로 실수하는 것 때문에 강박적 생각을 하게 되는지를 구분해 치료하는 것이 중요하다.

ADHD 치료 약은 많이 개발되었으며 효과 또한 상당하다. 의사의 처방에 따라 적절히 약물 치료를 하면 환자의 떨어진 집중력을 개선하고 학습이나 업무 성과도 올릴 수 있다. 주의력도 좋아지고 공격성도 줄어든다.

그러나 약물 치료로 모든 게 해결되는 것은 아니다. 환자 스스로 병을 극복하겠다는 마음을 먹고 하나씩 실천하는 게 필요하다. 시간 약속을 잘 지키지 못하고 업무를 제때 끝내기 힘들며 일을 계획적으로 추진하는 데 어려움을 느낀다면 자신만의 일상 계획표를 짜서 실행하는 게 좋다. 하루, 일주일, 한 달, 일 년 단위로 촘촘하게 계획을 세우는 것이다. 이렇게 하면 자연스럽게 동기부

여도 되고 목표 설정도 이루어진다. 얼마나 지키고 성과를 내느냐 보다는 계획을 짜서 실천하려고 노력하는 게 중요하며 그것만으로도 효과를 얻을 수 있다.

아울러 병에 관한 정확한 정보를 얻고 환자가 굳은 의지로 치료에 전념할 수 있도록 격려하며 지지해 줄 사람이 필요하다. 어린이는 부모나 교사가 그 역할을 하겠지만, 성인의 경우에는 배우자나 연인이 그 역할을 해야 한다. 사랑하는 사람이 내게 주의를 기울이게 만들고, 충동을 조절하면서 집중력을 회복해 대인 관계나 사회생활에 문제가 없도록 도와주는 것이다.

만약 내 연인이 ADHD 환자라면 다음과 같은 행동이 도움이 될 수 있다.

첫째, 상대방은 주눅이 들거나 의기소침한 상태일 수 있다. 따라서 연인은 환자 혹은 보호가 필요한 사람, 나는 보호자 또는 도움을 주는 사람이라는 인식을 갖지 않도록 주의해야 한다. 편안하게 아무 일도 없는 듯, 상대방에게 어떤 병도 없는 듯 허물없이 대해주어야 한다.

둘째, 상대방이 노력한다면 그것이 아무리 작은 것이라도 아낌없는 칭찬과 격려를 해준다. 당연한 거라고 그냥 지나치거나 더 큰 것을 요구하면 실망하든가 포기할 수도 있다. 연인의 말과 행동을 섬세하게 알아차리고 바로바로 표현해 주는 게 좋다.

셋째, 앞서 말한 대로 상대방이 자신만의 일상 계획표를 짜서 실행할 수 있도록 머리를 맞대고 의논한다. 이러면 내가 상대방의 연인이며 동반자라는 생각에 마음이 따뜻해질 것이다. 약속과 시간 관리, 스마트폰 알람 설정, 방에 메모판 만들기 등을 함께 만들고 확인한다.

사랑은 완벽한 누군가를 만나 흠결 없는 미래를 담보 받는 게 아니다. 불완전한 누군가를 만나 완전을 향해 함께 변화해 가는 게 사랑이다. 내가 나의 문제를 발견했을 때 단점을 보완하고 더 앞으로 나아갈 수 있도록 스스로 다독이고 격려하듯, 상대가 자신만의 과제를 해결하고 나아갈 수 있도록 다독이고 격려해 보는 건 어떨까? 인간이라면 누구나 그럴 수밖에 없듯 나 역시 한없이 불완전할 수밖에 없는 존재임을 기억하며, 서로가 서로의 등대가 되고자 노력한다면 오늘보다 더 행복한 미래가 기다리고 있을 것이다.

"나 오늘 우울하니까 말 걸지 마"

　감정 변화가 심한 사람과 연애하는 건 정말 힘들다. 어떨 때는 굉장히 유쾌한 사람인 것 같다가 어떨 때는 상당히 침울한 사람인 것 같다. 지겨울 정도로 수다를 떠는 날도 있고 벙어리처럼 입을 다물고 있는 날도 있다. 별것 아닌 일에 불같이 화를 내기도 하고 몹시 심각한 상황인데도 별일 아니라며 넘어간다. 종잡을 수가 없다. 성격이 유별나서 그런 걸까?

　"제 남자친구는 너무 기분파예요. 처음에는 흥이 많은 스타일인가 싶었는데, 같이 지내다보니 별거 아닌 일에도 갑자기 화를 내거나 우울해하는 일도 많더라고요. 이 사람만의 개성이려니 여기려고 해도 기분이 너무 들쑥날쑥하니까 자꾸 제가 남자친구 기분을 살피고 눈치까지 보게 되더라고요. 언제까지 맞춰주기만 할 수도 없고, 이젠 또 무슨 일로 기분이 바뀔지 신경 쓰여서 만나는 것도 부담스러워요."

이런 문제로 고민하는 여성들이 있다. 남자친구가 참 좋은데, 다른 건 아무 이상이 없고 만나면 즐거운데, 사랑하는 마음에는 전혀 변함이 없는데, 가끔 전혀 다른 사람처럼 이상한 행동을 하거나 감정을 자제하지 못할 때 당황스럽고 어떻게 해야 할지 몰라 동동거린다. 둘만 있을 때는 나만 참든가 이해하면 되지만, 주위에 사람들이 많거나 친구나 지인들과 함께 있을 경우 또는 가족이나 어른들과 동석했을 경우 민망하고 난처하기 이를 데 없게 된다.

감정 변화가 심하고 감정 기복이 지나친 것은 정말 병일까? 이럴 때 사람들은 혹시 우울증이나 조울증이 아닐까 의심하기도 한다. 우울증과 조울증은 감정과 어떤 관계가 있을까?

"나 지금 좀 우울하거든. 그러니까 이제부터 말 시키지 마."

"비 오거나 안개 낀 날만 되면 왜 이렇게 우울한지 모르겠어."

일상생활에서 흔히 쓰는 말이다. 우울이란 근심스럽거나 답답하거나 활기가 없는 상태를 가리킨다. 우울한 기분은 남녀노소 가리지 않고 살면서 누구나 느끼는 보편적인 감정이다. 하지만 우울증은 정확한 의학 용어는 아니다. 정신의학에서 다루는 공식 명칭은 우울 장애Depressive Disorder다. 잠깐 기분이 나쁘거나 좋지 않은 일을 경험해 울적한 기분이 드는 걸 우울 장애라고 하지는 않는다.

정신 기능이 저하되어 의욕도 없고 감정도 가라앉아 일상생활에 지장이 생기는 상태를 가리킨다. 흥미나 즐거움이 감소하고, 공허감, 무기력함, 불안, 공포 등의 증상이 뒤따르기도 한다. 이런 증상이 거의 매일, 종일토록 나타나는 경우를 치료가 필요한 우울 장애라고 진단한다. 우울 장애는 에피소드로 이루어진 병이다. 에피소드라는 말은 시작과 끝이 있을 때 사용한다. 적절한 치료를 받으면 분명히 끝을 낼 수 있는 병이다.

그렇다면 조울증은 어떤 증세를 말하는 걸까? 조울증은 조증과 우울증이 합쳐진 말이다. 조증은 별것도 아닌 일에 지나치게 기뻐하고 즐거워하는 증상으로, 이유 없이 기분이 들뜬 상태를 가리킨다. 우울증은 그 반대인데 특별한 원인도 없이 기분이 가라앉은 상태다. 조증과 우울증이 번갈아 나타나는 게 바로 조울증이다. 양극단을 오간다고 해서 양극성 장애Bipolar Disorder라고 한다. 건강한 사람은 자신의 감정과 기분을 조절하고 통제할 줄 안다. 웃어야 할 곳에 가서는 웃고, 울어야 할 자리에 가서는 운다. 이게 안 되면 감정과 기분이 어디로 튈지를 모른다. 과유불급은 여기에도 해당한다. 양극성 장애를 앓게 되면 갑자기 기분이 붕 뜬 듯 좋았다가 또 갑자기 타이어 바람 빠지듯 기분이 나락으로 떨어진다. 기쁨과 쾌감, 고통과 절망 사이를 오락가락하는 것이다. 본인도 괴롭지만, 주변 사람들이 몹시 힘들다.

기분 조절이 어렵고 비정상적인 기분이 장시간 지속되는 장애를 기분장애Affective Disorder라고 한다. 뇌의 기분을 조절하는 부위에 이상이 생겨 발생하는 증상이다. 우울증과 조울증이 대표적인 기분장애다. 조증이 있을 때는 지나친 자신감, 과다한 활동, 수면 욕구 감소, 고양된 기분 등을 느끼다가도 우울증이 있을 때는 급격한 우울감, 초조함, 허무감, 자살 욕구 등을 느끼게 된다. 특히 조증 증상 중에는 화가 나면 말과 행동이 거칠어지다가 옷을 훌훌 벗어 던진다든지, 갑자기 욕을 하며 길거리를 뛰어다닌다든지, 술도 못 마시는 사람이 강소주를 들이킨다든지 하는 비상식적인 행동이 주기적으로 나타나기도 한다. 조울증을 조증이라 부르지 않고 조울증이라 부르는 이유는 보통 조증이 나타날 때 이전에 우울증이 있었거나 아니면 조증이 나타난 이후에 우울증이 나타나는 경우가 흔하기 때문이다.

그저 감정 기복이 심한 줄로만 알았던 연인이 우울과 조울 증세에 시달린다면 어떻게 하는 게 좋을까? 물론 감정 변화가 심하고 감정 기복이 지나치다고 해서 다 우울증이나 조울증인 것은 아니다. 다만 우리나라가 우울증 유병률 세계 1위라는 사실을 고려하면 이에 대해 세심한 주의를 기울이는 게 좋다. 대한신경과학회에 따르면 2020년 OECD 국가 중 대한민국의 우울증 유병률이 36.8퍼센트로 조사 대상국 중 가장 높았다고 한다. 미국은 23.5퍼센트, 영국은 19.2퍼센트, 이탈리아는 17.3퍼센트, 일본은

17.3퍼센트였다. 한국인 10명 중 4명이 우울증을 겪고 있다는 것이다.

우울 장애와 양극성 장애는 결코 가볍게 생각하거나 대수롭지 않게 넘겨버릴 질환이 아니다. 조증이 찾아오면 자주 짜증을 내거나 공격적인 행동을 할 수 있다. 충동을 느끼기 쉽고 판단력이 떨어지며 주변 일에 자꾸만 주의가 끌리고 심해지면 환각을 경험하거나 망상에 사로잡힐 수도 있다. 우울증에 빠지면 슬픔이 지속되거나 이유 없이 눈물이 난다. 식욕도 떨어지고 잠도 잘 오지 않는다. 화를 내거나 쓸데없는 일로 걱정과 불안을 달고 살거나 염세에 빠져 매사 의욕이나 관심이 줄어들기도 한다. 자칫 죄책감과 자책감을 느껴 죽음이나 자살을 생각할 수도 있다.

이처럼 내 연인이 우울 혹은 조울 증세를 보인다면 꼭 전문의 상담을 통해 제대로 된 진찰과 치료를 받을 수 있도록 제안해 보길 바란다. 이제 현대인에게 우울증이란 마음의 감기나 다름없다는 말이 있다. 그만큼 흔한 질병이 된 것이다. 하지만 여전히 정신과에 방문하는 걸 꺼려하는 이들이 많다. 자신의 상태가 그저 예민해서, 감정 기복이 심해서 그런 것일 뿐 정신질환이라고 인정하기 어려운 것이다. 하지만 증세가 심한 상황이라면 본인이나 주변인의 노력만으로 증세가 완전히 호전될 수 없다. 전문의를 통한 치료가 필수적이며, 거기에 스스로의 노력 또한 필요한 것이다.

먼저 규칙적인 생활 리듬을 유지하는 게 좋다. 밤에 잠자리에 드는 시간과 아침에 일어나는 시간을 정해놓는다든지, 학업이나 업무 시간을 조정하여 짧은 기간에 과도한 부담을 받지 않도록 조절한다든지, 정해진 시간에 일정한 활동이나 운동을 한다든지 하는 것이다. 이렇게 질서 있는 생활을 하다 보면 갑작스러운 기분 변화가 발생할 확률이 줄어들 수 있다.

다음은 과도한 음주나 흡연을 하지 않는 것이다. 기분이 우울하거나 화가 나거나 잠이 오지 않는다고 해서 이를 자꾸 담배나 술로 달래려는 건 위험한 일이다. 이에 더욱 의존하려는 마음이 생기면서 잘못하면 몸을 상하게 할 수도 있다. 음주나 흡연은 자신의 감정을 차분히 달래고 돌이킬 수 있게 하기보다는 오히려 이를 고양하거나 부추길 가능성이 있다.

가장 중요한 것은 친구 혹은 애인의 자세와 태도다. 짜증을 내든가 화를 내거나 그럴 바엔 헤어지자고 으름장을 놓는 식의 대처는 바람직하지 않다. 그가 아프다는 걸 충분히 이해하고 어떻게 하면 평안한 마음을 회복해서 건강을 되찾을 수 있을까를 먼저 생각해야 한다.

"요즘 왜 자꾸 그래? 정말 짜증 나!"

"지긋지긋하다. 왜 감정 조절 하나 못해? 언제까지 이럴 거야?"

이런 식의 맞대응은 증세가 더 나빠지게 만든다. 친구, 애인, 가족의 따뜻한 시선과 격려와 도움이 절실하다. 사랑의 마음으로 존중하고 배려하는 것보다 더 좋은 치료제는 없다.

감정이 들쭉날쭉해 갈피를 잡을 수 없는 애인을 만난다면 이렇게 한번 말해보면 어떨까?

"나는 자기를 믿어. 감정이 풍부한 건 좋은 거야. 행복해지도록 우리 서로 노력하자."

"감정 변화가 심한 사람 중에 위대한 예술가가 많았대. 그래서 네가 더 멋져 보여."

"롤러코스터는 너무 현기증 나니까 우리는 시소 정도에 만족하며 살기로 하자. 어때?"

사랑이란 상대방을 나에게 맞추려 하고 내 기준에 걸맞게 말하고 행동하기를 바라거나 강요하는 게 아니라 그가 처한 상황과 처지를 그대로 인정하고 공감하며 이해하는 것이 아닐까? 설령 그것이 나와 전혀 다른 성격이나 감정이라 하더라도.

무기력이라는
늪에 빠지다

드라마나 영화에 종종 나오는 연인 설정이 있다. 몇 년째 공시에 도전하는 남자와 현모양처처럼 뒷바라지하는 여자 커플이다. 몇 년의 고생 후 합격을 따낸다면 이야기는 해피엔딩으로 끝날 수도 있겠지만 드라마든 현실이든 해피엔딩은 쉽게 찾아오지 않는다. 미래가 보이지 않는 환경에서 사람들은 대부분 개미지옥 같은 무기력에 빠져 평정심을 찾기 어렵기 때문이다. 학습된 무기력에 지친 연인과 이를 바라보며 안쓰러움과 지긋지긋한 마음이 동시에 드는 것도 무리는 아니다.

이는 바늘구멍보다 통과하기 어렵다는 대단한 국가고시 같은 것에만 적용되는 건 아니다. 회사에서 사람과 일에 치여 자존감이 낮아질 대로 낮아진 사람, 사업에 실패한 사람, 오랜 구직 활동에 몸과 마음이 지친 사람 등 스스로가 통제할 수 없는 상황에 놓여 더 이상 어떠한 노력도 의미가 없다고 생각하게 되면 무기력에 잠식되는 건 시간 문제다.

이렇게 무기력에 빠진 애인을 좋은 곳에 데려가 맛있는 밥이라도 함께 먹으며 기운을 북돋워 주려고 했지만 돌아오는 대답이 "한 게 있어야 밥을 먹지. 난 밥 먹을 자격도 없어"라면 당신 또한 맥이 빠지고 의욕이 사라질 것이다.

'이 사람을 이대로 내버려 둬도 될까? 조금 더 쉬면서 여유를 가지면 나아질까? 혹시라도 계속 이렇게 무기력하게 지내며 아무것도 하지 않으려 한다면 앞으로 어떻게 먹고살지? 평생 내가 먹여 살리면서……?'

당신이 이런 고민에 빠지더라도 바로 이별을 상상하기는 쉽지 않다. 아마도 그 사람은 원래부터 그렇게 무기력한 사람은 아니었을 것이기 때문이다. 언젠가는 멀쩡히 일도 하고 운동도 하며 평범한 취미 생활도 가진 활발한 사람이었으니 건강했던 과거에 대한 기억과 그간에 쌓인 정 때문이라도 관계를 쉽게 끊어내지는 못하는 것이다.

1965년 미국 펜실베이니아대학교 심리학부 마틴 셀리그만 교수는 '무기력 학습'이라는 이론을 발표했다. 그는 개를 대상으로

한 실험을 통해 스스로 할 수 있는 일이 하나도 없는 통제된 상황에서 전기 충격을 경험한 개의 70퍼센트가 점차 수동적으로 변해 역경에 맞서기를 포기한다는 사실을 발견했다. 자신이 아무리 애를 써도 그 상황을 도저히 극복할 수 없을 것이라는 무기력이 학습된 것이다. 이후 사람들을 대상으로 한 실험에서도 똑같은 결과가 나왔다. 이를 무기력 학습 또는 학습된 무기력Learned Helplessness이라고 한다.

학습된 무기력은 실패에 대한 두려움에서 비롯된다. 여러 번 시도했지만, 안 됐을 때 이제는 아무리 해도 소용없다는 생각이 든다. 이런 부정적인 생각은 경험에 따라 증폭된다. 아예 시도조차 하지 않게 되는 것이다. 이력서를 수백 장이나 써서 보냈으나 번번이 서류 전형에 탈락하게 되면 다시 이력서를 쓰는 일이 무의미하게 느껴진다. 면접을 수십 번이나 봤으나 한 번도 합격 통보를 받지 못하게 되면 다른 면접 기회가 주어져도 가고 싶은 마음이 없어진다. 한 번만 더 힘을 내면 좋은 결과를 얻을 수 있는데도 학습된 무기력 때문에 의욕 자체가 일어나질 않는다. 자포자기함으로써 학습된 무기력은 기정사실이 되고 만다.

어쩌면 지금 우리 사회는 학습된 무기력이 얼마나 발현될 수 있는지를 실험하는 거대한 실험장일지도 모른다. 별의별 아르바이트를 다 섭렵하며 어렵사리 대학을 졸업해도 취업은 그야말로 하늘의 별 따기다. 번듯한 직장은 고사하고 월급이라도 꼬박꼬박 나오는 회사에 다니고 싶지만, 아무리 서류를 정성껏 준비해 제출해도 면접조차 보기 힘들다.

취업에 성공했다 하더라도 쥐꼬리만 한 월급을 모아 천정부지로 치솟는 아파트를 마련한다는 건 꿈도 꿀 수 없는 일이다. 결혼이나 할 수 있을지 걱정스럽다. 실제로 취업 등 경제적인 문제로 헤어지는 젊은 연인들이 적지 않다고 한다. 따라서 자의 반 타의 반 비혼주의를 선언하는 젊은이들도 늘고 있다. 부모의 도움으로 겨우 결혼해서 가정을 이루었지만, 아이를 낳는 일은 엄두를 낼 수 없다. 아이를 낳아 키우며 맞벌이해서 노후를 대비한다는 건 현실적으로 어렵기 때문이다. 둘 중 한 사람이 번 돈은 아이에게 다 들어가도 모자란다.

성실하게 일하며 한 푼 두 푼 모아 알뜰살뜰 살아가도 얼마든지 소소한 행복을 맛볼 수 있으리라 믿는 사람이 점점 줄어들면서 일확천금을 노리는 한탕주의가 기승을 부리고 있다. 주식과 비트코인 또는 로또와 부동산을 통해 대박을 꿈꾸는 청년들이 늘어난 것이다. 자기 돈은 물론 대출을 받고 빚까지 내서 인생 한방에 모든 것을 거는 사람들이다. 이들에 의해 관련 상품과 시장의 판도는 롤러코스터를 탄 것처럼 들쭉날쭉한다. 그러나 '전부냐 아니면 제로냐All or Nothing' 하는 자세로 기나긴 인생을 살아갈 수는 없다. 인생은 승자독식이 전부가 아니다. 조금씩 양보하고 나누고 인내하고 절제하며 사는 것이 바로 삶의 지혜.

국어사전에서 청춘이라는 말을 찾아봤다. '새싹이 파랗게 돋아나는 봄철이라는 뜻으로, 십 대 후반에서 이십 대에 걸치는 인생의 젊은 나이 또는 그런 시절을 이르는 말'이라고 풀이되어 있다. 인생을 계절에 빗댄다면 봄에 해당하는 빛나는 시기라는 뜻이다. 이렇듯 푸르른 봄날이어야 할 청춘들이 삶의 무게에 눌리고 거센 세파에 휘둘려 잔뜩 움츠린 채 살아간다면 얼마나 슬픈 일인가? 꿈과 희망에 들떠 있어야 할 청년들이 연애도 결혼도 출산도 포기한 채 살아간다면 얼마나 괴로운 일일까? 열정을 가지고 도전해야 할 인생의 황금기에 주식과 부동산에 목을 매며 돈에 자신의 영혼을 내맡긴다면 얼마나 허망한 일인가?

종종 온몸에 기운이 다 빠져나간 듯 꼼짝도 하기 싫은 날이 있다. 의욕도 의지도 생기지 않아 손가락 하나도 까딱하고 싶지 않고 그냥 가만히 앉아 있거나 누워만 있고 싶다. 만사가 귀찮고 피곤하다. 이런 증상을 정신의학에서는 무기력증이라고 한다. 여러 가지 원인이 있지만, 우울과 불안에 시달릴 때나 아무런 희망도 기대도 없다는 생각에 마음이 자꾸만 절망과 좌절 속으로 빨려들어갈 때 나타날 수 있는 증상이다.

"몸이 한없이 늘어지고 무겁기만 해요. 왜 이런 거죠?"

"정말 지치네요. 그냥 나른하고 졸음만 쏟아져요. 뭘 하고 싶은 게 없어요."

무기력감에 빠진 사람들이 진료실에서 털어놓는 이야기다. 이런 증세는 열심히 일하다가 은퇴해서 갑자기 할 일이 없어진 중년이나 자식들이 모두 출가한 뒤 홀로 집에 남은 노년에게서만 발견할 수 있는 게 아니다. 한창 열심히 일할 나이의 청년들에게서도 나타난다. 살기가 너무 어렵고 취업도 연애도 결혼도 힘든 데다 도대체 이 시련의 끝이 어디인지 탈출구는 어디인지도 보이지 않기 때문이다.

무기력증은 그저 기분이 가라앉은 상태만을 가리키는 게 아니라 피로감과 집중력 저하로 간단한 일을 하는 것조차 힘겨운 상태가 2주일 이상 이어지는 경우를 가리킨다. 아울러 무기력증에 빠지면 매사가 부정적으로 보이게 마련이다.

'저런 건 해서 뭐해 안 될 게 뻔한데…….'

'난 못해. 내가 할 수 있는 건 아무것도 없다고.'

모든 걸 이렇게 받아들인다. 해보지도 않을 뿐더러 하려고도 하지 않는 것이다. 자포자기가 일상화된다. 사람들을 만나는 것도 피하다 보니 몸과 마음이 점점 고립되고 피폐해진다. 가족은 물론 애인과 대화하는 것도 귀찮아져 혼자만의 방으로 자신을 더 깊이 몰아넣는다. 이럴 때 환자 가까이에 있는 사람들 특히 가족이나 연인의 대처가 정말 중요하다.

"저렇게 무기력하니까 낙오자가 될 수밖에 없지……."

"당신처럼 게을러서야 대체 뭘 할 수 있겠어? 굶어 죽기 딱 좋겠네."

　이렇게 말하는 가족이나 연인이 있다. 답답하니까 면박을 주고 핀잔을 서슴지 않는 것이다. 그러나 무기력증에 빠졌다고 해서 인생의 낙오자가 된 것은 아니다. 누구나 그럴 수 있다. 마라톤을 경주하다 보면 힘든 구간도 있고 슬럼프가 올 때도 있다. 오히려 그것이 정상이다. 항상 좋은 기분과 건강을 유지하고, 언제나 최상의 컨디션으로 전력 질주할 수는 없다. 잠깐 지치고 힘들어서 무기력해진 것과 게으르고 나태해서 아무것도 하지 않는 것과는 다르다.

　무기력증에 빠진 사람에게 가장 필요한 것은 뭘까? 따뜻한 위로와 격려의 한마디, 그리고 나도 너와 다르지 않다는 포근한 시선이다.

　"괜찮아. 내가 늘 옆에 있어 줄게"

　"많이 힘들지? 아무것도 하지 말고 그냥 편안히 쉬어도 돼. 넌 얼마든지 그럴 자격이 있어"

　이런 말과 행동 하나면 충분하다. 잃었던 생동감이 되살아날 것이다.

　무기력증에 빠진 연인에게 필요한 것은 작은 성공의 경험이다. 사소한 것일지라도 내가 마침내 해냈다는 성취감을 맛볼 수 있어야 한다. 무기력증을 극복하려면, 내가 주어진 하루라는 시간에 하릴없이 끌려가는 게 아닌, 내게 주어진 하루의 시간을 끌고 간다는 느낌이 들도록 해야 한다. 가장 쉬운 방법은 잠이다. 일찍 자고 일찍 일어나야 한다는 게 아니다. 내가 원하는 시간에 자고, 내가 원하는 시간에 일어나는 게 필요하다는 이야기다. 아무 때나 자고, 시도 때도 없이 자는 건 시간에 끌려가는 것이다. 내가 원하는 시간에 맞춰 잠을 자면 하루 24시간을 내가 주도하는 게 된다.

다음으로 하루를 알차게 채워줄 시간표를 만들어야 한다. 막연히 오늘 해야 할 일을 떠올리면 부정적인 감정이 달라붙어 자꾸 버겁게 느껴진다. 그걸 떨쳐버리려면 텅 빈 것 같은 일상에 구획을 나눠 주어야 한다. 잠자기, 일어나기, 옷 갈아입기, 밥 먹기, 출근하기, 커피 마시기, 동료들과 점심 식사 같이하기, 퇴근하기, 산책하기, 음악 듣기, 저녁 먹기, 일기 쓰기, 전화 통화하기 등으로 구획을 나눈다. 만약 출근할 직장이 없다면 도서관 가서 책 읽기, 공원에 나가 운동하기, 구직 활동하기, 친구에게 연락하기 등으로 구획을 나눌 수 있다. 자기 주도적 삶을 만들어가는 것이다. 이렇게 하면 아무도 뭘 하라고 하지 않는 일상, 아무것도 하고 싶은 게 없는 하루를 뭔가 하고 싶은 게 있는 일상, 누가 채근하지 않아도 해야 할 일이 있는 하루를 만들 수 있다. 시간에 얹혀가는 손님에서 시간을 이끄는 주인이 되는 것이다.

성취는 행복을 만든다. 아울러 나를 전적으로 믿고 지극히 사랑하는 사람이 있다는 사실을 절감해야 한다. 사랑은 상대방이 가장 힘들 때 곁에 있어 주는 것이다. 용기를 북돋우는 따뜻한 말

한마디, 즉 공감의 언어가 절실하다. 연인이 무기력을 떨쳐내고 다시 기운을 내며 의욕을 되찾을 수 있도록 긍정과 낙관의 힘을 불어넣어야 한다. 그 일은 부모, 형제, 친구도 하기 어렵다. 오직 애인만이 할 수 있는 일이다.

미룬다고 모든 게
해결되진 않아

재작년 가을 무렵 30대 중반의 여성 한 명이 초진으로 진료실 문을 열고 들어섰다. 오랫동안 망설이다 온 것처럼 표정이 어두웠다. 한참 지나서야 그녀는 자신의 속내를 토로했다.

"결혼을 약속한 사람이 있는데, 결혼 날짜를 정하려던 차에 코로나 사태가 터졌어요. 좀 잠잠해지면 결혼식을 치르자고 해서 미뤘죠. 그런데 미룬다고 될 일이 아니더라고요. 코로나가 언제 끝날지 모르잖아요? 1년쯤 지났을 때 이제 그냥 가족끼리 조촐하게 결혼식을 올리자고 했죠. 그랬더니 안 된다는 거예요. 좀 더 기다리자는 거였어요. 많이 다퉜죠. 하지만 별수 없으니 기다렸어요. 또다시 2년이 지났어요. 코로나 사태가 거의 끝나가는데 이 남자는 결혼할 생각이 전혀 없는 것처럼 보였어요. 마침내 정부에서 공식적으로 코로나 사태 종식을 선언했잖아요? 그런데도 결혼하자는 말이 없어요. 다른 여자가 생긴 건지 나한테 싫증이 난 건지 모르겠어요. 스트레스 때문에 불면증이 심해요. 그냥 헤어지는 게 좋을까요?"

젊은 환자 중에 이와 비슷한 고민을 하는 사람이 갈수록 늘고 있다. 경제적으로도 힘들고, 데이트 기회도 흔치 않은 데다, 장밋빛 미래를 설계할 처지도 아니니까 점점 만나는 횟수가 줄어들다가 급기야 헤어지게 되는 것이다. 사랑을 잃은 청춘들의 뒷모습은 애달프고 쓸쓸하기 마련이다.

연애는 한 편의 아름답고 달콤한 시다. 거르고 걸러진 잘 정제된 언어를 압축해서 사용한다. 단어 하나 토씨 하나에도 수많은 은유와 비유가 녹아 있다. 운율과 리듬이 있다. 곡을 붙이면 그대로 노래가 된다. 눈물도 웃음도 금방 터져 나온다. 가장 좋은 것으로 보여주기에 빛이 난다. 싫증 나면 다른 시를 읽으면 된다. 짧으니까 단시간에 읽고 느낄 수 있다. 그렇다면 연애와 결혼은 무엇이 다를까?

결혼은 발단, 전개, 위기, 절정, 결말의 구조가 뒤엉킨 장편소설이다. 어렵거나 흐름이 복잡해도 끝까지 읽어야 맥락을 알고 감동을 얻을 수 있다. 아름답고 달콤한 말이 계속 등장하지는 않는다.

거칠고 섬뜩한 장면도 있다. 한참 되짚어봐야 눈물도 웃음도 나온다. 날것을 그대로 보여준다. 책을 펼친 게 후회스러워도 지금껏 읽은 게 아까워 그냥 덮을 수 없다.

하지만 결정적인 차이는 책임감이다. 연애에도 의무감과 책임감이 따르지만, 그것은 개인 대 개인 사이의 것이다. 그 무게와 구속력 또한 다소 느슨하다. 결혼은 그렇지 않다. 기호나 성향과 무관하게 해야만 하는 의무와 짊어지고 가야만 할 책임이 있다. 집안과 집안이 얽혀 있고 돌봐야 할 자녀까지 딸려 있다. 인연과 달리 혈연은 끊을 수도 없다. 무게와 구속력은 상당하고 팽팽하다. 연애와 결혼을 잘 유지할 때도 그렇지만, 만에 하나 이별했을 때는 극명하게 차이가 난다. 연인이 사귀다 헤어진 것과 부부가 살다가 갈라선 것은 천양지차다.

어떤 결혼식에서 들었던 주례사 한 대목이 떠오른다.

"오늘부터 신랑은 신부가 세상에서 가장 연약한 사람이라고 생각해야 합니다. 신랑이 목숨 걸고 지켜줘야 합니다. 신부는 신랑이 세상에서 가장 듬직한 사람이라고 생각해야 합니다. 오직 이 사람만 믿고 의지해야 합니다. 그러면 두 사람은 평생 행복할 수 있습니다."

이런 마음가짐을 책임감이라고 할 수 있을 것이다. 어떤 사람은 예전에 있었던 고리타분한 주례사일 뿐이며 요즘은 양성평등 시대이기에 누가 누굴 지켜주고 의지하는 관계가 아니라 서로 동등하게 존중하고 대우하며 책임감을 나누는 관계가 바람직하다고 말할지 모른다. 그러나 책임감 없는 남편 때문에 힘겨워하고 파탄에 이르는 가정이 많은 게 엄연한 현실임을 고려한다면 책임감 없는 남자는 결혼 상대자는 물론 연애 대상으로도 곤란하지 않을까 싶다.

소원해진 연인 관계를 개선하기 위해 함께 자주 시간을 보내자고 약속했지만 툭 하면 친구와 술 약속을 잡고 연락도 잘 되지 않는다면 어떨까. 연인이 툭하면 사표를 쓰고 복권이나 긁으며 빈둥거려 열심히 직장에 나가 일하는 내가 데이트 비용에 그 사람의 취업 준비까지 도와야 한다면? 나에게, 또 스스로의 인생에 무책임한 사람과는 더 이상 정상적인 연인 관계를 유지하기 어려울 것이다.

어느 이혼 전문 변호사에게 들은 이야기다.

"남편이 아내에게 생활비를 제대로 주지 않아 이혼하는 사람들이 있습니다. 돈이 없어서 안 주는 게 아니에요. 아내를 믿지 못하니까 주지 않는 거죠. 이러면 살 수가 없습니다."

상당한 재력이 있고 돈도 많이 버는 사람이 아내에게 생활비 주는 걸 아깝다고 생각한다면, 얼마 되지 않는 생활비를 쥐놓고 어디다 썼냐고 꼬치꼬치 따지고 확인하려 든다면 결혼 생활을 유지해야 할 의미를 찾지 못할 것이다. 내 가족은 내가 끝까지 책임진다는 마음이 없기에 이 같은 일이 벌어진다고 할 수 있다.

연인 관계에도 마찬가지다. 삶이란 우리가 예측할 수 없는 일투성이다. 만약 당신이 피치 못할 사정으로 어려운 상황에 처했거나 누군가의 도움이 절실히 필요할 때, "우리가 부부도 아니고, 네 문제는 네가 해결해야지"라며 단번에 선을 긋는 연인이라면 그 사람은 당신과 끝까지 함께할 사람이 아닐지 모른다. 만일 그 사람과 정말 부부가 되었더라도 당신을 포용할 책임감을 보여주는 동반자가 될 가능성은 많지 않을 것이다. 그러니 연애할 때 다른 건 몰라도 이 남자가 책임감이 있는지 없는지는 반드시 살펴야 한다. 연애할 때 책임감 없는 사람이 결혼하고 나서 저절로 책임감이 생겨나지는 않는다. 사랑은 책임이다.

사랑에 정답은 없다. 시대에 따라 지역에 따라 풍습에 따라 다양한 사랑의 모습이 있었으나 모든 사랑이 아름답기도 하고 슬프기도 했던 건 사랑이란 본래 희망과 절망, 기쁨과 좌절, 환희와 비탄이 공존하는 깊고 깊은 우물 같은 존재인 까닭이다. 그렇지만 사랑이 아무리 힘겹고 어렵더라도 사랑하는 사람을 끝까지 책임지고자 하는 마음이 있다면 기나긴 고통의 터널 끝에서라도 한 줄기 빛 같은 희망을 발견해 낼 수 있지 않을까?

3장

당신을 무너트리는
문제적 연인

사랑이 만들어 내는 감정이 당신을 파괴하기 시작할 때, 더 이상 사랑은 사랑이 아니게 된다. 주위의 모든 사람들이 이제는 끝을 내야 할 때라고 말하지만 이별을 상상하긴 쉽지 않다. 하지만 명심하라. 그 사람을 감당할 수 있을 거라는 착각에서 벗어나는 순간 당신은 더 나은 내일로 나아갈 수 있다.

나보다 엄마를
더 사랑하는 남자

"친구 소개로 남자를 만났어요. 키도 크고 체격도 좋아서 듬직한데 외모도 딱 제 취향이라 너무 마음에 들어요. 게다가 학벌도 좋고 직장도 좋아서 조건도 딱이고요. 별로 기대고 안 하고 나갔다가 매력 넘치는 훈남을 만났구나 싶어서 속으로 쾌재를 불렀어요. 사실 오랫동안 모태 솔로로 지냈는데, 혼자 외롭게 산 데에 하늘이 보상을 내렸나 싶을 정도였어요. 근데 만나다 보니 조금 이상하더라고요. 틈만 나면 자기 엄마 얘기를 해요. 그리고 기분 나쁘게 자꾸 저랑 본인 엄마를 비교하더라고요. 자기 엄마는 이런데 나는 어떻다는 식으로요. 그리고 대화하면서 종종 데이트 코스 얘기를 하거나 여행 계획을 세우면서 의견을 물어보면 어디론가 카톡을 보내거나 잠깐 통화하고 오겠다며 자리를 비웠는데 알고 보니 다 자기 엄마한테 하는 거였더라고요. 그러고선 엄마가 시킨 대로 그게 자기 의견인 것처럼 말하고요."

진료실에서 이런 고민을 털어놓던 한 여성이 울음을 터뜨렸다. 여성의 사연은 더 이어졌다.

"한번은 제가 주말에 여행을 가자고 했어요. 강릉에 커피 거리로 유명한 안목해변에 가서 커피 한잔하고 오는 거 어떠냐고 했는데 잠깐 고민하더니 또 어디론가 전화를 거는 거예요. 통화 내용이 너무 충격적이라 아직도 기억해요 '엄마 나 이번 주말에 강릉 가서 커피 마시고 와도 돼?' 그러더니 길도 멀고 운전도 위험해서 엄마가 가지 말라고 한다더라고요. 아니, 다 큰 어른이 그럴 수 있는 거예요? 정말 대책 없죠. 겉으로 보기엔 멀쩡한 훈남이었는데 그래서 애인이 없던 거더라고요. 마마보이인 것 말고는 정말 놓치기 아까운 남자인데, 어떻게 해야 좋을지 모르겠어요. 계속 만나는 게 좋을까요, 아니면 이쯤에서 정리하는 게 맞는 걸까요?"

이 여성은 요새 밤에 잠도 잘 안 오고 낮에 회사에서도 웃는 일이 별로 없다고 한다. 연애 경험이 많지 않은 데다 이상형의 남자를 만났으니 마음을 몽땅 빼앗겨버렸다. 그러다 점점 남자의 실체를 알게 되었다. 내 남자친구가 피터팬증후군에 빠진 전형적인 마마보이라니…… 하늘이 무너지는 심정이었을 것이다.

어른이 되어서도 어린이의 세계를 동경하고 어린이처럼 말하며 행동하기를 갈망하는 사람이 있다. 이를 심리학에서는 피터팬증후군이라 부른다. 스코틀랜드 작가 제임스 매튜 배리의 희곡《피터 팬》에서 따왔다. 현실 도피를 목적으로 자신이 어른이라는 사실을 인정하지 않고 어린아이처럼 타인에게 의존하고 싶어 하는 심리다. 어린아이와 어른의 차이가 뭘까? 자립심과 책임감이다. 독립된 존재로서 자기 일을 자기가 알아서 하고 스스로 생각하고 판단하며 자신의 말과 행동에 책임을 지는 것이 어른이고, 항상 다른 사람에게 의존하며 의무나 책임으로부터 자유로운 것이 어린아이다. 몸은 어른인데도 마음은 어린아이에 머물러 자립심과 책임감이 형성되지 않았다면 겉으로 보기에는 어른이지만, 내면은 한없이 미숙한 어린아이라 하지 않을 수 없다.

그리고 성인의 나이가 되었음에도 주체적으로 살아가지 못하고 모든 걸 자신의 어머니에게 의존해 살아가는 남자를 마마보이라고 한다. 어머니에 대한 애착과 집착이 도를 넘은 경우다. 독립적으로 사고하며 판단하지 못하고 매사 어머니에게 의지한 채 어머니 뜻대로 움직이는 아들이다. 피터팬증후군의 한 부류라고 할 수 있다. 정신의학적으로 보자면 의존성 성격 장애에 가깝다. 자신은 너무 약하고 어리고 무지하다고 생각해서 힘 있고 든든해 보이는 다른 사람에게 자꾸만 기대고 의지하고 숨고 싶어 하는 의존 욕구가 있다. 의존 욕구를 가진 사람은 자기 주위에 있는 사람에게 계속 매달리고 보호받으려 한다. 혹시나 거절당할까 두려워 상대방이 과도한 요구를 해도 마다하지 않고 무조건 순종하기도 한다. 이런 사람들은 자존감이 낮고, 툭하면 자책하거나 자신을 폄훼하며, 소신껏 자기만의 주장을 펼치지 못한다. 심하면 학교생활이나 사회생활을 제대로 하기 어렵다. 자신의 애착 대상, 즉 어머니와 분리되는 상황에 대해 과도한 공포심과 불안감을 느끼는 분리불안장애에 이를 위험도 있다.

아들이 마마보이라면 어머니는 헬리콥터 맘일 가능성이 크다. 헬리콥터를 타고 어디든 날아가는 사람처럼 아들에게 무슨 일이 생길 때마다 즉각적으로 개입해 아들 대신 문제를 해결해 주는 어머니 가리켜 헬리콥터 맘이라고 한다. 아들에 대한 감시와 간섭이 거의 무한대에 달한다. 아들의 모든 것이 어머니 손바닥 위에 있는 셈이다. 헬리콥터 맘은 아들이 스스로 생각하고 주체적으로 행동할 기회를 주지 않는다. 그냥 어머니 뜻에 잘 따라오도록 양육할 뿐이다. 그 외에 다른 선택지는 없다. 어렸을 때는 그렇다 치더라도 어른이 된 아들, 군대도 다녀와 어엿하게 사회생활 하는 아들에게까지 온갖 참견을 멈추지 않는다. 몸에 너무나 잘 맞는 옷처럼 그런 방식에 익숙할 대로 익숙해진 아들은 전혀 어색하거나 이상하다는 생각 없이 모든 걸 엄마 기준에 맞춰 생각하고 행동한다. 하다 하다 아들의 연애와 결혼에까지 개입한다. 어떤 여자와 데이트할지, 더 만나야 할지 그만 만나야 할지, 결혼 상대자로 적합한지 아닌지도 아들이 아닌 어머니 뜻에 따라 결정된다.

헬리콥터 맘에게 의지하는 마마보이는 결혼을 하면 달라질 수 있을까? 아들이 어머니에게서 벗어나 사랑하는 아내의 남자로 변신할까? 그렇지 않을 공산이 크다. 결혼해도 그는 어머니의 아들로 살아갈 것이고, 어머니는 아들에 대한 사랑의 끈을 절대 놓지 않을 것이다. 도리어 아들에게 사랑을 나누어야 할 젊은 여자가 생긴 셈이니 아들에 대한 어머니의 소유욕과 집착은 더 심해질 수 있다. 어머니의 간섭과 참견은 아들뿐 아니라 며느리에게도 행해진다. 며느리가 결혼 생활을 잘해 나가면 모든 것이 질투와 견제의 대상이 되고, 결혼 생활을 미숙하게 하면 하나부터 열까지 트집과 훈수의 대상이 된다. 마마보이인 아들은 두 사람 사이를 중재할 능력이 없다. 어머니로부터 아내를 보호할 의지도 없다. 어머니와 대립할 생각은 더더욱 없다. 힘들고 괴로운 건 아내뿐이다. 아들의 결혼 생활에 어머니가 적극적으로 개입할수록 고부갈등은 화산처럼 폭발한다.

효자와 결혼하지 말라는 말이 있다. 남편이 아내와 어머니 사이에서 좋은 일이든 나쁜 일이든 항상 어머니 편을 들기에 아내가 너무 서럽고 고통스럽다는 것이다. 반은 맞고 반은 틀린 이야기다. 부모에게 효도하는 건 당연한 일이다. 지극히 윤리적이고 도덕적인 행위다. 다만 결혼한 남자라면 부모 사랑과 아내 사랑을 지혜롭게 구분할 줄 알아야 하며 우선순위를 둬야 할 때는 아내가 먼저여야 한다. 자기 부모에게 효도하듯 아내의 부모에게 똑같이 효도하면 싫어할 아내는 없을 것이다. 문제는 효자인 척하는 마마보이다. 마마보이는 효심에서 우러나 어머니 편을 들고 복종하는 게 아니다. 정신적으로 종속되어 있기에 일방적으로 의존하는 것이다. 효자는 그렇지 않다. 자식으로서 자존감과 독립심을 가지고 스스로 판단해 부모에게 잘하는 것이다. 마마보이는 경계해야 하지만, 효자는 경계 대상이 아니다.

많은 사람들이 흔히 하는 착각이 있다. 내가 연인을 더 나은 사람을 변화시킬 수 있다고 믿는 것이다. 하지만 내가 가진 문제를 스스로 바꾸고 싶어 오랜 시간 큰 노력을 기울여도 사람의 본성은 쉽게 바뀌지 않는다. 하물며 타인은 어떨까? 간혹 나를 너무나 사랑해 주는 연인이 나를 위해 자신의 성격과 생활 양식을 바꿀 거라고 믿는 경우가 있다. 요리를 못 하는 연인이 나를 위해 노력해 결혼 후에는 매일 9첩 반상을 차려줄 수 있을 거라고 믿는다거나 친구들과 어울려 노는 것을 좋아하는 연인이 모든 인간관계를 정리하고 모든 시간을 나에게만 쏟아줄 거라고 믿는 것이다.

물론 연애를 하는 짧은 시간 동안에, 특히 상대에게 호감을 얻어야 하는 연애 초반에는 밤하늘에 별도 따다줄 기세로 모든 것을 내가 원하는 모습에 맞춰줄 수도 있다. 하지만 관계가 익숙해지고, 장기간 함께하다 보면 결국 자기 본래의 모습으로 돌아갈 수밖에 없다. 종종 연인에게 "예전엔 안 그랬는데 요새 너무 변한 것 같아"라고 말하는 경우가 생기는 이유가 바로 이것이다.

마마보이 역시 마찬가지다. 연애할 때는 여자친구의 성화에 못 이겨 어머니에게서 벗어나 독립적으로 생각하고 주체적으로 행동하는 것처럼 보인다 해도 결혼하면 그는 다시 어머니에게 돌아갈 확률이 높다. 하물며 연애할 때조차 여자친구보다 어머니 쪽으로 더 기울어져 있다면 말하나 마나다. 그는 내 남자가 되기 힘들다. 어머니의 남자라는 것을 인정해야 한다. 따라서 이런 남자와 진지하게 사귀거나 결혼하는 건 재고하는 것이 좋다. 독립심과 주체성이 없는 사람은 자존감과 정체성이 없는 것과 같다. 이런 사람과 평생 부부로 산다는 것은 매우 위험한 일이다.

결혼한 후에도 남자는 매 순간 어머니와 아내 사이에서 외줄을 타면서 위태로운 결혼 생활을 이어갈 것이다. 그런 줄은 언제든 끊어질 수 있다. 사랑하는 내 남자를 위해서는 참고 헌신할 수 있겠지만, 그 남자의 어머니를 위해서는 언제까지나 참고 헌신할 수 없을 것이다.

어른은 나이만 먹는다고 저절로 되는 게 아니다. 몸이 자라듯 마음도 성장하고 정신도 성숙해야 한다. 부모의 그늘에서 벗어나 자기 정체성에 맞게 독립했을 때 비로소 성인이 될 수 있다. 독립은 공간적 개념만이 아니다. 경제적으로도 정서적으로도 독립해야 한다. 그래야만 진짜 어른으로서 당당히 자신의 삶을 개척해 나갈 수 있다.

부모는 부모의 삶이 있고 나는 나의 삶이 있다. 부모가 나를 언제까지나 어린아이 취급하며 놓아주지 않는다면 뛰쳐나가야 한다. 그게 나도 살고 부모도 사는 길이다. 특히 어머니와 특별한 관계에 있던 아들의 경우, 사랑하는 여자와 함께 새로운 인생을 살고자 한다면 독한 마음을 먹고 그동안의 미성숙한 관계를 정리해야 한다. 어머니를 위해 내 여자를 버리는 남자보다는 내 여자를 위해 어머니를 버리는 남자가 슬기로운 남자다. 물론 어머니와 아내를 다 잘 지켜낼 수 있다면 가장 좋겠지만, 그럴 가능성이 전혀 없는데 막연히 잘되겠지 생각한다면 큰 오산이다.

운전대만 잡으면
딴사람이 되는 그 사람

　지금 사귀는 사람과 좀 더 진지한 만남을 이어가려 한다면, 혹은 연애 중인 사람과 결혼까지 생각하고 있다면 그 사람이 운전하는 차 조수석에 앉아 그가 운전하는 모습을 살펴보기를 권한다. 운전 실력이 뛰어난지 아닌지를 살피라는 말이 아니다. 운전습관을 눈여겨보라는 것이다. 평소의 운전 습관에는 그의 성격과 인품이 고스란히 반영되어 있기 때문이다.

　"참, 답답하네. 아니 운전을 왜 저따위로 하는 거야!"

　앞차가 길을 모르든가 초보라서 운전이 좀 서툴거나 속도가 느리면 잠시도 기다려주지 못하고 불평을 늘어놓으며 차선을 이리저리 바꿔 추월하는 사람이 있다. 성격이 급한 사람이다. 갑자기

속력을 내면서 바짝 따라붙거나 경적을 울리고 전조등을 깜빡이는 사람도 있다. 내 운전을 아무도 방해하지 말라는 신호다. 급한 걸 넘어 독선적이고 안하무인인 성격이다.

"야! 운전 똑바로 못 해! 눈은 액세서리로 달고 다니냐?"

거칠게 운전하다가 사고 직전까지 가놓고 잘잘못을 따지기도 전에 다짜고짜 욕부터 하는 사람이 있다. 조금만 마음에 들지 않으면 창문을 내리고 상대방에게 욕설을 퍼붓는다. 상대 운전자가 나이 많은 사람이든 여자든 가리지 않고 반말을 내뱉고 삿대질한다. 그러고도 분을 참지 못하면 보복 운전을 하기도 한다. 예의 없는 건 물론 대단히 폭력적인 사람이다.

"아 뭐 어때? 괜찮아. 내 차 안에서 내 마음대로 하지도 못하나?"

차창 밖으로 쓰레기를 버리거나 담배꽁초를 던지는 사람도 있다. 침을 뱉기도 한다. 출퇴근 시간에 길이 막히면 새치기를 하거나 갓길로 내달리기도 한다. 그러면서 자기는 순발력 넘치고 요령이 많은 사람이라고 여기며 운전을 참 잘한다고 생각한다. 결과적으로 사고를 낸 것도 아니고, 아무에게도 직접 피해를 주지 않으니 괜찮다는 것이다. 준법정신이 매우 부족하고 정직하지 못하며 타인에 대한 배려가 전혀 없는 사람이다. 운전 습관으로 드러난 성격과 인품은 잘 바뀌지 않는다.

만일 다른 사람에게는 거칠고 무례하지만 나에게는 한없이 다정한 연인이라면 어떨까. 아마도 이 사람의 진짜 얼굴이 무엇인지 헷갈리면서도, 나에게는 좋은 사람이니 그래도 괜찮지 않을까 생각할 수도 있을 것이다. 하지만 이런 사람과의 만남은 재고해 보는 게 좋다. 지금 당장 내가 잘 보여야 하는 연인, 세상에서 가장 소중하고 사랑하는 사람에게는 친절하고 세심하게 행동할 수 있지만 상황이 바뀌거나 마음이 조금이라도 식어 내가 그에게 더 이상 잘 보여야 할 상대가 아니게 된다면 상황은 쉽게 바뀔 것이다. 특히 예의 없고 폭력적인 사람과는 만나지 않는 것이 현명하다. 한 사람의 인격 수준은 하루아침에 만들어지는 게 아니다. 나에게만 배려 넘치는 사람이 아닌, 어떤 사람을 대하더라도 배려가 몸에 밴 사람을 만나야 한다.

배려의 사전적 정의는 도와주거나 보살펴 주려고 마음을 쓰는 것이다. 그러나 이것만 가지고는 다소 부족하다. 누굴 돕거나 보살피는 차원을 넘어 내가 무슨 말을 하거나 행동을 하기에 앞서 상대방과 공동체 전체의 입장이나 상황을 먼저 생각하고 헤아려서 말하고 행동하는 것이다. 그러므로 배려는 이기주의보다 이타주의에 더 가깝다.

배려는 여러 얼굴을 가지고 있는데, 그중 하나는 겸손이다. 남을 존중하고 자기를 낮추며 내세우지 않는 태도, 즉 겸손이 몸에 배지 않으면 일상에서 배려를 실천할 수 없다. 잘난 체하며 자신을 드러내고 뽐내는 걸 좋아하는 사람은 겸손하기 어렵고, 타인을 배려하기도 힘들다.

무한경쟁시대에 겸손은 미덕이 아닌 약점처럼 비칠 수도 있다. 오히려 적당한 오만함이 좋아 보이기도 한다. 하지만 가정이나 회사를 포함해서 어떤 조직이든 겸손한 태도로 먼저 양보하고, 상대방을 존중하며, 다른 입장을 배려하면 원만하게 끝날 일인데도 끝끝내 자존심을 내세우며 물러서지 않다가 낭패를 보는 일이 부지기수다. 이성적으로 생각하고, 객관적으로 판단하며, 합리적으로 예측하는 게 아니라 매사 감정적으로 받아들이고 대응하기에 벌어지는 일이다.

'여기서 그냥 물러서면 겸손한 게 아니라 바보가 되는 거야.'

이런 생각이 자리 잡고 있기에 양보가 어렵다. 모든 일을 승부를 가리는 경기로 생각한다. 평소 온순하던 사람이 핸들을 잡고 도로에 나가기만 하면 난폭 운전과 보복 운전을 서슴지 않는 것도 운전을 승부를 겨루는 게임으로 여기기 때문이다. 연인이나 가족 간에도 마찬가지다. 의견 차이가 있을 때 먼저 양보하기보다 상대방의 양보를 기대하거나 강요한다.

그러나 인생은 승패를 가르는 경기가 아니다. 내가 먼저 물러서고, 내가 먼저 양보하면 지금 당장 손해인 것처럼 보여도 결국 그로 인한 긍정적 결과가 내게 돌아오게 되어 있다. 이것이 바로 겸손, 즉 배려의 힘이다. 인생은 교만이라는 가벼운 슬리퍼를 신고 걸어가기에는 너무 먼 여행길이기에 반드시 겸손이라는 튼튼한

신발을 신고 뚜벅뚜벅 걸어가야 한다.

연인 관계도 마찬가지다. 간혹 연인 사이에서도 승자를 가르기 위해 기 싸움을 펼치거나 갑과 을을 입장으로 나누기도 한다. 하지만 서로를 존중하며 배려해야 할 관계에서 한쪽이 패자가 된다면 결국 나머지 한쪽도 승자가 아닌 패자가 되는 결과를 초래할 것이다.

정직은 배려의 또 다른 얼굴이다. 마음에 거짓과 꾸밈이 없는 것, 그늘지고 뒤틀린 상태가 없는 바른 마음이 정직이다. 누군가를 배려한다는 건 다른 의도 없이 순수하게 곧은 마음으로 정성을 다하는 것이다. 비슷한 말로 솔직이 있다. 역시 거짓이나 숨김이 없이 바르고 곧다는 의미다. 바르고 곧은 마음이라는 점에서는 차이가 거의 없는 단어지만, 엄밀히 구분하자면 정직은 꾸미지 않는 것에 방점이 찍힌 말이고, 솔직은 숨기지 않는 것에 방점이 찍힌 말이다.

"솔직히 말해서……"라고 시작되는 말 뒤에는 그다지 좋지 않은 결말이 펼쳐지기 일쑤다. 말하고 싶지 않지만, 이런 말은 굳이 꺼내고 싶지 않지만, 어쩔 수 없이 이런 말까지 하게 되고 말았다는 뉘앙스가 강하다. 그 솔직함은 말하는 사람이나 듣는 사람 모두를 불편하게 할 때가 많다. 누구를 위한 솔직함일까? 말하는 사람은 자신의 감정을 죄다 풀어헤쳤으니 자못 시원할 수도 있다. 그러나 듣고 싶지 않았던 말을 구태여 듣고 만 상대방의 감정은 엉망이 되고 만다.

이에 반해 정직함은 말하는 자신의 감정만을 생각하지 않는다. 듣는 사람의 마음까지도 함께 살핀다. 듣는 사람이 자신이 하지 않아도 될 말을 기어코 꺼냄으로써 불편하거나 상처를 받게 될 것 같으면 말을 삼간다. 말을 아끼고 참는 것이다. 이것이 배려고 정직이다. 그렇기에 솔직함은 남을 해칠 수 있고, 의도하지 않는 부작용이 있을 수 있지만, 정직함은 남에게 해를 주지 않으며 부작용이 일지 않는다.

모든 인간관계는 상대를 배려하는 것에서 시작한다. 가족도 친구도 연인도 서로 간의 배려가 없다면 유지될 수 없다. 누군가는 항상 이기적이고 오만하며, 다른 누군가는 항상 손해보며 피해를 입는다면 그 관계는 더 이상 유지될 이유가 없다. 사랑은 배려다. 사랑하는 사람을 배려하고, 그 사람의 처지와 입장을 배려하며, 그가 머무는 주변과 환경을 배려한다. 처음에는 상대방으로부터 배려받는 것에서 시작할 수 있으나 성숙한 사랑을 하게 되면 시나브로 자신도 배려하는 것에 익숙한 사람이 되어 있다. 배려하는 사랑은 서로를 편안하게 하고, 두 사람의 주변과 환경을 안정되게 한다. 그렇게 배려하다 보면 어느덧 이기적이던 사람도 겸손하고 정직한 사람으로 변해 있을 것이다.

물론 모든 사람이 배려의 중요함을 깨달을 수 있는 건 아니다. 만일 나의 배려에도 상대방이 언제까지나 배려를 받기만 하는 입장으로서 승자 혹은 '갑'으로 남길 원한다면 미련 없이 곁을 떠나자. 배려 없는 사랑은 사랑이 될 수 없듯, 모두가 떠난 자리에서 혼자 남은 사람은 결코 승자가 될 수 없다.

끝도 없이 이어지는 질투와 의심, 이것도 사랑인 걸까?

대수롭지 않게 내뱉은 말 한마디, 아무렇지 않게 취한 행동 하나에도 지나치게 민감하게 반응하는 연인이 있다. 별거 아닌 일이 자꾸만 커져 싸움이 되니 고쳐보고 싶지만 잘 해결되지 않아 그저 예민한 성격을 가진 사람이라 그렇다고 그냥 넘어가기 일쑤다. 결국 어찌어찌 오해를 풀고 넘어가거나 미안한 일이 아님에도 미안하다고 사과를 하며 상황을 넘길 수밖에 없다.

그런데 예민함과 민감함을 넘어 현실을 있는 그대로 받아들이지 않고 자신의 잘못된 생각과 신념을 따라 왜곡해서 해석함으로써 자신도 괴롭고 다른 사람들에게도 피해를 주는 경우가 있다. 이를 망상 장애Delusional Disorder라고 한다. 망상 장애의 종류는 다양하다. 이 중 배우자 혹은 애인이 부정하다고 믿어 끝없이 의심하는 증상을 질투 망상이라고 한다. 전혀 사실이 아닌데도 불구하고 자기가 사랑하는 배우자나 애인이 자신을 배신하고 다른 이성과 성적 관계나 애정 관계를 유지하고 있다고 믿는 망상이다.

물론 모든 질투와 의심이 다 망상 장애에 속하는 건 아니다. 누군가에게 사랑의 감정을 느끼고, 연인 관계가 되면 우리는 일정 부분 상대에게 종속되곤 한다. 여기에는 서로가 서로에게 가장 특별하고 유일무이한 존재임을 인정하는 암묵적인 믿음이 깔려 있는데, 혹여 이 암묵적 합의가 나에게만 적용되고 상대에게 내가 대체 가능한 존재가 아닐까 하는 마음에서 불안은 시작된다. 이 불안은 의심이나 질투로 발현되곤 하는데, 안정적인 관계나 상대의 관심과 사랑이 오직 나만을 향하기를 원하는 마음 자체가 문제 되는 것은 아니며, 신뢰와 안정을 쌓아가는 과정에 있는 연인이라면 자연스러운 현상이기도 하다.

예를 들어 길거리를 지나는 다른 이성을 애인이 흘깃 쳐다본다면 '저 사람이 예뻐서, 몸매가 좋아서 쳐다보나? 나랑은 완전히 다른 스타일인데, 원래 저런 타입을 좋아하나?' 하는 생각이 들 수도 있다. 하지만 문제는 이 걱정과 불안이 점점 심해질 때 생긴다. 회사에 출근해 일을 하느라 애인이 보낸 카톡에 답장을 보내지 않으면 '설마 나 몰래 휴가 내고 다른 사람이랑 어디 놀러 간 거 아니야?' 하는 생각이 들어 수십 개의 문자와 부재중 전화를 남기고, 모처럼 만난 친구들과 밤늦은 시간까지 술자리를 하면 혹시 다른 이성과 시간을 보내고 있는 건 아닐까 하는 불안한 마음이 들어 사진을 찍어 보내게 하는 등의 행동이다.

　이렇게 의심과 질투가 좀 더 심해지면 부정망상_{Delusion of Infidelity}으로 발전한다. 배우자가 실제로 불륜을 저질렀거나 그럴 만한 명백한 증거가 있는 것도 아닌데, 근거도 없이 '혹시 저 사람이 누군가와 불륜에 빠진 게 아닐까?'라는 생각에 사로잡혀 막연한 의심을 한다면 망상성 장애의 하나인 부정망상일 가능성이 크다. 남편이 아내를 의심하는 의처증이나, 아내가 남편을 의심하는 의부증이 이에 해당한다. 부정망상은 합리적이고 이성적인 의심이 아니다. 상대를 믿지 못하니 모든 게 의심스러울 뿐이다. 불륜은 물론 이성과의 어떤 사적인 만남조차 없었는데도 상대방을 지나치게 의심함으로써 파렴치한 사람으로 몰아간다. 상대는 정조의 의무를 깬 부도덕한 사람이고 자신은 선의의 피해자라고 생각한다. 얼마 전 텔레비전 프로그램 〈오은영 리포트-결혼 지옥〉에서는 자신의 남편이 텔레파시로 불특정 다수의 여성들과 정신적 바람을 피운다는 여성이 출연해 공분을 샀는데, 이에 대해 오은영 박사는 "대뇌 불균형이 의심되니 꼭 치료를 받아야 한다"고 권유하기도 했다.

　결혼한 부부 사이에 상대 배우자 몰래 다른 이성과 계속해서 만나거나 깊은 관계를 유지하는 것을 불륜이라고 한다. 문학이나 예술은 물론 텔레비전 드라마에서도 불륜은 빼놓지 않고 등장하는 단골 소재다. 가상 세계 못지않게 현실 세계에서도 불륜은 빈번하게 이루어진다. 증거가 분명한 불륜은 가정 파탄의 원인이 되고 그에 따른 법적인 책임도 져야 한다. 부부의 인연을 이어주던 사랑이라는 이름의 끈이 여지없이 끊어지게 되는 것은 물론이다.

그런데 결혼하지 않은 연인 간에도 불륜에 해당하는 일이 벌어진다. 나를 만나는 중에 다른 이성을 만나 데이트를 즐긴다거나 나에게 사랑 고백을 해 놓고 다른 상대를 기웃거리며 소개팅과 맞선 자리에 나가는 것이다. 심지어 프러포즈한 뒤 결혼 이야기가 오가는 와중에 예전에 만나던 이성을 계속 만나거나 관계를 끊지 않고 이어가는 사례도 있다. 결혼하지 않았으니 법적 책임은 없더라도 연인 관계는 파탄이 나거나 위기에 처할 수밖에 없다.

하지만 전혀 근거가 없고 증거도 없는데, 자꾸 의심하면서 상대방을 감시하고 옥죄려 하면 서로 괴롭고 힘들어진다. 질투가 과하면 의심으로 비화하고, 의심이 지나치면 집착을 넘어 망상으로 발전한다. 차원이 높은 단계의 사랑은 소유를 초월하지만, 보통의 일반적인 사랑은 더 많이 소유하고 싶은 것이 본능이다. 사랑하면 할수록 자꾸 소유하고 싶어진다. 채워지지 않는 소유욕에서 의심은 자란다. 그러나 질투와 의심은 사랑이 아니다. 사랑하는 사람을 향해 이런 감정이 생겨날 수는 있지만, 그것에 병적으로 집착하는 것은 사랑이 아니라는 말이다. 사랑은 존중과 배려가 포함된 감정이고, 집착은 욕망과 이기심이 포함된 감정이다. 사랑은 상대가 어떻게 해야 더 행복할까를 고민하며 행동하지만, 집착은 상대가 어떻든 간에 자기 자신이 행복하면 그걸로 끝이다.

만일 내가 불가피한 이유로 다른 이성과 함께 있게 되어 연인이 질투를 한다면 처음엔 애정을 확인받는 느낌이 들어 기분이 좋을 수도 있다. 하지만 연인 사이에 할 수 있는 귀여운 질투를 넘어 의심과 집착으로 번지고, 일상생활을 하는 데 문제가 생길 정도로 심각해진다면 그 관계는 바로잡을 필요가 있다. 나의 외도를 의심하며 부정의 증거를 찾고자 하는 상대와의 관계는 더 이상 사랑하는 연인이 아닌, 마치 형사와 범인 혹은 판사와 죄인이 되어버리는 것이다.

설령 조금이나마 의심해 볼 수 있는 여지가 있다고 하더라도 충분한 대화를 통해 의심의 근거가 없다는 게 밝혀지면 오해를 풀고 서로 마음을 다독이는 게 정상이다. 의심을 한 쪽이 정중하게 사과해야 마땅하다. 그런데 부정망상에 빠지면 오해를 풀고 사과하는 일이 없다. 아무리 그렇지 않다는 게 명확하게 드러나도 한번 빼든 의심의 칼을 거두지 않는다.

"그거 못 보던 귀걸이인데…… 누가 사준 거야? 남자가 사준 것 맞지?"

"스마트폰 왜 꺼놨어? 뭐 하느라고 꺼놓은 거야? 대체 누굴 만났느냐고?"

"주말에 아파서 쉬었다더니 밖에서 널 봤다는 사람이 있더라? 나 몰래 어딜 간 거야?"

이렇게 연인이 정신을 차릴 수 없을 정도로 다그친다. 전화를 조금 늦게 받아도, 문자 메시지에 답이 약간 늦어도 뭐 하느라 그랬냐며 따지고 든다. 차분하게 달래가며 전후좌우를 설명하다가도 워낙 막무가내로 자신을 죄인 취급하며 옥죄어 오면 감정이 상하기 마련이다. 날이 선 감정과 감정이 부딪혀 출구 없는 전쟁이 시작되는 셈이다. 해명하기 위해 꺼낸 말이 또 다른 꼬투리가 되어 말싸움으로 번지기도 한다.

아무리 사랑하는 사이라도, 설령 결혼한 부부 사이라도 서로에게 여유 공간을 남겨두어야 한다. 상대방의 모든 것을 알 수도 없고 알려고 해서도 안 된다. 빈틈이 있어야 더 채우고 싶은 법이다. 부정망상 환자에게는 이게 불가능하다. 구속하고 감시하고 의심하는 것이 사랑이라고 믿기 때문이다.

사랑하는 사람에 대한 병적인 집착은 이상한 행동까지 유발한다. 자신의 눈으로 좀 더 확실한 것을 잡으려고 혈안이 되는 것이다. 연인의 차에 녹음기를 설치하거나 가방이나 스마트폰에 위치 추적 장치를 부착하는 것 등이다. 이는 모두 불법으로 범죄 행위에 해당한다. 사랑은 상식과 교양의 정원 안에서 꽃을 피운다. 이런 무모한 행동은 사랑을 달아나도록 부추길 뿐이다.

답답한 것은 부정망상을 겪는 이들이 스스로 환자라는 사실을 인지하기도, 인정하기도 어렵다는 사실이다. 상대에 대한 의심과 집착을 제외하면 일상생활을 정상적으로 유지하며 살아가기 때문이다. 다른 가족이나 친구, 직장 동료들은 이러한 사실을 알 수 없고 다른 관계에서는 별다른 문제가 없기에 연인에 대한 자신의 태도에 문제가 있다는 사실을 인정하지 못한다. 그래서 부정망상에 빠진 연인을 둔 상대방은 하루하루가 더욱 괴로울 수밖에 없다.

상대가 이런 행동을 이어간다면 이는 인격 장애로 진단할 수도 있다. 인격 장애란 성격이나 행동이 보통 사람의 수준을 벗어나 편향된 상태를 보이는 장애다. 현실 사회에서 자신과 사회 모두에 부정적인 영향을 끼치는 정신의학 증상이다. 인격 장애의 범주는 상당히 방대한데, 정당한 이유 없이 연인이나 배우자의 정절에 대해 반복적으로 질투하고 의심하는 것은 편집성 인격 장애로 볼 수 있다. 편집성 인격 장애는 타인의 행동을 의심하고, 타인의 의도를 불신하는 것이다. 의처증과 의부증이 이에 해당한다. 환자는 자신의 의심을 확신하기에 상대방에게 적대적이고 완고하며 방어적이다. 강박성 인격 장애로 볼 수도 있다. 강박성 인격 장애는 윤리적, 도덕적 문제와 가치에 관해 지나치게 엄격한 태도를 유지하면서 유연한 사고를 하지 못한다. 따라서 상대가 연인임에도 자신의 완벽한 통제 아래 두려고 무리수를 두는 것이다.

만약 내 연인이 가벼운 질투를 넘어서 부정망상에 다다르는 수준의 행동을 보인다면 어떻게 해야 할까? 우선 그 사람에게 가장 필요한 것은 치료다. 하지만 이도 쉬운 일은 아닐 것이다. 내가 병이 들어 이런 이상한 행동을 한다고 생각하지 않는 사람이 치료받기 위해 함께 병원에 갈 리 없다. 하지만 연인을 사랑한다면 어떻게 해서라도 전문의를 찾아 치료에 임하도록 해야 한다. 감정 싸움은 금물이다.

　"자기야, 나를 그렇게 못 믿어? 아무 일도 없다니까 도대체 왜 그래?"

　"너무 유치한 거 아냐? 나를 어떻게 보고 그러는 거야?"

　이런 식의 대응은 아무런 도움을 주지 못한다. 타이르고 훈계하는 것도 삼가야 한다.

　"자기야, 그러면 안 돼. 사랑하는 사람끼리는 서로 믿어야 해."

　"자기는 지금 중증이야. 빨리 망상에서 깨어나야 한다고."

　이렇게 가르치려 들수록 상대방은 저항하며 자기 확신을 향해 질주하게 된다. 부정망상과 인격 장애는 논리와 이성으로 설득하고 이해시킬 수 있는 질환이 아니다. 다만 사랑하는 사람으로서 환자인 연인이 무너져 내리지 않도록 지켜주면서, 나는 여전히 당신을 믿고 사랑하고 있다는 생각이 들도록 따뜻한 관심을 보여주는 게 좋다. 그 과정이 힘들고 어렵겠지만 말이다.

사랑은 상대방을 거북하고 불편하게 하지 않는다. 편안하게 해주는 게 사랑이다. 집착은 왜곡된 소유욕이다. 소유하려 할수록 서로의 몸과 마음은 멀어져 가고 사랑은 희미해진다. 사랑을 지키기 위해 과도하게 집착하고 근거 없이 의심하다가는 그토록 지키고 싶었던 사랑이 순식간에 사라지거나 무너져버릴 수 있다. 사랑은 상대방을 존중하고 배려하며 믿는 것이다. 사랑은 친절하고 참을 줄 알며 예의를 갖추는 것이다. 인간의 본능은 사랑하는 사람을 소유하고 구속하려 하지만, 건강한 이성과 인격을 가진 사람은 욕망을 절제하며 사랑과 믿음을 지키려 한다. 정말 이성 친구나 애인을 좋아하고 사랑한다면 전적으로 상대방의 말과 행동을 믿어야 한다. 상대방에 대한 전폭적인 신뢰야말로 사랑을 견고하게 만들어주는 힘이자 연인을 더 믿을 만한 사람으로 성장시키는 원동력이다.

　　하버드대학교 초빙교수를 지낸 독일의 저명한 신학자 폴 틸리히는 이런 말을 남겼다.

　　"사랑의 첫 번째 의무는 상대방에게 귀 기울이는 것이다."

　　연인인 두 사람 중 항상 상대방이 주인공인 관계가 진정한 사랑이고, 늘 내가 주인공인 관계가 이기심과 집착에 빠진 사랑이다. 진정한 사랑은 상대에게 귀 기울이면서 온전히 그를 믿는 것이고, 어리석은 사랑은 내가 하고 싶은 말만 하면서 상대를 불신하는 것이다.

"나 아니면
널 사랑해 줄 사람은 없어"

놀라운 시청률을 기록했던 〈부부의 세계〉라는 드라마가 있다.
영국 BBC One이라는 채널에서 방영한 〈닥터 포스터〉를 리메이
크한 이 작품은 2020년 봄 대한민국을 들썩이게 할 만큼 많은 화
제를 모았다. 일과 사랑, 사회 활동과 가정생활 모두에서 남부러울
게 없이 완벽한 삶을 이어가던 한 부부에게 균열이 생긴다. 아내
가 남편의 불륜을 의심하게 된 것이다. 치밀한 탐문 결과 이 의심
은 명백한 사실로 드러난다. 부부의 모든 것을 지탱해 주던 유일
한 힘은 사랑과 믿음이었는데, 이게 한순간 뚝 끊어져 버린 것이
다. 이후 드라마는 남편의 배신에 대한 아내의 철저한 복수와 응
징이 숨 막힐 정도로 처절하게 전개된다.

이 드라마에는 다양한 모습의 여러 부부가 나오지만 여기서 주목할 것은 부부가 아닌 한 젊은 연인이다. 전체 맥락에서 약간 벗어난 듯한 이 커플의 이야기가 많은 주목을 받은 것은 사랑과 믿음, 복수와 응징이라는 코드가 꼭 부부에게만 해당하는 게 아니라 미혼 남녀에게도 똑같이 적용될 수 있다는 것을 보여줬기 때문이다.

남자친구 박인규는 여자친구 민현서에게 달라붙어 기생하는 파렴치한 건달이다. 그러면서도 고마워하기는커녕 툭하면 주먹을 휘두른다. 헤어지거나 도망치면 될 텐데 이런 무지막지한 상황에서도 현서는 늘 인규의 곁을 지킨다. 일종의 순교자 콤플렉스다. 순교자 콤플렉스는 자신의 잘못과 무지로 고통을 당하면서도 이를 극복하거나 탈출하려고 하지 않고 순응하고 인내하면서 다른 사람들에게 인정받고 동정을 얻으려는 성향을 가리킨다. 이들은 자기 욕구를 희생하면서까지 타인의 욕망을 대신 채워주려고 하는 경향이 있다.

현서는 자신과 인규의 일그러진 관계가 들통나자 자신을 합리화하며 변명을 늘어놓기에 급급하다. 빨리 남자에게서 벗어나야 한다는 조언에도 인규의 인생이 자신에게 달려 있다고 항변한다. 자기가 아니면 아무도 그를 받아줄 사람이 없다는 것이다. 인생이 잠깐 꼬여서 자신에게 화풀이하는 것뿐이지 절대 근본이 나쁜 사람이 아니라고 절규한다. 자기가 꼭 괜찮은 남자로 만들 거라는 다짐과 함께. 그러다가 남자의 폭력으로 목숨이 위험해질 수도 있다는 충고 앞에서도 현서는 흔들리지 않는다. 그녀는 그것을 사랑이라고 굳게 믿고 있다.

두 사람의 사랑을 어떻게 해석해야 할까? 이것은 절대 사랑이 아니다. 사랑이라고 착각하지만, 이들은 병적인 집착과 의존에 몰입해 있는 것이다. 남자친구가 여자친구에게 폭력과 폭언을 공공연히 자행하며 자신을 벗어나지 못하도록 옭아매는 건 질 나쁜 범죄일 뿐이다. 그런데도 민현서가 박인규의 손아귀에서 벗어나지 못했던 건 수도 없이 가스라이팅을 당했기 때문이다. 가스라이팅하는 남자는 여자에게 이렇게 말한다.

"내가 이러는 건 너를 너무너무 사랑하기 때문이야. 제발 나를 이해해 줘."

가스라이팅 당하는 여자는 남자를 보며 이렇게 생각한다.

'얼마나 나를 사랑하면 저러겠어. 사실은 정말 착한 사람이야. 내가 더 잘해주면 돼.'

가스라이팅이란 타인의 심리나 상황을 교묘하게 조작해 그 사람이 현실감과 판단력을 잃게 만들고, 이로써 타인에 대한 통제 능력을 행사하는 정신적 학대를 일컫는다. 데이트 폭력 피해자 중에는 가해자로부터 가스라이팅을 당하면서 피해 사실 자체를 깨닫지 못하는 경우가 있다. 이를테면 "너는 나 아니면 아무도 만날 수 없을 거야"라는 말을 반복해서 상대방의 생각과 행동을 무력하게 만든다든지, "네 주변 사람들은 나에 대해 안 좋은 소리만 하니까 누구 말도 믿지 마"라고 세뇌함으로써 피해자가 외부에서 객관적인 조언을 들을 수 없도록 한다든지 하는 것 등이다. 이런 심리적 폭력 또한 데이트 폭력이다.

한 여성은 남자친구가 자신의 외모에 지나칠 정도로 신경 쓰고 감시하는 것 같아 너무 힘들다고 토로한 적이 있다. 하루는 남자친구에게 예쁘게 보이려고 하얀색 짧은 치마를 입고 나갔다고 한다. 그랬더니 한껏 꾸미고 나온 여성을 본 남자친구가 정색하며 다그치더라는 것이다.

"너, 생각이 있는 거니, 없는 거니?"

"왜?"

"그렇게 입고 다니면 남들이 뭐라고 하겠어?"

"예쁘지 않아?"

"참나, 할 말이 없다. 다들 너만 쳐다보잖아?"

그녀는 그날 입고 나간 치마 때문에 혼이 나야 했다. 남자친구의 마지막 말은 이랬다.

"네가 이렇게 생각이 없으니 내가 일일이 간섭하지 않을 수 없는 거야."

그 말을 듣고 그녀는 이런 생각이 들었다고 한다.

'그래, 이게 다 오빠가 나를 걱정해서 해주는 말인데……. 내가 조금만 더 사려 깊었으면 오빠가 화내지 않았을 텐데 다 내가 잘

못한 거야.'

영국 작가 패트릭 해밀턴은 1938년 《가스등Gaslight》이라는 희곡
을 발표해 무대에 올렸다. 이 작품은 1944년에 영화로도 제작되
었는데 줄거리는 이러하다.

잭이라는 남성과 결혼한 아내 벨라는 남편이 외출하는 밤마다
집 안 가스등이 희미해지고 위층에서 발소리가 난다는 것을 알아
차린다. 하지만 남편 잭은 그것이 아내의 망상과 몽유병 때문이라
며 그녀를 정신이상자로 몰아간다.

"내가 정말 이상한 건가? 내가 너무 신경이 예민한 건가?"

처음에 반신반의하던 벨라도 이런 일이 반복되고 지속되자 외
부의 문제가 아닌 자기 자신에게 문제가 있는 게 아닐까 하는 의
구심을 갖는다. 점점 무기력과 공허감에 빠지게 된 벨라는 결국
남편 잭의 의사와 결정만을 따르게 된다. 사실 이는 자신의 범죄
를 숨기기 위한 잭의 계략이었다. 잭은 십여 년 전 돈 많은 노파를
살해한 살인마였다. 잭은 노파가 가지고 있던 루비 보석을 찾기
위해 벨라와 결혼해 그녀의 돈으로 노파가 살던 집에 들어가 살
게 되었고, 밤마다 몰래 3층 다락방에서 루비를 찾아다녔다.

가스등을 사용하던 당시에는 하나에 배관에서 나온 가스를 건
물의 전 층에서 나눠 쓰는 구조였기 때문에 잭이 3층 다락방에
서 가스등을 켜고 노파가 숨긴 루비를 찾는 동안 벨라가 있던 아

래층 가스등의 불빛이 희미해진 것이다. 결국 경찰인 브라이언의 등장으로 마침내 잭의 범죄가 발각된다. 이 희곡에서 잭이 벨라의 판단력을 비정상적이라고 몰아세우고, 벨라가 이에 수긍하며 의존하게 되는 행태로부터 '심리적 지배'를 뜻하는 '가스라이팅'이라는 용어가 만들어졌다.

가스라이팅은 가까운 사이에서 은밀히 이루어지기에 단박에 알아차리기 쉽지 않다. 누군가 내게 이런 말을 계속하고 있다면 가스라이팅을 의심해 볼 수 있다.

"네가 그런 말을 했다고? 들은 적 없는데? 너는 기억력이 나빠서 탈이야."

"넌 너무 예민한 것 같아. 다른 사람들은 전혀 그렇게 생각하지 않아."

"다 너를 위해서 그런 거야. 참 답답하다. 그런 것도 모르니?"

"너는 늘 말을 과장해서 해. 그러니까 내가 자꾸 뭐라고 하는 거야."

이런 식의 대화는 상대방을 움츠러들게 하고 자존감을 떨어뜨리며 수동적인 자세를 취하게 만든다.

그렇다면 만약 내가 가스라이팅을 당하고 있다면 어떻게 대처하는 것이 현명할까? 먼저, 나에게 정서적 학대나 통제적 행동을 하는 상대의 태도를 적당히 넘기거나 무시하지 말고 그러지 말라고 단단히 요구해야 한다. 우유부단하게 대처하면 또 이런 일을 당할 수 있다. 그다음 자신을 믿어야 한다. 가해자가 뭐라고 했든 나를 최우선으로 지킬 사람은 나라는 걸 잊지 말아야 한다. 내 기억과 감정은 소중하다. 자책하거나 자신을 의심하면 안 된다. 그리고 주변에 있는 믿을 만한 사람에게 상황을 설명하고 조언을 구하는 게 필요하다. 끝으로 만일을 대비해 확실한 증거를 모아두는 게 좋다. 대략 흐지부지 넘어가면 나중에 증거가 필요할 때 어려움을 겪을 수 있다. 만에 하나 가스라이팅이 다른 범죄로 이어진다면 일기나 사진이나 대화 녹음 등 증거가 큰 도움이 된다.

무엇보다 중요한 것은 타인의 말에 휘둘리지 않는 자신의 정체성 혹은 주체성을 갖는 것이다. 자기중심이 확고하게 잡혀 있는 사람은 누구도 쉽게 통제하거나 조작할 수 없다. 분명히 알아야 한다. 사랑은 상대방을 내 뜻대로 조종하거나 상대방이 나를 옭아매도록 허용하는 것이 아니다. 서로의 인격과 취향과 방식을 있는 그대로 존중해 주는 것이 사랑이다.

마지막으로 다시 한번 드라마 속 민현서의 말을 곱씹어 보자.

"그 사람 인생이 저한테 달려 있어요."

"나 아니면 받아줄 사람 없어요."

"인생 잠깐 꼬여서 화풀이하는 거지, 그렇게 나쁜 애는 아니에요."

"내가 꼭 괜찮은 남자로 만들 거예요."

그녀가 하는 이 말들은 얼마나 헛된 과대망상인가? 나를 가스
라이팅하는 가해자를 괜찮은 남자로 만들 수 있는 피해자는 없다.
어떤 관계에서도 폭력은 정당화될 수 없듯, 연인 관계에서도 마찬
가지다.

취중 고백이
찜찜한 이유

사랑하는 사람이 만나기만 하면 술을 마시고, 술만 마시면 평소 하지 않던 애교나 다정함이 자연스럽게 쏟아져나온다면 건강을 위해 술을 끊으라고 해야 할까 아니면 멋진 연애를 위해 계속 마시도록 놔둬야 할까?

평소에는 숙맥처럼 말 한마디, 눈 맞춤 한번 제대로 하지 못하는 소심한 사람이 술 한 병을 마시고 취기가 돌 때가 되어서야 비로소 화색이 돈 듯 재잘댄다. 전람회의 노래 〈취중진담〉처럼 평소에는 표현하지 못했던 자신의 마음을 고백하기도 한다. 술의 힘이 있어야만 감정을 솔직하게 표현할 수 있는 사람인 것이다. 반대로 평소에는 문제가 없지만 너무 술을 자주 마셔 문제가 되기도 한다. 그 사람과의 데이트는 분위기 좋은 술집, 안주가 맛있는 술집, 집 앞에 있는 술집 등 술이 빠지지 않는다. 술이 좋은 게 아니라 너와 술을 마시는 게 좋은 거라며 핑계 아닌 핑계를 대지만 술병만 보면 그의 눈이 반짝인다. 술 없이는 살 수 없는 애인과의 만남이 길어질수록 당신의 고민은 점점 깊어질 것이다.

연애와 술은 어떤 함수관계일까? 술 없이도 아름다운 사랑을 키워가는 사람이 있지만, 적당한 음주는 연애를 깊고 풍성하게 만들어주는 촉매가 되기도 한다. 수줍음을 많이 타거나 용기가 다소 부족한 사람이라면 술의 힘을 빌려 감춰뒀던 속내를 털어놓을 수 있다. 만난 지 얼마 되지 않아 서먹서먹한 사이라도 술이 몇 잔 오가다 보면 금방 친근감을 느낄 수 있다. 대화를 주도하기 어려워하는 말주변 없는 사람에게 술이 들어가면 재미있는 이야기를 청산유수처럼 늘어놓기도 한다. 이처럼 술은 연애를 돕는 달콤한 양념 같은 역할을 한다.

그러나 연인 중 한 사람이 지나치게 술에 의지한다든지, 대부분의 만남을 술자리로 만들어버린다든지, 술을 마시지 않으면 진지한 이야기나 진심 어린 대화를 나누기 힘들다든지 하는 수준에 이른다면 상황은 몹시 심각하다. 두 사람의 만남에서 술이 조연이 아닌 주연이 되었기 때문이다.

술을 지나치게 좋아하거나 잘 마시는 사람을 보면 문득 떠오르는 장면이 있다. 영화 〈라스베이거스를 떠나며〉에서 중증 알코올 의존증 환자인 할리우드 극작가 벤 역할을 맡은 니콜라스 케이지가 수전증 걸린 손으로 술잔을 기울이며 이렇게 중얼거린다.

"이제는 생각도 나지 않아. 아내가 떠나서 술을 마시게 된 건지, 술을 마셔서 아내가 떠난 건지……"

대부분 영화나 드라마에서 알코올 의존증 환자는 이별과 이혼으로 가정이 풍비박산 나고 상처와 고통을 끌어안은 채 고독하게 살아가는 존재로 그려진다. 정신적으로 고립된 사람이다. 하지만 술 때문에 정신과 전문의를 찾아 상담하는 이들 중에는 영화나 드라마에서 본 것 같은 알코올 의존증 환자와는 전혀 딴판인 멀쩡한 사람들이 많다. 배울 만큼 배우고 좋은 직장을 다니며 멋진 연애를 하거나 단란한 가정을 이루고 사는, 겉으로 보기에는 아무런 문제가 없어 보이는 사람들이다. 그래서 내 연인이 술을 자주 마신다고 해서 혹시 알코올 중독이 아닐까 의심하기도 쉽지 않다.

한번은 이런 상담을 한 일이 있다. 남자친구와의 관계가 참 좋고 모든 면에서 괜찮은 사람이었는데, 술을 지나치게 많이 마시고 술 마시는 날은 블랙아웃Black-Out, 즉 필름이 끊기는 경우가 많아서 걱정이라고 했다. 그만 마시라고 달래서 택시를 태워 집으로 보냈는데, 중간에 내려 다른 데서 술을 더 마시다가 깜빡 잠이 들어 길에서 자다가 큰일 날 뻔한 적도 있다는 것이다. 주변에서는 그만 헤어지라고 성화지만, 평소에는 너무 신사적이고 다정다감한 사람인데다 자신이 잘 챙겨주면 나아질 거라는 기대 때문에 계속 만나고 있다고 했다.

"남자친구가 능력도 있고 나무랄 데 없이 생겼어요. 딱 한 가지 술 문제가 마음에 걸리지만, 제가 자꾸 술을 끊으라고, 그만 마시라고 간섭하면 남자친구가 싫어할까 봐 어쩔 수 없이 같이 술을 마실 때가 많아요. 이러면 안 된다고 생각하면서도 남자친구에게 억지로 끌려다니는 것 같아 마음이 편하지 않죠. 이런 관계가 이어지다 보니 그 사람만 생각하면 혼란스러워요."

매사 적극적이고 이해심이 많은 그녀로서는 자기로 인해 남자친구의 기분을 망치고, 둘 사이의 관계를 틀어지게 하고 싶지 않았다. 술 문제만 빼면 나머지는 걸릴 것이 없었기에 자기만 참고 그냥 넘어가면 된다고 생각한 것이다. 잘 맞는 부분은 그냥 유지하고, 잘 맞지 않는 부분은 자신이 맞춰주려고 노력했다. 이 두 사람은 과연 건강한 연인 관계일까?

진료실을 찾은 여성은 부모로부터 전폭적인 사랑을 받지 못한 채 성장했다. 그렇다 보니 다른 사람의 눈치를 많이 살피게 되었다. 내가 상대방에게 뭔가를 해주면 사랑을 받고, 아무것도 하지 않으면 사랑을 받지 못하는 관계에 익숙해진 것이다. 성인이 된 그녀는 사람을 만날 때마다 내가 잘해야 저 사람에게 사랑받을 수 있다고 생각하며 살았다. 사랑하는 사람일수록 좋은 관계를 유지하기 위해 내가 더 잘해줘야 한다는 강박 관념이 끝도 없이 커진 것이다. 그래서 남자친구가 무리한 요구를 하거나 좋지 않은 모습을 보여도, 따끔하게 말해야 할 게 있어도 상대방이 기분 상하지 않게 자신이 참고 맞춰줘야 한다고 생각한 것이다.

이 여성은 다소 위험하고 모험적인 사랑을 하고 있다. 그녀는 주변 사람에게 인정받기를 원하고 싫은 소리를 듣고 싶지 않다. 자신의 사랑이 틀렸다거나 어긋나고 있다고 믿기 어려웠다. 내가 좀 더 참고 이해하면 상대방도 나를 그만큼 존중하고 사랑하리라고 생각했다. 나는 그녀에게 남자친구와의 관계를 차분히 돌아보도록 했다. 그랬더니 결국 남자친구와의 관계가 상호적이지 않고 사랑과 인정을 받기 위해 홀로 헌신하는 관계라는 걸 스스로 확인할 수 있었다.

그녀는 어렸을 때부터 자신의 감정에 충실하기보다는 다른 사람들에게 잘 보이기 위해 살아왔기에 자기가 무엇을 좋아하는지, 어떤 걸 사랑하는지 구체적으로 생각해 볼 기회가 별로 없었다. 그래서 그다음 단계로 나는 그녀에게 감정이입을 통해 자기 자신을 깊이 들여다보도록 했고, 끝으로 그녀에게 감정 일기를 적어 보도록 했다. 일과 중 자신이 강하게 느꼈던 감정, 그런 감정을 갖게 된 상황, 남자친구에게 바라는 것, 내가 남자친구에게 해줄 수 있는 일들을 매일 노트에 적어 보는 것이다. 그러면 자신의 감정을 표현하는 게 한결 수월해질 수 있다.

사연 속의 여성은 문제를 외면하는 대신 직면하기로 마음먹었다. 관계를 유지하기 위해 그간 해왔던 것과 달리 남자친구에게 자신이 원하는 바와 그가 고쳐야 할 점을 이야기하며 많은 노력을 기울였다. 여담이지만, 스스로 자신을 가둬두었던 울타리에서 벗어나게 된 그녀와 달리 상대는 술에서 멀어지는 데 성공하지 못했고 두 사람은 결국 이별을 맞이했다고 한다.

어린 시절부터 형성된 강박 관념에서 벗어나는 게 어렵듯, 알코올에 지나치게 의존하는 증세에서 빠져나오는 것도 쉬운 일이 아니다. 다른 건 다 좋은데 사랑하는 사람이 술에 너무 의지하고 있거나 술만 마시면 절제할 줄 모르고 필름이 끊길 때까지 마시는 스타일이라면 진지한 대화를 통해 금주나 절주를 실천하도록 해야 한다. 다만 혼자의 힘이나 연인이 옆에서 도와주는 것으로는 한계가 있다면 정신과 전문의를 찾아 치료받게 하는 게 좋다.

"지금부터 당장 술 끊어! 술 마시면 절대 안 만날 거야. 나랑 헤어지려면 계속 마셔."

"술 하나도 제대로 못 끊으면서 이 험한 세상 어떻게 살려고 그래?"

남자친구가 알코올 의존증이 의심된다고 해서 대번 이렇게 쏘아대거나 몰아붙이면 역효과가 날 수도 있다. 담배 끊는 게 어렵듯이 술도 단번에 끊는 게 쉬운 일이 아닌 까닭이다.

"자기야, 앞으로 술은 일주일에 한 번만 마시는 걸로 하자."

"나랑 있을 때 술 마시고 싶으면 딱 소주 반병만 마시면 좋겠어."

"소주 마실 때는 한 잔을 세 번에 걸쳐 나누어 마시겠다고 약속할 수 있지?"

이런 식의 구체적인 계획이 더 현실성 있다. 내가 남자친구의 알코올 의존도를 낮추기 위해 어디까지 선을 그어줄 수 있는지, 어떻게 통제할 수 있는지 아주 구체적인 방법을 생각해서 실천해야 한다. 서로 이렇게 합의했다면 이 선을 한 발자국도 넘어가지 말아야 한다.

집 밖에만 나가면 마음을 흔들고, 결심을 무너뜨리며, 의지를 허무는 유혹들이 즐비하다. 술을 끊거나 약속한 범위에서만 절제하며 마시는 것은 결국 의지의 문제다. 애인보다 술을 더 좋아하는 사람이라면 위험하다. 술은 사람을 흥분시키고 과장과 허풍을 부추긴다. 술김에 한 약속, 술김에 한 다짐, 술김에 한 고백, 술김에 한 프러포즈를 어디까지 믿을 수 있을까? 진실함과 진지함은 그 어느 것에도 의존하지 않고 온 마음을 다해서 내면 깊은 곳으로부터 우러나올 때 유효한 법이다.

재테크 잘하는 현명한 남자,
혹은 모험에 눈먼 도박 중독자

　해가 바뀌면 새해 풍경을 담은 사진들이 주요 언론과 인터넷에 소개된다. 해맞이 명소에서 신년 첫 태양이 솟아오르는 광경을 보며 소원을 비는 사람들, 해가 바뀌었음에도 병원이나 요양원 등에서 밤새 환자와 노인을 돌보는 의료진, 눈 쌓인 철조망 사이로 순찰하며 철통같이 경계를 서는 전방부대 병사들의 모습 등이 그동안 봐왔던 낯익은 새해 풍경들이다.

　그런데 최근에는 이색적인 사진들이 눈길을 끌었다. 쌀쌀한 날씨에도 불구하고 길거리에 기다랗게 줄을 선 사람들 모습이 소개된 것이다. 몇백 미터에 달하는 줄도 있었다. 도대체 뭘 하려고 모인 사람들일까 했는데 알고 보니 로또를 사려는 사람들이었다. 새해를 맞아 모든 희망과 바람을 로또 한 장에 담아보려는 사람들이 한겨울 추위도 잊은 채 긴 행렬을 잇게 만든 것이다. 전국 어디나 마찬가지였다. 로또 당첨자가 많이 나온 이른바 '로또 명당'에는 교통경찰까지 출동해 질서 정리를 해야 할 정도로 인파가 몰렸다. 텔레비전에도 이 같은 이색적인 풍경이 소개되었다. 뉴스 시간에 등장한 한 젊은이는 기자를 향해 이렇게 말했다.

"이번 생에서 내 집을 살 수 있는 유일한 길은 로또에 1등으로 당첨되는 것뿐입니다."

사랑과 로또가 대체 무슨 관련이 있는지 궁금할지도 모르겠다. 문제는 로또가 아니다. 바로 요행을 바라는 마음, 즉 사행심이다.

사행심에 빠진 주변인들로 인해 고생하던 한 여성이 있었다. 남자친구 때문에 불면증과 우울증에 시달리는 여성의 사연은 너무도 안타까웠다. 그녀는 유복한 집에서 태어났으나 어렸을 때 아빠가 노름에 빠져 가산을 탕진하는 바람에 가난을 숙명처럼 여기며 살아야 했다. 돈만 생기면 도박에 쏟아붓는 아빠로 인해 부부싸움은 그칠 줄 몰랐다. 결국 부모님은 이혼하고 말았다. 경제력이 없는 엄마는 노점상을 하며 어렵사리 자신을 뒷바라지했다고 한다. 힘들게 대학을 나와 중소기업에 취직한 그녀는 악착같이 생활하며 조금씩 가정 형편을 나아지게 했다. 좋은 남자 만나 결혼해서 고생만 하고 산 엄마를 편히 모시는 게 유일한 소망이었다. 잘

나거나 돈을 잘 버는 사람은 아니더라도 성실하고 정이 많은 사람이라면, 특히 엄마를 모시고 살 수 있는 사람이라면 서둘러 결혼하고 싶었다.

그런데 친구 소개로 처음 만난 남자는 성실해 보였으나 알고 보니 경마를 즐기는 사람이었다. 틈만 나면 경마장에 가서 시간을 보냈다. 그냥 경마를 구경하는 게 아니라 돈을 걸고 내기를 하는 거였다. 연락이 안 될 때마다 왜 그런가 궁금했는데, 경마장에 가 있던 것이었다. 그녀는 고민 끝에 그 남자와 헤어졌다. 도박은 그녀가 가장 싫어하는 것이었고, 경멸의 대상이었다.

한참 뒤 회사 일로 알게 된 거래처 직원을 두 번째 남자로 사귀게 되었다. 그 역시 매우 착실하고 정직해 보였다. 정이 많아 언제나 자신을 자상하고 친절하게 대해주었다. 무엇보다 엄마에게 극진했다. 자기가 늦게 퇴근하는 날이면 집에 가서 요리를 만들어 엄마에게 대접해 드릴 때도 있었다. 요즘 세상에 이런 남자가 있나 싶었다. 하지만 그는 그녀 몰래 비트코인과 증권에 투자하고 있었다. 충격이었다. 그 사실을 알게 된 그녀는 남자친구와 대판 싸웠다. 당장 비트코인과 증권에서 손을 떼겠다고 약속하지 않으면 만나지 않겠다고 했다.

"비트코인과 증권은 경제고 과학이라고. 절대 도박이 아니야. 정확한 통계와 심도 있는 분석을 통해서 신중하게 투자하는 거라니까. 자본주의는 정당한 투자가 미덕인 사회야."

남자는 줄기차게 설득했으나 그녀의 귀에는 아무런 말도 들어오지 않았다. 비트코인과 증권이 화투나 경마 같은 도박이 아니라 적법한 투자 상품이라는 건 그녀도 잘 알고 있었다. 그렇지만 성실히 땀 흘려 돈을 버는 것과는 거리가 있는 데다 자칫하면 사행 심리가 작동할 소지가 있기 때문이었다. 남자친구를 너무 좋아하고 믿었기에 실망과 분노는 더 컸다. 이후 두 사람은 만날 때마다 싸웠다. 남자친구에게서 점점 아빠의 흔적이 느껴졌다. 정말 사랑했는데, 또 헤어져야 하는 건지 그녀는 몹시 힘들고 괴로웠다.

사행 심리란 노력에 따른 정당한 대가가 아닌 뜻밖의 행운, 즉 요행을 바라는 마음을 가리킨다. 정도의 차이가 있을 뿐 누구에게나 있는 마음이다. 좋게 해석하자면 자신의 능력으로 쉽게 얻을 수 없는 것을 간절히 바라는 소망이라고도 할 수 있으나 한번 맛을 들이면 땀 흘려 노력해서 작은 것을 얻기보다 요행에 기대 더 큰 것을 얻고자 하는 심리가 생기므로 과도한 탐욕에 빠져 자신은 물론 가족과 주변 사람을 큰 불행에 빠뜨릴 수도 있다. 요즘 청소년과 대학생 그리고 젊은 직장인들 사이에서 인터넷 도박이 성행한다고 한다. 스마트폰과 노트북만 있으면 언제 어디서든 도박의 유혹에 빠질 수 있는 환경이기 때문이다.

도박은 금품을 걸고 승부를 다투는 일이다. 누구나 호기심으로 시작하지만, 습관이 되면 점점 더 쾌락을 추구하게 된다. 돈을 잃든 따든 도박이 주는 짜릿한 쾌감에 빠져드는 것이다. 사람들이 쉽게 도박에 빠져드는 건 중독으로서의 도박과 여가로서의 오락을 구분하지 못하는 까닭이다. 처음에는 도박을 오락이라 생각하고 단순하게 접근한다. 그러다가 자신의 내면에 있는 욕구와 맞닥뜨리게 된다. 쉽게 큰돈을 벌고 싶은 욕구, 잃은 돈을 만회하고 싶은 욕구, 짜릿한 쾌감을 맛보고 싶은 욕구, 우울감이나 스트레스를 떨쳐버리고 싶은 욕구, 직장 동료나 친구들과 친목을 도모하려는 욕구 등이 도박을 부추기는 요인이다. 그러다 결국 도박으로 인해 본인과 가족 및 대인 관계에 갈등이 발생하고, 일상생활을 유지하기 어려울 정도로 많은 문제가 발생하고 있음에도 행위를 조절하지 못해 계속 도박에 빠져드는, 도박 중독에 이르게 된다.

사랑하는 남자가 도박에 빠져 있거나 지나치게 사행 심리를 추구해 성실과 정직을 미덕으로 삼지 않고 일확천금과 불로소득만을 갈망할 때 당연히 고민에 빠지지 않을 수 없다. 이런 남자와 계속 만나야 하나 아니면 헤어져야 하나 갈등하게 된다. 단지 오락을 즐기는 수준이라면 진지한 대화를 통해 분명한 다짐을 받고 끊도록 해야 한다. 그러나 중독 수준이라면 전문의나 의료기관을 찾아가 치료받도록 하는 게 좋다. 증상이 더 심해지고 그로 인해 좋지 않은 결과가 나타나기 전에 하루라도 빨리 결단해야 한다.

하지만 남자친구가 이를 받아들이지 않거나 계속해서 도박 또는 사행 심리를 유발하는 것에 관심을 보일 때는 이별을 진지하게 생각해 봐야 한다. 물론 비트코인이나 증권을 도박이라고 하지는 않는다. 그렇더라도 여자친구가 그토록 싫어하는 일이라면 하지 말아야 한다. 사랑은 내가 그를 위해 뭔가를 적극적으로 하는 것도 중요하지만, 그가 원하지 않거나 싫어하는 일을 단호히 하지 않는 것도 포함된다. 나 좋을 대로만 하는 것은 사랑이 아니다. 내 생각과 다르고 내가 원하지 않는 것이라 해도 사랑하는 사람을 위해 포기할 줄 아는 게 사랑이다. 상처는 따뜻하게 보듬어줄 때 아물고, 차갑게 무시할 때 덧나는 법이다.

바람,
정말 딱 한 번의 실수일까?

　한 사람과 썸을 타거나 연애를 하는 중에도 계속해서 다른 이성을 만나거나 만남을 시도하는 사람이 있다. 쉽게 말해 바람을 피우는 것이다. 아직 결혼 전이라고 해서 적당히 넘어갈 일은 아니다. 결혼 전에 하는 외도는 결혼 후의 외도처럼 법적인 책임 공방 등으로 복잡하게 비화하지는 않을지 몰라도 윤리와 도덕이라는 차원에서는 똑같은 비중의 문제를 일으킨다. 남녀 간의 사랑은 서로에 대한 믿음을 담보로 한다. 나는 오직 저 사람만을 사랑하고, 저 사람도 오직 나만을 사랑할 거라는 믿음이다. 이 믿음이 깨지면 담보는 효력을 잃고 사랑도 허물어진다. 부부 사이든 연인 사이든 모든 남녀관계는 이 같은 전제하에 이루어지고 유지된다.

사랑은 이기적이다. 남녀 사이의 사랑은 더욱 그렇다. 아무리 양보와 헌신이 몸에 밴 사람일지라도 내가 사랑하는 사람이 나보다 다른 이성을 더 사랑한다면 배신감과 모욕감에 치를 떨 수밖에 없다. 사랑은 소유욕을 동반한다. 저 사람을 나만이 소유하고 싶은 욕구가 없다면 그것은 사랑이 아니거나 혹은 거짓말일 뿐이다. 간혹 나에 대한 의무와 책임만 다한다면 아무리 많은 이성을 만난다 해도 상관하지 않는다고 대범하게 말하는 사람도 있다. 그러나 이 또한 말장난이다. 상대방을 진정으로 사랑한다면 그의 사랑을 독점하고 싶은 것이 인간의 본능이다. 따라서 외도는 나를 사랑하는 사람에게 줄 수 있는 가장 치명적인 상처다.

외도에 대한 남녀 간의 생각 차이는 상당히 크다. 남성은 아내나 연인 외의 이성과 어쩌다 딱 한 번 잠자리를 함께하게 된 경우 이를 외도라고 생각하지 않는다. 장기간 지속적인 만남과 잠자리를 가진 관계여야 외도라고 여기는 경향이 강하다. 반면 여성은 남편이나 연인이 자신 외의 이성과 사적인 만남을 가진 것은 물론이고 각별한 감정을 느끼면서 은밀히 소통하는 것까지도 외도의 범주로 인식하는 경향이 있다. 성적인 관계까지 이르지 않았더라도 애정을 주고받는 관계 혹은 단순한 데이트도 외도의 범위에 들어간다고 생각한다. 미혼이냐 기혼이냐에 따라서 온도 차이는 있지만 대체로 남성은 육체적 관계를, 여성은 정신적 관계를 외도의 기준으로 삼는 경향이 있는 것이다.

여성 중에서 좀 더 엄격한 기준을 가진 사람은 공적인 자리 외에 그 어떤 사적인 자리에서의 이성 간 만남도 외도라고 판단하기도 한다. 이를테면 배드민턴이나 등산, 사이클 등 운동을 목적으로 하는 동호회, 독서나 영화, 음악 감상 등을 즐기는 동아리도 경계의 대상이다. 한 회사에 다닌다는 이유로 남녀 단둘이서 식사를 하거나 차를 타는 것도 의심을 피하기 어렵다.

이런 식으로 따진다면 도대체 어디까지를 외도로 봐야 하는 걸까? 그 기준은 사람마다 다르다. 정답이 없는 까닭에 부부나 연인 사이에서는 쓸데없는 오해나 마찰을 줄이기 위해 상대방의 민감한 기준을 잘 파악해서 맞춰줄 필요가 있다. 내가 아무리 아니라고 해도 사랑하는 사람의 마음이 아프거나 편치 않다면 이를 우선 배려해야 한다는 말이다. 이것이 혹시 있을지도 모를 더 큰 오해나 화를 막는 지혜다.

내가 믿어 의심치 않던 사랑하는 연인이 외도를 저지른다면 그 사실 자체를 받아들이는 것조차 쉽지 않다. 사랑이 큰 만큼 배신감도 커서 충격으로부터 스스로를 보호하기 위해 오히려 사실을 부정하고 싶어 하기 때문이다.

"이번이 처음이야. 내가 잠깐 미쳐서 정말 딱 한 번 실수한 거야."

외도를 저지른 연인이 한 번의 실수일 뿐이니 딱 한 번만 눈을 감고 용서해 달라고 하면 차라리 그 말을 믿고 싶어질지도 모른다. 인간이라면 누구나 한 번쯤은 실수하기 마련이니까. 앞으로 잘하겠다는 말을 믿어보고 싶을 수도 있고, 나만 모른 척하고 넘어가면 아무 일 없이 행복했던 지난날로 돌아갈 수 있으리라 믿고 싶을 수도 있다. 하지만 눈을 가린다고 해서 현실이 바뀔 수는 없다. 설령 그 사람이 외도를 저지른 게 정말 처음이라 할지라도 이미 엎질러진 물일 뿐이다. 한 번이라도 외도를 저지른 사람이라면 좀처럼 거기서 헤어 나오지 못할 가능성이 크기 때문이다.

사람의 뇌에는 보상 회로라는 긍정적인 시스템이 존재한다. 특정 행동을 했을 때 뇌에서 쾌감과 만족을 느끼게 됨으로써 그 행동을 반복하도록 만드는 장치다. 맛있는 음식을 먹었을 때, 좋아하는 운동을 했을 때, 소개팅에서 꿈에 그리던 이상형을 만났을 때 보상 회로는 활성화된다. 보상 회로는 사람에게 꼭 필요한 생물학적 기능을 반복할 수 있도록 돕는 역할을 한다. 쾌락을 느낄 때 활성화된다고 해서 쾌락의 중추라고 불리기도 한다.

보상에는 두 영역이 있다. 음식이나 섹스 등 쾌락의 직접적인 원인이 되는 내적인 보상과 돈이나 명예 등 관련된 학습을 거쳐 쾌락으로 연결되는 외적인 보상이다. 이 중 섹스는 가장 즉각적으로 쾌락을 느끼게 해주는 보상이다. 도파민의 과도한 분비로 순간적인 쾌락이 극대화된다.

결혼해서 가정을 가진 사람에게 외도는 금기시되는 부분이다. 당연히 비밀리에 은밀하게 진행될 수밖에 없다. 섹스의 쾌락에 금단의 영역을 넘나드는 흥분까지 가미된다. 발각되면 가정 파탄이 일어나고 사회생활에도 막대한 지장이 생기며 그동안 쌓아온 관계나 명예가 순식간에 곤두박질치게 되리라는 걸 알지만, 그 모든 위험에도 불구하고 도저히 멈출 수 없는 건 보상의 달콤함과 짜릿함이 워낙 강렬하기 때문이다. 한번 쾌락의 늪에 빠지면 사람의 뇌는 점점 더 큰 자극을 요구한다. 보상에 대한 기대치가 커지는 까닭이다. 결국 더 자극적이고 더 말초적인 것에 탐닉하게 되고 중독 상태에 이른다. 음주 운전이나 마약도 한번 해본 사람이 계속하듯이 외도도 한번 저지른 사람이 헤어 나오지 못하고 거듭하게 된다.

미혼자의 외도 역시 마찬가지다. 아직 결혼하기 전이니까 여러 사람을 만나보고 나와 가장 잘 맞는 사람을 선택해 결혼하면 되지 않느냐고 생각하는 사람이 있다. 그러나 소개팅으로 한두 번 만난 사이가 아니라 오랜 시간 깊이 사귄 연인이 있는 상태에서도 여전히 다른 이성에 눈길을 주고 틈만 나면 양다리를 넘어 복수의 연애 전선을 만들고자 공을 들인다면 비난받아 마땅하다. 바람둥이란 바로 이런 사람을 일컫는다. 처음에는 호기심에서 시작할지 몰라도 쾌락의 달콤함에 순치되면 남몰래 바람을 피우는 일이 습관이 된다. 미혼이니까 발각되더라도 욕 좀 먹고 연인과 헤어져 다른 사람과 사귀면 그만이라고 생각한다면 무책임하기 짝이 없는 사람이다. 사랑은 진심과 정직을 영양분 삼아 뿌리를 내리고 꽃을 피운다.

외도를 저지른 사람이 남몰래 맛보는 보상의 쾌락은 달콤하고 짜릿하기 그지없지만, 배우자나 연인에게 이 사실이 알려졌을 때 감당해야 할 현실적 대가는 상상 이상으로 처참하다. 본인은 물론 배우자나 연인의 일상은 혼란의 늪으로 빠져든다. 결혼할 때까지만 들키지 않으면 그만이라든지, 죽을 때까지 비밀을 유지하면 된다든지 하는 허망한 기대나 바람은 이루어지기 힘들다.

사람의 일상은 의외로 단순하고 언제 어디서든 흔적은 남게 마련이다. 설령 생전에 외도의 비밀을 완벽하게 감추었다 하더라도 사후에 자식들이나 지인들에 의해 수면 위로 드러날 수 있다. 미국 작가 로버트 제임스 윌러의 소설 《매디슨 카운티의 다리》 주인공인 로버트 킨케이드와 프란체스카처럼 말이다. 그 또한 처연하기는 매한가지다.

모든 드라마와 영화와 소설 심지어 우리 주변에서조차 외도의 위험성과 휘발성에 대해 이토록 심각하게 경고하고 있음에도 불구하고 왜 외도는 끊임없이 일어나는 걸까? 어째서 인간은 이 달콤한 유혹으로부터 자신과 사랑하는 사람을 지켜내지 못하는 걸까?

'우리는 왜 사랑하는 사람을 두고 또 다른 사랑을 꿈꾸는가?' 라는 부제가 붙은 《불륜의 심리학》이라는 책은 이 같은 물음에 대한 해답을 찾아간다. 여기서 오스트리아의 심리학자 게르티 젱

어와 발터 호프만은 불륜의 제국에 발을 들여놓게 되는 사람들을 심층 분석하면서 그 모든 원인과 결과를 정신분석학과 진화생물학 관점으로 파헤친다. 저자들은 섹스가 주는 굉장한 쾌락과 만족감은 단지 한 명의 동반자를 얻기 위한 투쟁을 유발하는 것으로 끝나지 않는다고 지적한다. 처음 불륜의 강물에 발을 들여놓을 때 느끼는 만족스러운 행복 도취 상태가 지나고 나면, 계속해서 다른 성적 대상들에 대한 유혹이 따라붙는다는 것이다. 평생 단 한 사람과만 외도를 저지르는 사람이 드문 이유다.

아무리 힘들게 투쟁하여 정복한 파트너라도 몇 년이 지나 익숙해지면 더는 지난날 그때처럼 간절히 원할 만한 가치가 있어 보이지 않게 된다. 일상에 밀려 성적 매력이 점점 소진되는 것이다. 그러면 예외 없이 좀 더 강하고 새로운 성적 자극을 바라게 마련이다. 이것이 불륜 열차가 달리는 정해진 레일이다.

바람기는 질병이 아니다. 불치병은 더더욱 아니다. 본인의 확고한 의지와 자제력 그리고 사랑하는 사람에 대한 책임감이 있다면 극복할 수 있다. 하지만 쾌락의 힘은 상상보다 훨씬 세다. 한 번 외도를 저지른 사람은 또다시 유혹에 빠질 가능성이 있다. 결혼 전 짧은 연애 기간에 외도했던 사람이 결혼 후 기나긴 부부 생활 동안 외도하지 않으리란 보장은 없다.

결혼 뒤 배우자의 외도를 알게 되었을 때는 자녀 문제나 경제 문제 등으로 용서하고 화해한 후 비록 껍데기뿐일 망정 결혼 생활을 이어갈 수도 있다. 그러나 결혼 전은 다르다. 연애 상대가 외도한 사실이 밝혀졌다면 단호하게 관계를 정리하는 게 좋다. 힘들고 아프지만, 그것이 현명한 방법이다. 섣불리 용서하고 넘어간다면 정말 후회할 일이 벌어질 수도 있다.

"안 만나주면
확 죽어버릴 거야"

"헤어지면 나 죽어버릴 거야."

사랑하는 사람과 심하게 다투거나 연인에게 이별을 통보받은 후에 죽어버리겠다고 아우성치는 사람이 있다. 단순한 엄포이거나 엄살이라면 별문제가 없겠지만, 실제로 행동에 옮긴다면 큰 문제가 아닐 수 없다. 이별의 고통은 어느 정도일까? 얼마나 아프길래 이별 대신 죽음을 택하겠다고 말하는 것일까? 세상의 모든 이별은 다 아프다. 아름다운 이별이란 말장난 같은 것이다. 열렬히 사랑했다면 그 사람과 헤어지는 건 진짜 죽을 것처럼 아프다.

그런 의미에서 이별을 노래한 수많은 유행가 중에 가장 실감 나는 곡은 가수 백지영이 부른 〈총 맞은 것처럼〉이 아닐까 싶다.

백지영은 처음 이 노래를 듣고 발라드 곡 가사에 '총 맞은 것처럼' 이라는 표현이 나와 당황했다고 한다. 하지만 총 맞은 것처럼 가슴이 너무 아픈데도 죽지 않고 멀쩡하게 살아 있다는 것이 믿어지지 않고 이상하다는 가사는 이별의 아픔이 얼마나 큰 것인지를 너무나 잘 묘사하고 있어 결국 많은 이들에게 큰 사랑을 받았다. 총을 맞은 것처럼, 이별은 너무나 아픈 과정인 것이다.

자살이란 스스로 자기 목숨을 끊는 행위다. 자살을 뜻하는 영어 단어 'suiside'는 라틴어 'sui자기 자신을'와 'cædo죽이다'가 합쳐져 생겨난 말이다. 원인이 어디에 있든 당사자가 자유의사에 의해 자신의 목숨을 단절하는 행위를 가리킨다. 시대나 풍습 또는 종교관과 윤리관에 따라 자살을 정의하고 해석하고 받아들이는 데는 많은 차이가 있었다.

생을 마감하겠다고 결심하고 실행에 옮기기까지는 많은 번민과 갈등이 동반된다. 그 과정에서 심경의 변화를 일으켜 자살을 포기하는 수도 있지만, 그대로 결행할 때는 그런 극단적 선택만이 출구라고 생각할 수밖에 없는 정황이 있다. 통계에 의하면 그것은 신경쇠약, 실연, 병고, 생활고, 가정불화, 장래에 대한 고민, 사업 실패, 염세 등이다. 남자에게는 신경쇠약과 병고가 많고, 여자에게는 가정불화와 실연이 많다. 배신 혹은 이별 등으로 사랑하는 연인에게 씻을 수 없는 상처를 받으면 생의 의지를 가질 수 없을 만큼 심각한 괴로움을 느끼게 되고 오직 죽음만이 이 모든 고통으로부터 해방되는 유일한 길이라 여기게끔 된다.

영화배우, 탤런트, 가수 같은 인기 연예인의 자살은 자살에 대한 잘못된 인식과 환상을 심어줄 수 있다. 정계와 재계 등의 고위직 인사가 검찰 수사를 받던 도중 갑자기 자살하는 사례도 빈번하다. 이런 경우 죽으면 모든 게 다 해결된다는 잘못된 신호를 보내게 된다. 자살에는 휘발성과 전염성이 있다. 유명인의 자살은 이를 모방한 연쇄적인 자살을 부른다. 이를 '베르테르 효과'라고 한다. 독일의 대문호 괴테가 쓴 소설 《젊은 베르테르의 슬픔》에서 주인공 베르테르가 권총 자살을 했는데, 그 후 유럽의 젊은이들 사이에 권총 자살이 늘어났다는 사실을 발견한 미국의 사회학자 필립스가 1974년에 처음으로 사용한 명칭이다.

자살의 가장 흔한 원인은 우울증이다. 우울증이 있는 경우 그렇지 않은 사람에 비해 자살을 생각하는 비율이 네다섯 배나 증가한다. 자살을 시도했던 사람 중 우울증을 발견해서 적극적으로 치료하면 다시 자살을 시도하려는 충동을 80퍼센트나 줄일 수 있다. 실연 뒤에는 상실감과 더불어 우울증이 찾아오기 마련이다. 이때 우울증을 잘 치료하고 관리하면 자살을 예방할 수 있지만, 우울증이 깊어져 절망감에 사로잡힐 경우 심하면 자살 욕구까지 일으킬 수 있다.

진료실에서 간혹 이렇게 이야기하는 여성이 있다.

"과연 괜찮아지는 날이 올까요? 그때까지 제가 살아 있을 거라는 상상이 되질 않아요."

이 중 상당수는 사랑 때문에 상처를 받은 사람들이다. 장밋빛 미래를 꿈꾸며 사랑의 강물에 온몸을 던졌는데, 전혀 예상하지 못한 탁류에 휩쓸려 떠내려가는 걸 경험한 것이다. 너무 힘들어 생의 여유가 얼마 남지 않았을 거라고 믿기에 이런 말을 한다고 생각한다. 꼭 사랑 때문이 아니더라도 살다 보면 도무지 어디에도 해답이 없고 출구도 보이지 않아 막막할 때가 있다. 아무리 살펴봐도 전후좌우 짙은 안개뿐일 때 뭘 해야 할지 갈피를 잡기 어렵다. 낭떠러지에서 유일하게 할 수 있는 일은 나 자신을 그만 놔버리는 일이라 여기기 쉽다.

사랑하는 사람에게 배신을 당했거나 어쩔 수 없는 사연으로 연인과 헤어졌거나 불가항력으로 사랑하는 사람을 잃었을 때 세상이 무너지는 것 같고 한시도 살아갈 이유가 없다고 느낄 수 있다. 그러나 그대로 삶을 마감하는 것은 정답이 아니다. 시간에 나를 맡겨야 한다. 주변 사람의 정을 느끼면서 일상의 에너지에 나를 던진 채 살아가다 보면 다시 뜨거운 피가 솟구치고 새로운 사랑이 찾아온다.

반대의 경우, 즉 내 연인이 이별을 받아들이지 못하고 차라리 죽는 것이 낫겠다고 말하는 경우도 마찬가지다. 분명한 이유로 이별을 결심했는데, 상대방이 울고불고 매달리는 것도 모자라 안 만나주면 확 죽어버리겠다고 위협한다고 해서 그 사람을 다시 만날 수는 없다. 불쌍하다, 안쓰럽다, 무섭다는 이유로 연인 관계를 유지해서는 안 된다. 사랑은 불쌍해서 안쓰러워서 무서워서 하는 게 아니다. 차분하게 이성적으로 논리적으로 설득해도 안 된다면 주변 사람들에게 도움을 요청해야 한다. 그래도 비이성적인 위협과 협박이 이어진다면 데이트 폭력이나 스토킹 범죄 차원에서 다루어야 한다. 그동안 사귀었던 정을 생각해서 미온적인 자세를 취하거나 불분명한 신호를 보낸다면 상대방의 위협과 협박은 더 구체적이고 거세질 가능성도 있다.

반대로 내가 상대와의 이별 후 도저히 헤어짐을 받아들일 수 없어 차라리 죽는 게 낫겠다는 생각이 들면 어떨까. 만나주지 않으면 죽어버리겠다고 협박해서라도 다시 만남을 이어가고 싶다는 충동에 휩싸일 수도 있다. 하지만 이것만은 알아야 한다. 내가 죽는다고 사랑이 돌아오지는 않는다. 내가 죽는다고 이별의 아픔이 사라지지도 않는다. 오히려 내 극단적 선택은 가족과 주변 사람들 가슴에 씻을 수 없는 대못을 박고, 천추의 한을 남길 뿐이다.

죽을 만큼 아픈 이별 앞에서는 오기가 필요하다. 죽을 만큼 힘들지만, 죽을 수 없는 분명한 이유가 있기에 전의를 불태우는 것이다. 더 좋은 사람 만나서 행복하게 잘 살 거라고 믿어야 한다. 나를 쓸쓸하게 만들고, 힘들게 하고, 슬픔에 목메게 한 그 사람과 끝장을 볼 작정이라면 이대로 죽을 수 없다. 더 멋지게 사는 게 가장 통쾌한 복수다. 오기는 생의 강력한 의지다.

어느 날, 그 사람이
화를 내며 손을 올렸다

소위 말하는 '막장 드라마'나 신파극에 한 번쯤은 꼭 나오는 유형의 관계가 있다. 바로, 폭력적인 남자와 그를 떠나지 못하는 여자다. 화가 나면 자연스럽게 손이 올라가는 남자가 한바탕 사고를 저지르고 나면 잠시 뒤 꽃다발과 함께 "다시는 그러지 않을게. 제발 한 번만 용서해 줘……"라고 말하며 눈물을 흘린다. 화면을 통해 지켜보는 입장에서는 대체 저런 쓰레기 같은 사람을 왜 받아주냐며 답답해한다. 하지만 우리에게 그런 일이 닥쳤을 때, 정말 모든 이들이 뒤도 안 돌아보고 이별을 통보할 수 있을까? 아니면 무릎 꿇고 눈물을 흘리는 그 사람을 보며 마음이 약해져 버리게 되는 건 아닐까?

인간의 감정 중에 좀처럼 참기 힘든 게 '화'다. 못마땅하거나 언짢은 일이 생겼을 때 불쑥 치밀어오른다. 이성의 힘으로 억누를 뿐 화가 나지 않아서 가만히 있는 건 아니다. 만약 화가 날 때마다 이를 분출한다면 세상은 전쟁터가 되고 말 것이다. 화를 내는 건 자신의 마음은 물론 타인의 마음에도 불을 지르는 행위다. 정식 의학 용어는 아니지만, 너무 억울하고 분해서 화를 삭이지 못해 생긴 몸과 마음의 질병이 화병이다. 분노 역시 화와 같은 의미다. 분개하여 몹시 성을 내는 것이다. 화와 분노는 모든 사람에게 나타나는 자연스러운 감정이다. 그러나 동물과 달리 인간은 화와 분노를 여과 없이 표출하지 않는다. 교육과 경험을 통해 타인과 더불어 살기 위해서는 감정을 다스리면서 양보하고 배려해야 한다는 걸 알게 되는 것이다. 이것이 건강한 사람이고, 이런 사람들이 다수인 사회가 건강한 사회다.

그런데 충분히 교육받고 많은 경험을 쌓았는데도 화와 분노를 다스리지 못하는 사람이 있다. 분노를 조절하는 게 어려워 과도한 방식으로 표출함으로써 정신적, 신체적, 물리적 피해를 경험하는 걸 간헐적 폭발성 장애라고 한다. 별것도 아닌 일에 화를 내면서 고함이나 비명을 지른다든지, 주먹을 휘두르거나 물건을 집어 던진다든지, 말이나 행동으로 폭력을 행사한다든지 하는 것이다.

부당함, 좌절감, 무력감과 같이 부적응적인 형태가 계속될 경우, 격분이나 울분 등으로 이어져 개인의 의지만으로는 조절과 통제가 어려워질 수 있다. 원인은 호르몬 분비 이상, 뇌 기능 이상, 어린 시절의 학대, 외상에 대한 지속적 노출 등 다양하다. 이들은 분노를 표현하는 것이 문제를 해결하는 가장 효과적인 방법으로 여겨 반복적으로 분노를 표출한다. 분노를 일으킨 다음 만족감을 느끼기도 하지만, 그 이후에 찾아오는 후회와 허무감 등으로 인해 스스로 괴로움을 느끼기도 한다.

연인 사이에 일어나는 폭력을 데이트 폭력, 가족 사이에 벌어지는 폭력을 가정폭력이라고 한다. 화와 분노를 참지 못해 사랑하는 사람에게 씻을 수 없는 상처를 주는 행동이다. 애인이나 배우자 혹은 자녀 등에게 폭력을 행사하는 건 결코 사랑이 아니다. 어떠한 이유로도 용납될 수 없는 중대한 범죄다. 특히 데이트 폭력은 연인이라는 친밀한 관계의 특성상 지속적이고 반복적으로 발생한다. 성적인 폭력은 물론 과도한 통제, 감시, 폭언, 협박, 상해, 갈취, 감금, 납치, 살인미수 등이 모두 데이트 폭력의 유형이다.

우리 주변에는 데이트 폭력에 시달리는 사람들이 의외로 많다. 연인인데도 만나는 게 즐겁기보다는 두렵고 화를 낼까 봐 무서워서 반대 의견을 말할 수 없다. 자꾸만 강압적인 태도로 성관계를 요구하거나 화가 나면 주먹을 휘두르거나 물건을 마구 집어던진다. 수시로 스마트폰을 검사하면서 꼬치꼬치 행적을 캐묻는다. 만약 당신이 만나는 연인의 행동이 이렇다면 당신은 데이트 폭력에 시달리고 있다고 봐야 한다. 아울러 나는 이 정도는 아니니까 괜찮다고 안심해서는 안 된다. 사소한 폭언이나 강압, 강요 등도 데이트 폭력이거나 시발점일 수 있으니 경각심을 가져야 한다.

진료실에서 상담을 할 때도 데이트 폭력으로 인해 병원까지 찾아오게 된 여성들을 자주 마주하게 된다. 사연은 이렇다. 평범하게 커피를 마시며 이야기를 나누던 애인이 갑자기 일어나 다른 테이블로 갔다. 처음 보는 남자와 시비가 붙은 것이다. 왜 내 여자친구를 자꾸만 쳐다보냐는 거였다. 상황은 주먹다짐 일보 직전까지 갔다. 여성은 창피한 마음은 물론이고, 그를 만날 때마다 항상 조마조마하며 불안하다고 했다.

더 큰 문제는 이러한 분노와 폭력성은 타인이 아닌 연인에게까지 뻗치기도 한다는 거였다. 화가 많은 성격이지만 한 번도 손찌검은 한 적 없었는데, 언젠가 자신에게 욕을 하면서 벽에 밀치기까지 했다고 한다. 여성은 이런 태도에 어이가 없어 눈앞이 하얘지고 같이 화를 내며 욕이라도 퍼붓거나 뺨이라도 후려갈기고 싶었지만 너무 무서워 도망치듯 자리를 피했다고 한다. 그와는 이미 헤어졌고 다시는 만나고 싶지 않지만 혹시라도 어디서 불쑥 나타나 이별에 대한 보복을 할까 봐 두려워하고 있었다.

데이트 폭력 가해자들은 왜 자신의 연인에게 폭력을 저지르는 것일까? 이들은 우울하고 자존감이 낮거나 삶에 대한 의욕과 열정을 상실한 채 사랑이라고 착각하고 있는 대상에게 과도한 집착 성향을 보이는 경우가 많다. 상대방을 하나의 인격체로 존중하지 않고 자신의 소유물로 여겨 지배하려 하고 함부로 대하는 것이다. 집착이 강해지면서 연인의 일거수일투족을 들여다보며 상대방이 자신을 얼마나 사랑하는지를 시험해 보려는 심리가 깔려 있다.

데이트 폭력의 가해자는 대부분 남성이다. 이는 왜곡된 성 의식이나 가부장적인 사회 분위기 속에서 남성성을 잘못된 방식으로 표출하는 것일 수도 있다. 정신분석적으로는 예전에 아버지나 상사 같은 강한 남성성과 권위를 가진 대상으로부터 받았던 자존심의 상처를 보상받으려는 심리로, 자신보다 약한 상대방 여성에게 폭력을 행사하는 경우가 있다. 자신을 공격했던 사람과 같아짐으로써 불안과 공포를 극복하려는 잘못된 행동이다.

가해자들은 연인에게 폭력을 행사한 후에 대개 이렇게 말하며 손이 발이 되게 빈다.

"내가 정말 잠깐 정신이 나갔었나 봐. 미쳤던 것 같아. 너무너무 미안해. 다시는 그러지 않을게. 내가 너를 진짜로 사랑해서 그랬던 거야. 믿어줘. 두 번 다시 이런 일 없을 거야."

이런 말을 하는 이유는 순간적인 불안과 공포가 사라지고 후회와 허무함이 밀려오기 때문이다. 그러니 이때 가해자가 흘리는 눈물은 단순히 그 상황을 모면하거나 상대의 마음을 풀기 위한 목적만 있는 것은 아니다. 피해자들이 자신에게 폭력을 행사한 가해자의 눈물을 보고 마음이 약해지는 것도 어쩌면 무리는 아닐지 모른다. 물론 이 후회의 눈물이 거짓 눈물은 아니니 그의 진심 어린 사과를 받아주어야 한다는 뜻은 아니다. 그 사람의 눈물과 후회는 진심이겠지만, 본질적인 문제가 해결되지 않는다면 이러한 상황은 반복될 뿐이다.

피해자들은 왜 데이트 폭력에 시달리면서도 가해자에게서 벗어나지 못하는 것일까? 가장 큰 이유 중 하나는 의존 성향이 강하거나 자존감이 낮기 때문이다. 이런 사람은 상대방의 폭력을 자신을 향한 관심이나 애정으로 쉽게 오해한다. 스마트폰을 뒤지고 행적을 캐묻고 감시하면서 다른 이성과 만나거나 연락하는 걸 극도로 차단하는 연인의 행동을 자신을 너무 사랑해서 그러는 거라고 착각하는 것이다. 상대방이 폭력을 행사한 후에 싹싹 빌면서 더 잘해주면 갈등을 극복함으로써 사랑이 더 깊어졌다고 오해할 수도 있다.

또한 관계를 끝내는 데 대한 두려움이 커서 폭력을 당하면서도 무력하게 지내기도 한다. 약자인 피해자는 강자인 가해자를 신고하거나 고소하기 어렵다. 보복이 두렵기 때문이다. 폭력을 당하고도 가해자를 두둔하거나 선처를 호소하거나 합의를 진행할 수밖에 없는 게 피해자들이 처한 현실이다. 폭행죄는 피해자가 가해자의 처벌을 원치 않으면 수사나 처벌이 진행되지 않는 반의사불

벌죄다. 가해자는 이를 악용하고 피해자는 이중의 고통을 받는다. 피해자는 계속 폭력을 수수방관할 수밖에 없는 악순환에 빠진다. 안타깝게도 피해자의 이 같은 심리로 인해 폭력이 정당화되는 것이다.

데이트 폭력 범죄가 갈수록 증가하고 있다. 데이트 폭력에 대한 사회적 각성이 이루어져야 하고, 가해자에 대한 처벌이 강화되어야 하지만, 피해자의 신속하고 단호한 대응 역시 강조되어야 한다. 화와 분노를 조절하지 못해 사랑하는 연인에게 폭력을 쓰는 사람이라면 절대 만나서는 안 되는 사람이다. 내가 못나서 그렇다느니, 내가 빌미를 줘서 그런 거라느니 하면서 폭력의 원인을 피해자인 자신에게 돌리며 상황을 대충 무마하면서 결혼에까지 이른다면 가정폭력의 굴레를 결코 벗어날 수 없을 것이다. 폭력은 강화되고 반복된다. 나만 괜찮으면 된다고 못 본 채하고, 입을 다문 채 고개를 돌린다면 폭력은 계속 자라날 것이다.

데이트 폭력은 사랑싸움이 아니다. 사랑으로 포장된 악의적인 범죄다. 딱 한 번 실수로 사랑하는 연인을 향해 폭력을 행사했다는 건 새빨간 거짓말이다. 폭력은 습관이며 버릇이다. 연인에게서 폭력을 당했거나 병적인 폭력성을 발견했다면 타이르거나 용서하려 하지 말고 즉시 연인 관계를 끝내는 것이 좋다. 그 사람을 고쳐서 좋은 사람으로 만들겠다는 만용은 부리지 않는 게 현명하다.

사람은 좀처럼 고쳐지지 않는다. 연인 관계를 끝냈는데도 상대방이 계속 스토킹하거나 괴롭힌다면 법적 제도적 수단을 동원해 이를 막고 가해자를 처벌해야 한다. 폭력은 관용과 순응이라는 착각의 늪 속에서 탄생하고 성장하는 괴물일 뿐이다.

4장

가장 나답게
사랑하는 사람

사람에게서 받은 상처는 사람으로 치유하듯,
사랑으로 받은 상처는 사랑으로 치유해야 한
다. 더 이상 같은 문제를 반복하지 않고 싶다면
나를 온전한 존중할 수 있는 진짜 사랑의 얼
굴을 마주해야 한다. 당신이 가진 사랑의 모양
이 상대에 맞춰 매번 달라지지 않도록, 누구에
게도 쉽게 휘둘리지 않도록.

나는 사랑받아 마땅한 존재일까?

사랑이란 나 혼자가 아닌 두 사람이 함께 만들어가는 행위이자 과정이다. 때문에 상대를 진정으로 위하는 사랑을 하는 것도 중요하지만, 나를 진정으로 위해주고 사랑해 주는 사람을 만나는 것도 중요하다. 그렇다면 과연 나를 진심으로 사랑하는 사람은 어떤 사람일까? 선물을 자주 하는 사람? 사달라는 거 다 사주는 사람? 멋진 이벤트로 깜짝 놀라게 하는 사람? 재미있는 이야기를 잘하는 사람? 물론 이런 사람도 나를 즐겁고 행복하게 해주는 사람이다. 그러나 가장 중요한 걸 꼽자면 나의 자존감을 높여주는 사람이 나를 진심으로 사랑하는 사람이라고 할 수 있다.

만날수록 나 자신이 소중하고 아름다운 사람이라는 걸 느끼게 해주고, 충만한 행복감을 맛보게 해주며, 내가 얼마나 가치 있는 존재인지를 알게 해주는 사람은 당신에게 더없이 좋은 사람이다. 함께하는 시간이 쌓여갈수록 상대방 덕분에 내가 점점 성장하고 성숙해지며 삶에 열매를 맺게 된다면 그 사람이야말로 당신이 꼭 잡아야 할 좋은 인연일 것이다.

만일 연인에게 잘해주고 재미도 있고 신사적인 사람이지만, 만날수록 스스로 초라하다고 느껴지게 만들고 자꾸만 주눅이 들며 성장하는 게 없다면 이는 좋은 연인이라 할 수 없다. 그러니 만약 서로의 내면을 채워주고 완성된 인간으로 만들어주는 사람을 만났다면 이미 당신의 사랑은 절반은 성공한 셈이다. 사랑이란 상대방을 세상에서 가장 존귀한 사람으로 만들어주는 것이기 때문이다.

이렇듯 상대뿐만 아니라 내가 나를 존중할 수 있도록 만들어주는 환경은 연인 관계에 필수적이다. 일반적으로 사랑 잘 가꾸어나가기 위해 가장 필요한 것을 꼽으라고 하면 깊은 애정과 신뢰, 지속적인 관심이나 배려 등을 떠올리겠지만 사실 그에 못지않게 중요한 것이 바로 자아 존중감이다. 자아 존중감Self-Esteem이란 자신이 사랑받을 만한 가치가 있는 소중한 존재이고 어떤 성과를 이루어낼 만한 유능한 사람이라고 믿는 마음이다. 자아 존중감이 있는 사람은 자기 정체성을 제대로 확립할 수 있고, 자기 정체성이 제대로 확립된 사람은 자아 존중감을 가질 수 있다.

자아 존중감은 미국의 의사 겸 철학자인 윌리엄 제임스가 1890년대에 처음 사용한 개념으로, 줄여서 자존감이라고 한다. 자존감이 높은 사람은 타인의 이목에 크게 신경 쓰지 않고 자신을 중요하게 생각한다. 혹시 타인에게 배척당하지 않을까 걱정하지 않는다. 이에 반해 자존감이 낮은 사람은 남들이 나를 어떻게 볼지를 민감하게 고려한다. 남들에게 거절당할 가능성이 크다고 여기기 때문이다. 내가 무엇을 원하는지, 무엇을 할 수 있는지를 생각하기에 앞서 남들의 시선을 먼저 의식한다.

　어떤 일을 할 때나 사건에 직면했을 때 자존감이 높은 사람은 자신의 장점과 능력을 들여다보면서 긍정적인 감정을 가지고 시작하지만, 자존감이 낮은 사람은 자신의 단점과 한계에 초점을 맞추면서 부정적인 감정에 휩싸인 채 시작한다. 자존감이 높은 사람과 낮은 사람이 같은 시도를 한다면 그 결과가 어떨까? 같은 일이나 사건임에도 결과는 천양지차가 날 수밖에 없다. 이렇듯 높은 자존감은 삶의 만족도와 행복에 긍정적인 영향을 미친다. 자존감 높은 사람은 성공이나 출세보다는 주어진 상황과 환경에 맞게 자족하면서 스스로 행복을 찾아 나가는 사람이다.

　이는 단순히 직장생활이나 새로운 도전을 시도하는 특정한 사건에만 적용되는 것은 아니다. 연인 관계에서도 자존감은 많은 영향을 끼친다. 자존감이 높은 사람이라면 스스로에 대한 믿음을 바탕으로 상대를 신뢰하기 때문에 있는 그대로의 자기 모습을 드러내고 자신의 생각이나 가감 없이 표현할 수 있으며, 상대가 주는 감정 또한 온전히 받아들일 준비가 되어 있다. 반대로 자존감이 낮은 상태라면 스스로를 신뢰하지 못하듯 상대 또한 쉽게 신뢰하지 못한다. 이 때문에 자주 불안해하며 자신을 향한 사랑을 증명받기를 원한다. 상대의 말이나 행동을 곡해하거나 오해하기도 하며, 반대로 상대의 뜻에 따라 쉽게 휘둘리기도 한다. 안정적인 관계를 유지하는 데 어려움을 느낄 수밖에 없는 것이다.

자존감이 높은 사람들에게서 나타나는 공통적인 특징이 있는데, 첫 번째는 바로 굳은 신념을 가지고 있다는 것이다. 신념이란 어떠한 생각을 굳게 믿고 그것을 실현하려는 의지를 말한다. 그 신념은 자신의 말과 행동으로 자연스럽게 나타나며, 신념에 반하는 상황을 맞닥뜨리게 되더라도 당황하지 않고 쉽게 신념을 바꾸지 않는다. 자신의 생각을 굳게 믿고 실현하려는 의지가 중요한 이유는, 사랑 또한 일종의 신념이 될 수 있기 때문이다. 자신의 감정을 믿고 상대와의 관계를 잘 유지하려는 의지는 연인 관계의 좋은 토대가 된다.

둘째는 선택의 순간에 망설이지 않고 자신의 판단에 따라 선택하며, 그러한 행동에 대해 책임질 줄 안다는 것이다. 자신이 선택한 것을 사람들이 좋아하지 않아도 죄책감을 느끼지 않는다. 그래서 나와 타인을 비교하지 않듯, 내 애인을 다른 사람들과 비교하며 저울질하지 않는다. 내가 선택한 나의 연인이기 때문이다.

셋째는 지나간 일을 자꾸 들춰내서 괴로워하거나 오지도 않은 앞날에 관해 미리 걱정하느라 시간과 정서를 낭비하지 않는다는 것이다. 주어진 현재의 삶에 최선을 다하는 게 가장 중요하기 때문이다. 그래서 연인의 옛 애인과 같은 과거사에 과도한 관심이나 질투심, '혹시 이 사람이 나를 두고 한눈을 팔면 어떡하지?' 하는 불필요한 의심이나 불안감을 갖지 않고 현재의 관계에 집중한다.

넷째는 다른 사람의 감정과 욕구도 두루 살필 줄 안다는 것이다. 보편적인 사회 규칙과 규범을 준수하며, 자신의 감정과 욕구를 충족하기 위해 다른 사람에게 해가 되는 일은 하지 않는다. 상대의 감정을 살필 줄 알고 나를 위해 타인을 해하지 않는 것은 어찌 보면 당연한 얘기처럼 들릴지도 모르나 이는 연인 관계에서 생각보다 쉽게 어겨진다. 나의 감정, 나의 고통이 가장 우선시되기 때문이다. 하지만 자존감 높은 사람은 나의 감정과 욕구를 존중하듯 상대의 감정과 욕구를 존중하여 동등한 감정적 교류가 가능하다.

마지막은 고난과 실패를 경험하더라도 좌절해 주저앉기보다 반드시 다시 일어서리라 믿고 하나씩 문제를 해결해가는 끈기다. 이때 필요할 경우 다른 사람에게 기꺼이 도움을 요청할 수도 있다. 타인에게 도움을 요청한다는 것은 자신의 약점을 인정하는 것과 같은데, 체면이나 자존심을 세우기보다는 문제를 해결한 후 얻게 될 결과를 더 중요시하기 때문에 가능한 행동인다. 때문에 연인 관계에서 문제가 발생했을 경우 해결을 위해 상대에게 도움을 요청하여 함께 해결해 나가며 관계가 더욱 돈독해지는 경험을 할 수 있다.

그렇다면 낮은 자존감을 가진 사람들에게서는 어떤 특징이 나타날까?

첫째로는 매사 자신에 대해 엄격하며 비판적이라는 것이다. 대충 넘어가도 될 일도 지나치게 불만을 드러내고 부정적인 말을 자주 한다. 자기 사랑보다 자기 검열이 강한 데서 오는 결벽이다. 이와 같은 문제는 자신에게만 국한되는 것이 아니다. 자신의 생각이나 행동을 검열하듯 상대의 생각과 행동에 대해서도 엄격하고 비판적인 잣대를 들이대게 되어 상대에게 부정적인 검열을 하게 된다. 이 같은 상황이 반복된다면 나의 자존감뿐만 아니라 상대의 자존감까지 낮아지는 결과를 초래할 수 있다.

둘째로는 우유부단한 성격이다. 맺고 끊는 게 불분명하기에 어떤 결정을 내릴 때 많이 망설인다. 자신을 믿지 못하기에 혹시 실수하거나 실패할까 봐 두려워한다. 이러한 성격은 관계를 시작하거나 끝내는 것도 어려워하기 마련이다. 아직 시작하지도 않은 관계가 실패할까 봐 사랑을 시작하지 못하거나, 혹은 이미 끝이 보이는 관계임에도 감정을 잘 정리하지 못해 관계를 끊어내지 못한다.

셋째는 완벽하게 뭔가를 해내지 못했을 때 쉽게 좌절에 빠진다는 점이다. 자기 때문에 일이 잘못됐다며 필요 이상의 심한 죄책감을 느낀다. 실수를 잊지 못해 휘둘리거나 과장하기도 한다. 이는 자칫 완벽주의적인 성향처럼 보일 수도 있는데, 완벽한 결과를 이뤄내지 못했을 때 발생하게 될 문제들을 미리 걱정하느라 매사에 긴장해 더 많은 실수를 발생시키기도 한다. 잦은 자책으로 인해 심리적으로 위축되어 관계에서 '을'의 입장을 자처하기도 한다.

넷째로 겉으로 드러난 모습에 과하게 집착한다. 외모, 옷차림, 장신구 등에 관심이 많다. 자신의 외모에 불만이 있거나 명품이 없으면 자신을 초라하고 보잘것없는 사람이라 여긴다. 있는 그대로의 자연스러운 모습을 스스로 인정하지 못해 상대에게도 언제나 완벽한 모습을 보여야 한다는 강박에 시달리게 되는데, 이는 상대에게 전가되기도 한다. 사람들에게 나의 완벽한 모습만을 보이고 싶듯, 내 연인의 외적인 모습도 사람들에게 완벽하게 비치길 원한다.

마지막으로는 시기심과 질투심 혹은 분노가 많다. 때문에 직장 동료나 친구 등 연인이 내가 아닌 이성과 교류하는 것을 불안해하거나 쉽게 의심하게 되며 불필요한 트러블이 자주 발생한다. 자신보다 뛰어나거나 행복한 사람을 보면 열등감과 박탈감을 느끼기도 하는데 미움받는 게 두려워 이런 감정을 쉽게 표출하지 못한다.

낮은 자존감은 일상생활뿐만 아니라 연애 관계에서도 막대한 영향을 끼치며 나와 상대 모두를 지치게 만든다. 나는 상대방의 자존감을 세워주는 사람인가, 아니면 자존감을 갉아먹는 사람인가? 내 남자친구는 나의 자존감을 높여주는 존재인가, 아니면 나의 자존감을 낮춰주는 존재인가?

"와, 자기는 평소에도 멋지지만, 오늘은 진짜 감각 있게 입었는걸. 역시 대단해."

간단한 장신구만 새로 갖췄을 뿐인데 애인이 이런 반응을 보이면 어깨가 으쓱 올라간다.

"뭐 달라진 거 없냐고? 옷 새로 산 거야? 비싼 옷이야? 잘 모르겠는데……."

모처럼 한껏 멋을 낸 채 나갔는데 남자친구의 반응이 이렇다면 기운이 쏙 빠질 것이다.

연인 사이에 어떤 말이 오가느냐는 사랑의 수준을 결정하는 중요한 잣대다. 아무 말이나 생각나는 대로 내뱉고, 상처 주는 말을 거침없이 구사하며, 수준 낮은 말을 함부로 입 밖에 낸다면 상대방의 자존감을 짓밟는 것이다. 이런 사람과 결혼한다면 행복하고 가치 있는 삶을 만들어가기 어렵다. 사랑은 상대방을 빛나게 하는 것이다. 사랑하면 할수록 내 안에서 긍정적인 에너지가 솟아나야 한다. 자존감을 세워주고 높여주면 빛나지 않던 사람도 점점 빛이 나고, 부정적 성향을 가지고 있던 사람도 긍정적 성향으로 변화한다. 그것이 자존감의 힘이고 사랑의 힘이다. 사랑은 감정으로 시작하지만, 예의와 품격을 통해 성장하고 성숙해진다. 사랑하는 사람을 예의와 품격을 가지고 인생의 동반자나 동등한 인격체로 대하는 사람이 좋은 사람이다. 내 말의 예의와 품격은 내 생각 나아가 내 인생의 예의와 품격이다.

자기애 VS 나르시시즘

당신이 지금 누군가를 만나고 있든, 혹은 언젠가 올 인연을 기다리는 중이든, 누군가와 연인이 되어 안정적인 관계를 맺기 위해 준비해야 할 마음이 있다. 연인 관계는 사랑을 기반으로 하는 것이니 상대방을 진정으로 사랑하는 마음도 있어야 하겠지만 그만큼, 아니 그보다 먼저 준비되어야 할 요소는 우선 나를 진정으로 사랑할 줄 아는 마음이다.

사전에서는 사랑의 정의를 이렇게 설명한다. 어떤 사람이나 존재를 몹시 아끼고 귀중하게 여기는 마음. 우리가 누군가를 사랑하게 되면 그는 내 눈에 이 세상 그 누구보다 가장 빛나는 존재로 비친다. 그는 무엇을 좋아하는지, 어떤 일을 할 때 행복해하고 어떤 음식을 가장 좋아하는지, 아픈 곳은 없는지, 오늘 하루는 행복하게 보냈는지 그 사람의 모든 것이 궁금해지게 된다. 함께 보내는 시간을 소중하게 여기며, 그의 약한 점은 보듬어주고 그의 노력과 도전을 응원해 주고 싶어진다. 사랑의 정의처럼, 내가 너무나 아끼는 더할 나위 없이 귀중한 존재가 되는 것이다. 그렇다면 이제 스스로에게 질문해 보자. 과연 우리는 우리 자신을 이런 마음으로 사랑해 본 적 있을까?

세상에서 나를 가장 잘 아는 사람은 나다. 부모도 자녀를, 부부도 배우자를 다 알지 못한다. 낳고 기르고 평생을 함께 살아도 내가 아닌 다른 사람의 몸과 마음을 속속들이 알 수는 없다. 엄밀히 따지면 나도 나를 정확히 모른다. 내가 가진 능력이 얼마나 되고 한계는 어디까지인지, 내 안에 잠재된 선한 의지와 도덕성의 깊이는 얼마나 되는지, 내 감정과 정서는 언제 어떤 상황에서 극한으로 치닫는지 알기 어렵다.

예측하고 파악하기 어렵기 때문에 자신의 모습을 있는 그대로 받아들이는 것은 어려운 일이다. 타인을 존중하며 있는 그대로의 모습을 받아들이고 사랑하는 게 어렵듯, 내 모습을 있는 그대로 받아들이고 인정하며 사랑하는 일은 쉽지 않다. 그래서 자기 자신을 대하는 태도도, 사랑하는 방식도 제각각이다. 나를 너무 과대평가하는 사람도 있고, 비교적 객관적으로 바라보는 사람이 있으며, 지나치게 과소평가하는 사람도 있다. 심지어 자기를 증오하고 혐오하며 학대하는 사람도 있다.

자신을 받아들이는 바람직스러운 방법은 스스로를 긍정적으로 평가하고 호의적으로 대하는 것이다. 사랑을 받아본 사람이 사랑할 수 있듯 나를 사랑하는 사람이 다른 사람도 사랑할 수 있다. 따라서 자기 자신을 사랑하는 것은 다른 사람에 대한 사랑, 즉 이타적 사랑의 출발이다.

자기를 사랑함으로써 자아실현을 향해 나아가는 것은 자기애라고 한다. 성장 과정에서 생겨나 평생 지속되는 자기애는 행복한 자기의 상태를 유지하려는 본능적인 욕망이다. 자기를 사랑하고 이상적인 대상과 좋은 관계를 맺으려는 욕망은 잘 발전시켜 나가야 할 건강한 욕망이라 할 수 있다. 하지만 모든 자기애가 이렇게 건강한 욕망의 형태로 발현되는 것은 아니다. 오로지 자신만이 세상의 중심이라 생각하고 이를 바탕으로 무례하게 행동하며 타인을 전혀 고려하지 않는 자기중심주의나, 외모나 능력 등 특정한 이유를 들어 지나치게 자기 자신이 뛰어나다고 믿거나 사랑하는 것, 다시 말해 현실과 다른 자신의 모습을 이상화한 뒤 이에 도취해 자신에 대한 자기애적 왜곡을 이어가는 나르시시즘Narcissism 유형도 있다.

나르시시즘이라는 말은 고대 그리스 신화에 나오는 나르키소스에서 유래했다. 아름다운 미소년 나르키소스는 숱한 구애를 받앉으나 누구와도 사랑에 빠지지 않아 소녀들의 마음을 아프게 만들었다. 워낙 많은 사람에게 상처를 준 탓에 복수의 여신 네메시스에게 벌을 받게 된 그는 어느 날 물에 비친 자신의 모습에 반해 사랑에 빠지고 말았다. 사랑앓이에 식음마저 전폐하다 몸져누운 그는 숨이 끊어진 후 수선화가 되었다고 한다. 여기서 착안해 1899년 독일의 정신과 의사 파울 네케가 나르시시즘이라는 용어를 처음 만들었으며, 그 뒤 오스트리아의 정신과 의사 지크문트 프로이트가 정신분석 용어로 사용하면서 널리 알려졌다.

엄밀히 말해서 나르시시즘은 자기애가 아니다. 자기 자신을 사랑함으로써 타인과 세상을 향한 사랑으로 계속 성숙해지고 발전해 나가는 게 아니라 오로지 자기밖에 모르는 편협한 병적 자기애로 인해 타인과 세상을 향한 사랑에는 점점 높은 담을 쌓게 되기 때문이다.

한 가지 예를 살펴보자. 연휴를 이용해 스키장에 가려고 남자친구와 함께 길을 나선 여성에게 황당한 일이 벌어졌다. 고속도로가 꽉 막히자 남자친구가 안절부절못하며 연신 "내가 한 시간에 얼마를 버는데 길에서 이런 사람들과 뒤엉켜 귀한 시간을 허비해야 해?"하고 말했다. 급기야 그는 비상등을 켠 채 위험천만하게도 갓길을 내질렀다. 잠시 후 경찰차가 뒤따라와 차를 멈춰 세웠다. 무거운 범칙금과 벌점 처분을 받아야 했다. 이는 '고작 이것밖에 안 되는 일로 감히 나를 번거롭게 만들다니'라는 태도에서 드러나

듯, 과도한 자기애가 왜곡되어 발현된 위험천만한 상황이다.

나르시시스트들은 원하는 결과를 얻기 위해 수단과 방법을 가리지 않기에 언뜻 보면 상당히 뚝심 있는 사람이거나 능력이 출중한 사람처럼 비칠 수 있다. 매력적인 이성으로 보여 쉽게 마음을 열 수 있다는 뜻이다. 그러나 막상 연인 관계에 들어서면 상대방의 의견을 묵살하고 자신을 돋보이려는 행동을 자주 하게 된다. 어떻게 이를 알아내거나 파악할 수 있을까?

우선 나르시시스트 연인은 관계를 빠르게 진전시키려 하는 태도를 보인다. 만난 지 얼마 되지도 않았는데 뜬금없이 사랑한다느니, 결혼하자느니 하는 경우다. 그리고 애정 표현 역시 지나치게 적극적이다. 내가 오랫동안 꿈꾸던 이상형이라든가 첫눈에 반해서 잠을 못 이룬다든가 하는 말을 서슴없이 한다. 상대방이 나를 알아채기 전에 정서적으로 옭아매 자신의 영향권 아래 두려는 것이다.

또 다른 특징으로는 연인의 말에 귀를 기울이지 않으며, 생각과 행동을 존중하지 않고 자신의 의견만을 강하게 주장하는 것이다. 자기 말에 자기가 도취해 감탄을 연발하면서 상대방도 자신처럼 반응해 주기를 기대한다. 그러면서도 여자친구는 어떤 말을 해도 대수롭지 않게 치부한다. 세상의 중심은 바로 자신이고 어디서나 자신이 주인공이 되어 관심을 받아야 하기 때문이다.

나르시시스트들은 자기 자신을 사랑한다기보다는 자기 자신을 혐오하는 사람들이다. 진짜 자신은 외면하거나 배제해 놓고 포장하고 왜곡한 가짜 자신을 사랑하고 있기 때문이다. 이런 사람은 심할 경우 자아도취성 인격 장애 또는 자기애성 인격 장애로 발전할 수 있다. 자기가 가장 중요하다고 생각하고 타인을 경시하다 못해 일상생활에 문제가 생길 정도로 병적 증상을 보이는 성격 장애를 가리킨다. 혁신의 아이콘으로 불리던 애플의 전 CEO이자 공동 창립자인 스티브 잡스도 이 병을 앓았다고 한다.

자기애는 건강한 욕망이지만, 자기중심주의나 나르시시즘은 건강하지 못한 병적 욕망이다. 자기애는 자신을 사랑하기 위해 타인을 힘들게 하고 불행에 빠뜨리는 게 아니다. 진정한 자기애는 자신을 객관적으로 들여다보고 존중하며 사랑하는 능력을 의미한다. 자신의 가치를 인식하고 자기 자신을 위해 시간과 에너지를 투자할 줄 아는 것이다. 이런 사람은 자신을 사랑하는 것처럼 타인과 공동체도 사랑한다. 자기애는 건강한 육체와 건강한 정신을 유지하는 데 더없이 중요하다. 자기애가 충만한 사람은 다른 사람과 원만한 관계를 유지할 수 있고, 자신의 일상을 행복하게 만들어감으로써 전반적인 삶의 만족도가 크게 올라간다.

연인으로부터 수시로 자기학대나 자기혐오를 주입받는 사람이 있다.

"저렇게 머리가 안 돌아가니 매번 승진에서 떨어져 만년 대리

신세지."

"예쁘고 세련된 옷 많은데 하필 가장 우중충하고 멋없는 옷을 골랐냐? 정말 감각 없네."

"자기처럼 무디고 게으른 사람은 평생 남에게 빌어먹으며 살게 뻔해."

평소 이런 말을 자주 듣는 사람이 자존감 높은 삶을 살아가기는 어려울 것이다.

'그래, 나는 네 말마따나 미련하고 덜떨어진 놈이야.'

'자기 말대로 나는 감각 없고 안목도 빵점인 한심한 사람이라고.'

'네 말이 백번 맞아. 나는 평생 남에게 빌어먹을 거야. 살 가치가 없는 인생이지.'

가랑비에 옷이 젖듯 매일 자신을 학대하고 혐오하는 말을 들으면 나도 모르게 스스로 이를 인정하고 수긍하는 말을 하게 되고, 말이 씨가 되어 행동과 습관으로 굳어질 수 있다. 하지만 이성 친구나 가족 혹은 지인 간에 서로를 인정하고 존중하며 사랑하는 말을 아낌없이 하게 되면 자신감 없고 자존감 낮던 사람도 점점 상대의 말에 동화되어 자신감이 생기고 자존감이 높아져 자기 자신을 사랑하는 마음과 태도를 갖추게 된다.

자기애는 자존감과 긴밀히 연결되어 있다. 자기애가 높아지면 자존감이 올라가고, 자기애가 떨어지면 자존감이 내려간다. 자기를 사랑하지 않는데 어떻게 자신을 존중하고 가치 있는 존재라고 인식할 수 있겠는가? 나를 사랑해야 내 가치와 존재 이유를 발견할 수 있는 법이다. 자기애와 자존감은 풍성하고 만족스러운 삶을 누리는 데 중요한 역할을 하며, 우리 삶의 질을 향상하는 데 크게 이바지한다. 자기애를 실천하는 건 자신에게 긍정적인 에너지를 주입하는 것이고, 자존감을 높이는 건 자신의 능력과 가치를 제대로 인식하는 것이다.

사랑에 빠지면 상대방을 사랑하는 것만큼이나 자기 자신을 사랑하게 된다. 반대로 자신을 사랑할 수 없는 사람은 건강한 방식으로 상대를 사랑할 수 없다. 나를 사랑하면 그 사랑의 에너지는 상대방을 향하고, 상대방은 자신이 받은 사랑을 다시 내게로 돌이킨다. 사랑의 상승작용이다. 그래서 사랑하게 되면 두 사람 모두 자기애가 고취된다. 사랑하는 사람이 있음에도 자신감이 떨어지고 자존감이 낮아지며 자기애가 곤두박질친다면 뭔가 문제가 있는 것이다. 두 사람이 마주 앉아 허심탄회하게 대화하며 문제를 점검해 봐야 할 시기다.

독일계 미국인으로 탁월한 사회심리학자이자 정신분석학자였던 에리히 프롬은 자신의 명저인 《사랑의 기술》에서 나 자신이 포함되지 않은 인간 개념은 있을 수 없다고 말한다. 나 자신을 제외하는 이론은 그 자체에 본질적인 모순이 담겨 있다는 것이다. 성경에 나오는 "네 이웃을 네 몸처럼 사랑하라"라는 말에 표현된 사상은 자기 자신의 통합성과 특이성에 대한 존경이 다른 개인에 대한 존경과 사랑과 이해로부터 분리될 수 없다는 것을 의미한다. 나 자신의 자아에 대한 사랑은 다른 존재에 대한 사랑과 불가분의 관계를 맺고 있다는 것이다.

그는 편견과 오해를 낳던 자기 사랑을 긍정적으로 재평가하면서 자기를 존중하고 자신을 아는 것이야말로 진정 자신을 사랑하는 것이라고 보았다. 사랑은 자기 사랑에서 출발해 타인에 대한 사랑으로 옮겨가지만, 누군가를 사랑하면 할수록 자신을 더욱 사랑하게 되는 오묘한 마법에 걸리고 만다. 한 사람을 사랑하면서 나를 더 사랑하게 되는 건 이 때문이다.

어른의 사랑,
어른의 마음

　누군가와 연애를 할 때마다 그 사람에게 쉽게 동화되거나 휘둘리는 경험을 한 적이 있는가? 그렇다면 당신은 아직 '어른'이 되지 못한 것일 수도 있다. 어른이 된다는 것은 나이와는 무관하다. 내가 한 인간으로서 독립적인 존재인지 아닌지, 타인에게 지나치게 의존하지는 않는지가 성숙한 어른으로서의 첫 번째 조건이다.

　상대에게 의존적이라는 것은 단순히 그 사람에게 모든 것을 기대거나 의탁하는 것만을 뜻하지는 않는다. 새로운 연애를 시작했을 때 연애 상대가 영화를 좋아하면 그의 취향에 맞춰 틈만 나면 영화를 보러 다니다가, 그 사람과 헤어진 후 만난 새로운 연애 상대가 등산을 좋아하면 그를 따라 주말마다 산에 오르느라 분주

한 경우도 독립적이지 못하고 미성숙한 모습이라 할 수 있다. 이런 사람은 연애 상대가 바뀔 때마다 자신의 식성, 취미, 데이트 방식이 송두리째 바뀐다. 상대방을 배려하고 존중하기 때문에 그러는 게 아니라 누군가에게 쉽게 동화되고 자기중심이 없이 상대방에게 휘둘리는 사랑을 하기 때문이다.

아직 미성숙한 내가 누군가와 깊은 관계를 맺고 그 사람에게 여기저기 휘둘리게 되는 것은 좋은 연애라고 말하기 어렵다. 그리고 반대로 몸은 어른인데 여전히 부모에게 모든 걸 의지한 채 미성숙한 존재로 살아가는 사람과 교제하는 것도 내 입장에서 피곤할 수밖에 없을 뿐만 아니라 위험한 일이기도 하다. 사랑은 책임을 져야 하는 행동이며, 책임은 어른으로서 독립적으로 생각하고 판단하고 결정할 수 있는 사람이 가질 수 있는 태도다. 부모에게 의존하거나 예속되어 스스로 생각하고 판단하고 결정할 수 있는 영역에 한계가 있는 사람이 한 사람을 지극한 마음으로 사랑하고 그에게 책임을 다한다는 것은 매우 어려운 일일 것이다.

그렇다면 과연 어른의 조건은 무엇일까? 어떤 사람이 어른일까? 법적으로 성인의 권리를 행사할 수 있는 나이가 되면 어른이 된 걸까? 대학 졸업하고 군대 갔다 와서 회사 다니며 돈을 벌면 어른이 된 걸까? 결혼해서 아이를 낳아 부모가 되면 어른이 된 걸까? 물론 이런 것들도 어른이 되는 데 필요한 요소지만, 겉으로 드러난 것일 뿐 본질적인 것은 아니다.

어른이란 누군가의 보살핌에서 벗어나 스스로 독립해서 살아가는 사람을 지칭한다. 아무리 나이를 많이 먹고 결혼하고 자녀를 두었어도 독립적으로 살아갈 능력 없이 여전히 누군가에 의존해 살아간다면 어른이라고 할 수 없다. 따라서 아이 같은 어른도 있고 어른 같은 아이도 있는 법이다.

성인이 되어 자립할 때가 되었는데도 혼자 힘으로 살아갈 생각을 하지 않고 부모에게 얹혀사는 이들이 갈수록 늘고 있다. 이들을 빗댄 캥거루족이라는 말이 생겨난 지는 이미 오래다. 학업에 전념해야 할 대학생이나 대학원생은 그렇다 쳐도 어엿하게 돈벌이를 하는 사람까지 부모 그늘에서 벗어나려 하지 않는다. 독립하는 순간 주거와 생활비는 물론 식사와 빨래, 청소까지 일상의 모든 것을 스스로 해결해야 하기 때문이다. 아직 원하는 직장에 취업하지 못해서, 비정규직이라 안정적인 일자리가 아니라서, 워낙 바빠 누군가 가사를 책임져 줘야 하기에, 자립해서 살려면 돈이 너무 많이 들기 때문에 등 이유는 각양각색이다.

그렇다면 독립적이고 성숙한 인간으로서 누군가와 안정적인 '어른의 연애'를 하고 싶다면 무엇이 필요할까? 성숙한 어른으로서 독립한다는 것, 즉 홀로 선다는 것이 구체적으로 어떤 걸 의미하는지 알아보자.

홀로서기에 필요한 첫 번째 조건은 물리적 독립이다. 내 집이 아닌 부모 집에 더불어 살면서 독립심을 갖기는 어렵다. 부모 집은 내 집이 아니다. 마찬가지로 부모 재산은 내 재산이 아니다. 이 세상에 진정한 내 소유는 내가 직접 땀 흘려 번 것뿐이다. 성인이 되어서도 부모 집에 얹혀사는 대가로 매달 생활비를 꼬박꼬박 내는 사람은 많지 않다. 시세대로 월세를 계산해 드리는 자녀는 거의 없을 것이다. 한집에 살면 자연스럽게 의존할 수밖에 없다.

또한 사람은 같은 공간에 머물면 같은 영향권 아래 놓이게 된다. 부모와 한집에 살면 부모의 잔소리를 듣지 않을 수 없고, 간섭이나 참견을 피할 수 없으며, 자유롭게 드나들면서 나만의 시간을 누릴 수 없다. 부모의 눈치를 보지 않을 수 없고, 부모의 기분을 살피지 않을 수 없다. 이 모든 것이 정신적으로 영향을 미친다. 존재가 의식을 규정하듯 공간은 정신을 지배한다. 독립해서 완전히 다른 공간에 살아야 비로소 나만의 세계를 만들어갈 수 있다.

연인 사이에도 마찬가지다. 경제적인 문제로 혹은 피치 못할 사정이 있어서 연인 중 한 사람의 주거지에 들어가 두 사람이 같이 살게 될 경우, 각각 독립적이고 대등한 위치에서 연인 관계를 유지하기가 쉽지 않다. 어느 한쪽이 혜택을 베풀고 다른 한쪽이 그것의 수혜자가 된다면 이미 균형은 깨진 것이다. 게다가 매일 일상의 모습을 적나라하게 그대로 보여줘야 하므로 연애 기간에만 가질 수 있는 상대방에 대한 환상이나 신비감 등이 모두 사라질 수밖에 없다. 각자의 독립된 공간에서 살다가 데이트할 때만 만나는 것이 가장 건강한 연애 방식이다.

성숙한 어른이 되기 위한 두 번째 조건은 경제적 독립이다. 부모에게 경제적으로 예속되어 있으면 내가 원하는 사랑을 하기도 어렵고 내가 사랑하는 사람과 결혼해서 나만의 행복을 가꿔가기도 힘들다. 가끔 언론을 통해 재벌가의 자녀들끼리 결혼하거나 대단한 권력을 가진 집안과 엄청난 재산을 소유한 집안의 자제들이 혼례를 치르는 일이 보도되곤 한다. 세상을 떠들썩하게 하는 혼사지만, 이들이 우연히 만나 사랑해서 결혼했다고 믿는 사람은 아무도 없다. 부모의 권력과 경제력에 절대적으로 의존할 수밖에 없는 이들은 자신들 의지와 무관하게 부모의 뜻에 따라 결혼했을 것이다. 이 중에는 베일에 싸여 사는 부부도 있으나 결국 파경을 맞고마는 부부도 많다. 이들이 자기 의지와 선택으로 사랑하고 결혼하는 경우가 드문 것은 자신들이 누리고 있는 것들 대부분이 부모에게 받은 것이라 그 영향력에서 벗어날 수 없기 때문이다.

이는 평범한 가정에서도 있는 일이다. 부모가 창업한 회사에 다니거나 부모가 일군 가게를 물려받은 경우, 부모에게서 어느 정도 상속받을 재산이 있는 경우, 부모가 결혼할 때 번듯한 집이나 상당한 혼수를 마련해 준 경우, 자녀는 부모의 심기를 거슬리기 어렵다. 조금 버겁고 돌아가더라도 내가 벌어서 내 힘으로 생활 기반을 닦고 집도 마련하고 사랑하는 사람을 만나 결혼해 살아야 누구의 영향도 받지 않으면서 내 정체성에 맞는 고유한 인생을 꾸려 갈 수 있다.

아직 결혼하지 않은 연인의 경우는 어떨까? 연인 사이에도 경제적 저울추가 어느 한쪽으로 심하게 기울어진 사례가 있다. 한쪽은 집이 부유하거나 좋은 직장에 다녀 여유가 있는 편인데, 다른 한쪽은 취업 준비 중이거나 실직 상태라면 상호 자유롭고 독립적인 관계를 이어가기 어려울 수 있다. 데이트 비용을 거의 한쪽이 부담해야 한다. 매번 상대방 차를 타고 데이트하러 다니고, 상대방이 사준 밥을 먹고 커피를 마시며, 상대방이 예약한 표로 영화도 보고 공연도 보러 다닌다면 주는 사람이야 그렇다 쳐도 받는 사람 입장에서는 곤혹스러울 수 있다. 그런 상황이 길게 이어지면 자신의 처지가 비참해 보여 자존감이 곤두박질칠지도 모른다. 나아가 연인이 자격증을 따거나 특정 시험을 위해 공부하는 동안 학원비나 교재비를 대주고 생활비까지 챙겨줬다면, 부채감 때문에라도 그에게서 벗어나기 어려울 것이다. 독립적 위치에서 사랑을 키워가는 게 아니라 주고받은 것에 대한 예속과 보상 심리 같은 것이 생기게 된다.

마지막 조건은 정서적 독립이다. 물리적 독립과 경제적 독립을 어느 정도 이루었다 하더라도 정서적으로 분리되어 있지 않으면 완전한 홀로서기라고 보기 어렵다. 자식에 대한 애착이 강한 부모는 어릴 때부터 아이에게 독립심을 길러주지 않는다. 고기 잡는 방법을 가르쳐 주기보다 직접 고기를 잡아다 먹여주는 것이다. 이런 부모는 성인이 된 자녀의 연애와 결혼 문제에까지 깊숙이 관여한다. 이를 당연시하는 자녀는 자신에게 일어나는 모든 일을 부모에게 털어놓고 의논하거나 나아가 결정을 내려주길 기다린다. 결혼한 후에도 부부 사이에 벌어지는 사소한 일은 물론 살림살이나 임신, 출산, 육아의 전 과정을 부모에게 의탁하려 든다.

부모에게 긍정적 정서를 가지고 있는 사람은 연애할 때 상대방에게서 부모의 긍정적 모습을 발견하려는 경향이 있다. 정서적 친밀감을 느끼기 위해서다. 아무리 애를 써도 그런 모습이 발견되지 않으면 애착이 형성되기 어렵다. 반대로 부모에게 부정적 정서를 가지고 있는 사람 역시 이성을 만날 때 상대방에게서 부모의 부정적 모습을 찾아내려고 애쓴다. 부모와 같은 유형의 사람을 만나고 싶지 않기 때문이다. 상대방에게서 자기 부모의 부정적 모습과 유사한 면을 찾아내면 호감도가 떨어지면서 불안감이 엄습한다. 긍정적이든 부정적이든 부모의 정서에서 벗어나지 못하면 연애는 물론 대인 관계에 어려움이 생길 수밖에 없다.

연인 관계에서도 정서적으로 독립하지 못한 사람들이 있다. 사랑하는 사람에게 의지하는 게 도를 넘어 자신이 주체적으로 생각하고 행동하지 못하고 매사 상대방에게 휘둘린다. 내가 좋아하는 옷을 입는 게 아니라 애인이 좋아하는 옷만 입게 되고, 내가 하고 싶은 말을 하는 게 아니라 애인이 좋아할 만한 말만 골라 하게 되며, 내가 하고 싶은 걸 하지 못하고 애인이 하고 싶은 게 뭘까 살피게 되는 경우다. 이런 방식의 연애가 길어지면 길어질수록 나는 점점 더 소모되고 왜소해지지만 상대방은 점점 더 거대해지고 강한 존재로 변해간다.

어느 날 우연히 한 텔레비전 프로그램을 본 적이 있다. 미혼남녀를 모아놓고 연애에 대해 강의하는 시간이었다. 강사는 이런 프로그램에 자주 등장하는 유명 강사였다. 한 여성이 남자친구가 부모에게 정서적으로 독립하지 못한 것 같다는 고민을 털어놓았다. 곧 결혼하게 될 남자친구의 부모는 오래전 이혼한 사이였다고 한다. 십수 년 만에 상견례 자리에서 만나게 된 예비 시부모 때문에 어색하고 불편했던 건 시작에 불과했다. 결혼하고 나서 가족 행사가 있거나 명절이 되면 남편은 처가에 한 번 가면 되지만, 자신은 매번 시아버지 따로 시어머니 따로 찾아뵈어야 하니 신경 쓰이고 힘도 들뿐더러 선물이나 용돈은 어떻게 드려야 할지 난감한 상황이었다. 이 문제로 두 사람은 자주 다투게 되었다. 최근에도 명절 선물 때문에 또 싸웠다고 했다.

"자기 부모님은 에어컨 바람 싫어하시니까 선풍기나 공기청정기 사드리는 게 어떨까?"

남자친구는 이렇게 말하면서 여자친구에게 자기 부모님 선물은 생각해 봤느냐고 물었다.

"아버지 어머니께는 프리미엄 소고기 사드리는 게 좋을 것 같은데?"

그러자 남자친구는 심드렁한 표정을 짓더니 좀 더 생각해 보라고 말했다. 얼마 후 남자친구가 생각 좀 더해 봤냐고 묻길래 여자친구는 다시 프리미엄 소고기가 좋을 것 같다고 대답했다. 그러자 남자친구가 버럭 화를 내면서 성의가 없다고 했다는 것이다. 아직 결혼도 하지 않은 남자가 예비 신부에게 이혼 후 십수 년 동안 왕래가 없던 자기 아버지와 어머니께 최대한 성의껏 각기 다른 고급 선물을 준비해 드리라고 강요한 꼴이었다. 이 일로 두 사람은 또 심하게 다투고 말았다. 결혼 전에 이런 문제로 옥신각신하며 감정이 상한다면 결혼 후의 상황은 더 심각할 수 있다고 생각한 여성은 어떻게 해야 좋을지 혼란스럽다고 했다.

강사는 여성에게 단도직입적으로 말했다. 부모에게서 정서적으로 독립하지 못한 사람과 결혼하는 건 매우 위험하다. 그러니 아직 결혼 전이니까 헤어지든가 아니면 그런 사람과의 결혼 생활이 매우 험난하리라는 각오를 단단히 하고 나서 결혼하라는 충고였다. 방송에서 좀처럼 보기 힘든 단호한 대답에 보는 내가 다소 당황스럽기까지 했다. 그러나 곰곰이 생각해 보니 부모든 연인이든 누군가에게 상당 부분을 의존한 채 독립적으로 생각하고 행동하지 못하는 사람과 연애를 하거나 결혼을 하는 게 얼마나 힘들고 어려운지를 여실히 드러내 준 대답이었다.

내가 힘들고 지칠 때 옆에 있는 연인이 든든한 버팀목이 되고 안정을 되찾을 수 있다면 그것만큼 좋은 관계는 없을 것이다. 하지만 이는 일시적인 상황인 경우를 말하는 것이고, 언제나 늘 상대에게 의지하고 자신을 안정시켜 주길 바란다면 상대도 나도 지쳐서 나가떨어지게 될 수밖에 없을 것이다. 그렇다면 사랑하는 사람에게서 정서적으로 독립하고자 한다면 어떻게 행동하는 게 좋을까?

첫째, 내 생각과 기분과 감정에 충실하려고 노력해야 한다. 물론 상대방을 배려하고 존중해야 하지만, 그보다 앞서 나를 챙겨야 한다는 말이다. '내가 이 옷을 입고 나가면 그 사람이 싫어하겠지?'라는 생각보다는 '아, 오늘은 이 옷을 입으면 참 기분이 좋을 것 같아'라는 생각이 먼저다. 당당하게 내가 좋아하는 옷을 입고 나가 "어때? 이 옷 나랑 잘 어울리지 않아?"라며 남자친구에게 자랑하는 거다. 속상한 일이 있을 때도 남자친구에게 털어놓고 위로나 충고 혹은 해답을 기다리는 게 아니라 자신의 감정을 털어놓은 뒤 그래서 나는 이렇게 하기로 했다는 마무리까지 하면 된다. 이렇게 하나씩 나 자신을 챙기다 보면 자신감이 생기고 자존감이 올라가게 된다.

둘째, 상처를 주고받는 데 대해 두려워하지 말아야 한다. 상대방이 듣기 좋은 말만 하고, 상대방과 의견 차이나 다툼이 일어나지 않도록 하며, 상대방에게서 칭찬과 격려를 듣고 싶어 하는 욕심을 내려놓아야 한다. 이런 욕심을 붙잡고 있으면 상대방의 눈치를 살피면서 그에게 의존하고 휘둘릴 수밖에 없다.

의견이 다르고 취향이 다르며 다툼이 있고 오해가 있어야 건강한 연애다. 한 번도 싸우지 않고, 한 번도 상처를 주고받지 않은 연애가 무슨 재미가 있겠는가? 연애는 상처를 주기도 하고 받기도 하면서 성숙한 상태로 점점 자라가는 법이다. 언제든 내가 상대방에게 상처를 줄 수도 있고, 나도 그에게 상처받을 수 있다는 각오는 나를 독립적으로 생각하고 행동하게끔 만든다. 단, 서로 상처를 줬을 때 화해하고 싸매주는 걸 잘해야 한다.

성인이 되었음에도 홀로 살아가는 법을 알지 못해 힘들어하는 사람이 많다. 혼자만 힘들면 다행이지만, 사랑하는 사람이 있다면 두 사람이 고통을 느껴야 한다. 물리적, 경제적, 정서적으로 독립하지 못한 사람이 사랑에 빠짐으로써 숱한 어려움과 마주하게 되는 사례를 접할 때마다 안타깝기 그지없다. 좀 더 일찍 홀로 섰더라면 겪지 않아도 됐을 일이다. 독립은 누가 시켜주는 게 아니다. 스스로 이루어야 한다. 자력으로 얻어낸 독립만이 의미가 있다.

사랑은 홀로서기다. 남들이 아무리 좋다고 등 떠밀어도 내가 싫으면 사랑할 수 없다. 남들이 아무리 아니라 말려도 내가 좋으면 사랑할 수밖에 없다. 부모가 반대한다고 해서 태어나면서 이미 정해진 것 같은 사랑을 포기하고, 부모가 강권한다고 해서 마음에 들지 않는 사람을 사랑할 수 있겠는가? 사랑은 자기 주도적이어야 하고, 자기 주도적인 사랑을 하려면 독립심을 가져야 한다. 그래야 나만의 오롯한 사랑을 만들어갈 수 있다.

믿음 없는 사랑은
밑 빠진 독에 물 붓기

사랑은 언제나 불안을 동반한다. 사랑을 시작하기 전에는 이 사람이 나와 사랑이라는 깊은 감정을 나누기에 적합한 사람인지 확신할 수 없어 불안하다. 사랑을 느끼고 시작한 후에도 불안이 잦아들기까지는 많은 과정이 필요하다. 깊은 감정과 흔들리지 않는 관계에 대한 확신을 가지기까지 불안은 때때로 얼굴을 내비친다. 그 사람과의 관계가 안정되고 단단해진 후에도 불안은 완전히 종적을 감추지 않는다. 그 사람과의 미래를 생각하다 보면 '나는 이 사람과 인생을 잘 가꾸어갈 수 있을까?' '우리의 미래는 행복할까?' 등 우리의 힘으로는 어찌할 수 없는 현실적인 미래에 대한 불안이 동반된다.

사실 불안은 사랑이 아닌 우리의 삶 전반에 내포된다. 이 불안을 해소하기 위해 필요한 것이 바로 믿음이다. 나에 대한 믿음, 세상에 대한 믿음, 그리고 나와 사랑을 하고 있는 상대에 대한 믿음. 이렇게 사랑은 상대방을 믿는 것으로 시작한다. 믿지 못하는데, 자꾸 의심스러운데, 뭔가 불안하고 두려운데 사랑할 수는 없다. 그런데도 사랑한다면 그것은 거짓이거나 착각 혹은 위선이다. 믿음이 깨지면 사랑은 유지되기 힘들다. 연인이 헤어지고 부부가 이혼하는 원인 중 상당수는 서로의 믿음이 바닥났기 때문이다. 상대방의 말과 행동을 믿을 수 없고 이해할 수도 없을 때, 내 일거수일투족이 상대방으로부터 의심을 받고 불신의 대상이 될 때 사랑은 고갈되고 만다. 서로를 온전히 믿는 것은 사랑의 출발이자 거의 모든 것이다.

"남자친구에 대한 믿음이 다 사라졌어요. 미련인지 뭔지 저도 아직 좋아하는 마음이 남아 있고 남자친구도 계속 노력하고 있는데, 도저히 다시 그 사람을 신뢰할 수가 없어요. 어떻게 하면 좋을까요?"

진료실에서 만난 한 여성이 이런 고민을 털어놓았다. 두 사람 모두 다시 관계를 회복하기 위해 많은 노력을 기울이는 듯했지만 쉽지 않은 듯했다.

무너진 신뢰를 다시 쌓는 일은 왜 그렇게 어려울까? 한 사람에 대한 믿음은 비교적 오랜 경험을 통해 축적된다. 평소 말과 행동이 일치하고, 한 번 약속한 건 반드시 지키려고 노력하며, 태도와 습관에서 거짓과 위선이 없을 때 상대방은 그 사람을 믿게 된다. 내가 누군가에게 전적으로 믿음을 주고 있다면 나 또한 그렇게 했기에 믿을 수 있는 사람이 된 것이다. 반면 믿음이 깨지는 것은 순식간이다. 호언장담하고 나서 약속을 지키지 않거나 명백한 거짓과 위선이 드러나면 단 한 번으로도 도무지 믿을 수 없는 사람으로 낙인찍힐 수 있다.

이 사연 속 남자친구의 경우 연인에게 여러 번 믿을 수 없는 말과 행동을 했기에 그녀의 신뢰를 잃어버렸다. 다시 믿음을 얻으려면 말과 행동에 거짓과 위선이 없도록 철저하게 노력하고 어느 날엔가 그 사람의 마음이 다시 움직이길 바라는 수밖에 없다.

사랑이 가진 믿음의 힘을 보여준 시인이 있다. 바로 20세기 프랑스를 대표하는 초현실주의 시인 폴 엘뤼아르다. 자유의 시인이라고도 불리는 그는 누구보다 현실 문제에 관심이 많은 피가 뜨거운 남자였다. 제1차 세계대전 때는 전선에 나가 싸우기도 했고, 제2차 세계대전이 일어난 후에는 정치운동에 뛰어들어 레지스탕스 활동에도 참여했다. 그는 대립과 투쟁만으로는 세상이 바뀌지 않으며 사람을 달래고 위로할 수도 없다는 사실을 깨달았다. 그리하여 인간의 본성에 주목하기 시작하고 끝없이 사랑을 노래하는 시인이 되었다.

신뢰에 대해 노래한 〈나는 배웠다〉라는 시가 있다. 수도자 샤를 드 푸코가 쓴 시인데, 그는 가톨릭 수도원 중에서도 세속적인 것을 멀리하고 청빈을 실천하며 금욕을 엄격하게 지키는 트라피스트 수도회 출신이다. 이 시의 일부는 다음과 같다.

나는 배웠다.
내가 아무리 마음을 쏟아 다른 사람을 돌보아도
그들은 때로 보답도 반응도 하지 않는다는 것을.
신뢰를 쌓는 데는 여러 해가 걸려도
무너지는 것은 한순간임을.

수도사로 살며 평생 사랑을 실천했던 종교인이 남긴 삶의 지혜가 농축된 시에서도 사람의 마음을 얻는 것이 얼마나 어려운 일인지가 잘 드러나 있다. 누군가에게 믿음을 준다는 것, 누군가를 믿는다는 것은 이처럼 힘든 일이다. 반면 오랫동안 쌓아온 믿음이 무너지는 것은 잠깐이다. 남녀 사이는 더욱 그렇다. 견고해 보였던 믿음이 단 한 번에 와르르 무너진다.

이렇듯 사랑하는 남녀 사이에도 가장 중요한 것은 서로에 대한 믿음이다. 하지만 한 사람이 한 사람을 온전히 믿는다는 것만큼 어려운 일 또한 없다. 미국 오하이오주립대 경영학과 로이 르위키 교수는 연인 간의 믿음을 3단계로 정의한다.

첫 번째 단계는 계산적인 믿음이다. 내가 상대방을 믿었을 때 손해가 될까 아니면 이익이 될까를 따져가며 믿는 것이다.

'내가 지금까지 너에게 그렇게 잘해줬는데, 네가 나를 배신할 수 있겠어?'

'우리가 사내 연애하는 걸 사람들이 다 아는데, 감히 바람을 피울 수 있을까?'

'쟤는 나 없으면 아무것도 못 해. 그러니까 절대 나를 떠나지 못할 거야.'

이런 관계에서는 상황이 바뀌거나 계산해 봐서 답이 안 나온다고 생각하면 언제든 믿음을 거둬들일 수 있다.

두 번째 단계는 지식과 경험에 의한 믿음이다. 상대방에 대해 잘 알고 있어서 그동안에 경험한 사실을 바탕으로 예측되는 만큼만 신뢰하는 것이다.

'그 사람은 나 같은 타입이 아니면 관심 없어. 걱정하지 않아도 돼.'

'지금껏 나에게 거짓말한 적 없으니까 이번에도 사실일 거야.'

'내 애인은 다른 여자에게 눈길 주지 않아. 내가 겪어봐서 알아. 그러니까 내가 좋아하지.'

이렇게 지금까지 별다른 문제가 없었으므로 앞으로도 그럴 걸로 믿는 것이다. 그러나 과거의 지식과 경험에 반대되는 일이 벌어지면 단 한 번의 실수로도 믿음은 산산조각이 날 수 있다.

　세 번째 단계는 상호의존적인 믿음, 즉 단단하고 완전한 신뢰다. 서로 배려하고 존중하는 것은 물론 공유하는 가치와 목표가 있기에 서로를 깊이 인정하는 관계다. 상대방이 어떤 말과 행동을 하든지 이해하고 알아서 잘할 거라고 믿는다. 상호 간에 형성될 수 있는 가장 높은 수준의 믿음이다. 쉽게 말해, 그냥 '너'라서 믿는 것이다. 신념과 철학, 욕망과 가치관 등을 온전히 공유할 때만 가능한 단계다. 혹시 상대방이 실수하더라도 위로와 용서를 통해 믿음이 더 굳어진다.

　실제로 보통의 연인은 두 번째 단계에 가장 많이 분포되어 있다고 한다. 그렇다면 세 번째 단계의 연인이 되려면 어떻게 해야 할까? 여기에도 세 가지 조건이 필요하다.

　첫째는 공동의 가치와 목표를 공유하는 것이다. 함께 이루어야 할 가치와 목표를 세우고, 이를 위해 무엇을 할 수 있고 무엇을 할 수 없는지 한계를 명확히 한다. 그러려면 솔직하고 열린 소통을 할 수 있어야 한다. 믿음은 소통에서 시작된다. 연인과 솔직하게 감정을 표현하는 것은 신뢰를 쌓는 가장 기본적인 방법이다. 서로의 생각을 자유롭게 말할 수 있어야 하고, 상대방의 말을 진심으로 들어줘야 한다. 그러다 보면 공동의 가치와 목표를 발견할 수 있다.

　둘째는 서로 약속을 지키고 각자의 영역을 지켜주면서 합의한 사항을 최우선으로 존중하는 것이다. 약속한 것을 지키지 않고,

말한 것을 실천하지 않는데 믿음이 생길 수는 없다. 믿음은 말과 행동이 일치할 때 저절로 생겨난다. 믿음은 큰 것을 보여줄 때만 생기는 것은 아니다. 작은 것이라도 늘 상대방을 배려하면서 구체적으로 사랑을 표현한다면 믿음직한 사람이라는 마음이 들게 할 수 있다. 따뜻한 포옹, 세심한 선물, 감사의 언어 등이 신뢰를 쌓아준다.

셋째는 일관되게 행동하는 것이다. 변함없는 말과 행동은 상대방에게 믿음을 준다. 같은 일들 두고 이랬다저랬다 하고, 말이 오늘 다르고 내일 다르면 신뢰할 수 없는 건 당연하다. 연인의 성장과 행복을 위해 내가 할 수 있는 책임과 의무를 일관되게 해나가는 사람이 좋은 연인이다. 기분 좋을 때만, 상황이 괜찮을 때만 일관성을 보이고 그렇지 않을 때는 예측 불허의 사람이 된다면 신뢰를 줄 수 없다. 궂은날이나 맑은 날이나 똑같은 사람이 좋은 사람이다.

이 같은 높은 수준의 믿음은 어느 날 갑자기 만들어지지 않는다. 이른바 축적의 시간이 필요하다. 내가 지금 첫 번째 단계의 믿음을 가진 상태라면 두 번째 단계를 위해, 두 번째 단계의 믿음을 가진 상태라면 세 번째 단계를 위해 꾸준히 노력하는 게 중요하다. 믿음은 단 한 방에 뭔가를 보여줘서 만드는 게 아니라 매일매일 작은 행동들로 채워가고 키워가는 것이다.

지금 사랑하고 있다면 연인과 손을 맞잡고 언제 어디서나 마음속 깊이 서로를 믿어야 한다. 앞으로 사랑하고 싶다면 내 말과 행동이, 내 평소 습관과 태도가 상대방에게 믿음을 줄 수 있어야 한다. 사랑의 크기는 믿는 것만큼 커진다. 사랑의 온도 역시 믿는 것만큼 적정 온도에 맞춰진다. 세상을 건강하고 활기차게 만드는 것은 돈이나 약이 아니라, 사랑이다. 상대방에게 세상에서 나를 백 퍼센트 믿어줄 수 있는 유일한 존재가 되는 것, 그것이 바로 사랑이다.

같은 곳을 바라보고 함께 나아가다

　사랑하는 사람끼리는 '라포'가 형성되어야 한다. 라포Rapport란 사람과 사람 사이에 생기는 상호 신뢰 관계를 말한다. 서로 마음이 통한다든지, 어떤 일이라도 터놓고 말할 수 있다든지, 감정적으로나 이성적으로 충분히 이해가 가능한 관계를 가리킨다. 라포가 만들어지려면 공감할 수 있어야 한다. 둘이 한곳을 바라보면서 시간이 갈수록 공감의 폭이 크고 넓어져 끈끈한 라포가 형성된다면 어떤 시련이나 역경이 닥쳐도 거뜬히 이겨낼 수 있는 단단하고 아름다운 사랑을 할 수 있을 것이다. 그 출발은 내가 먼저 다가가 공감하는 것이다.

　공감은 상대방 입장에서 그가 경험한 바를 이해하거나 다른 사람의 관점에서 생각해 보는 행위를 가리킨다. 남의 감정, 의견, 주장 등에 대해 자기도 그렇다고 느끼는 것이다.

인간관계에서 벌어지는 대부분 문제가 공감하는 능력, 즉 공감력 때문에 일어난다. 공감은 소통이기도 하다. 말을 해야 할 때 안 해도 문제고, 말을 하지 말아야 할 때 많이 해도 문제며, 말의 의미를 잘못 알아들어서 문제가 생기고, 말의 뜻을 자기 편한 대로 다르게 해석해서 문제가 발생한다. 내가 누군가에게 답답한 심정을 하소연할 때는 공감해 달라는 표시다. 그런데 공감은커녕 그 사람 말을 듣고 이를 평가하고 비판하며 충고한다면 어렵사리 말을 꺼낸 사람은 더욱 화가 나면서 배신감이 들 것이고 두 사람 사이는 멀어질 게 뻔하다.

인간관계를 망치는 방법은 절대 다른 사람의 말을 오래 듣고 있지 말고 끊임없이 내 이야기를 늘어놓는 것이다. 상대방에 전혀 공감하지 않는 태도다. 인간관계론의 바이블로 평가받고 있는 데일 카네기의 《인간관계론》에는 인간관계를 성공으로 이끄는 방법이 소개되어 있다. 언제나 다른 사람이 자신을 중요한 사람이라고 생각하게끔 만드는 것인데, 여기에 필요한 게 바로 상대방에 전적으로 공감하는 태도다. 그에 따르면 인간관계를 망치는 방법은 공감하지 않는 것이고, 인간관계를 성공으로 이끄는 방법은 공감하는 것이다. 타인에게 진심으로 공감하면 겸손하게 되고 존중하게 되고 배려하게 된다. 누구나 자신이 중요한 사람으로 인식되기를 바란다. 아무것도 아닌 존재로 취급받고 싶은 사람은 없다. 나이 어린 사람에게도 예의를 갖춰야 하고, 후배나 부하를 대할 때도 그가 중요한 사람이라는 인식을 가질 수 있도록 인정해야 한다. 타인이 자신을 중요한 사람이라고 여기면 누구나 자존감과 행복감을 느낀다.

공감에는 정서적 공감과 인지적 공감이 있다. 정서적 공감은 타인의 감정을 공유하고 그 감정을 자신의 것처럼 느끼는 것이다. 다른 사람이 겪는 기쁨과 슬픔을 자신의 경험인 양 같이 기뻐하고 함께 눈물을 흘린다. 입사 시험에 떨어진 친구를 꼭 안아주면서 자기가 떨어진 것보다 더 괴로워한다면 그는 정서적 공감 능력이 많은 사람이다. 이런 사람과는 유대감이 강해지고 친밀감이 높아지며 신뢰감이 증진된다. 인지적 공감은 타인의 처지와 관점을 이해하고 그들이 직면한 상황에 관해 지적으로 인식하는 것이다. 다른 사람의 생각, 신념, 의도를 파악하기 위해 감정적 요소는 최대한 배제하고 순수하게 정보를 처리하는 데에만 초점을 맞춘다. 집을 팔려는 사람과 사려는 사람 사이에 인식 차이가 있을 때 공인중개사가 이를 잘 조정해서 양쪽 모두가 만족하는 계약이 이루어지게 한다면 그는 인지적 공감 능력이 뛰어난 사람이다. 이런 사람은 문제를 해결하고 입장 차가 큰 양쪽을 중재하는 능력이 탁월하다.

공감력이 좋은 사람들은 어떤 특징이 있을까?

첫째, 이들은 다른 사람의 말을 진지한 태도로 주의 깊게 듣는다. 건성건성 듣거나 딴짓하며 대충 흘려듣지 않는 것이다. 연인에게 한창 열심히 말하던 중 그가 집중하지 못하고 휴대폰만 들여다보거나 주위를 두리번거리다가 "아, 참. 아까 뭐라고 그랬지?", "잘 못 들었는데 다시 한번 말해줄래?"라고 한다면 말을 더 이어가고 싶은 생각이 없어질 것이다. 내 말을 대수롭지 않게 여긴다고 느끼기 때문이다. 더군다나 답답하다는 듯이 "아니 그게 아니라……"라면서 내 말을 정면으로 반박하거나 부정하는 태도를 보이면 화가 솟구치기도 한다.

　공감력이 뛰어난 사람은 단지 잘 듣기만 하는 게 아니다. 내가 한 말에 "아, 맞아. 그렇지"라거나 "그래, 그럴 수 있지" 하며 적극적인 반응을 보이고, 또한 고개를 끄덕이거나 손뼉을 마주치거나 얼굴을 가까이하는 등 비언어적 표현을 통해 공감을 표시한다.

　둘째, 이들은 다른 사람의 말에 호기심을 갖고 시의적절한 질문을 던진다. "정말 대단하다. 그래서 어떻게 됐는데?" "난 생각도 못 해 봤는데, 그거 진짜 좋은 아이디어다"라는 등의 질문을 받으면 말하는 사람은 신이 날 수밖에 없다. 공감력이 좋은 사람들은 타인의 경험, 지식, 행동, 태도 등에 많은 관심을 보인다. 왕성한 호기심은 높은 공감력으로 연결되지만, 호기심이 없는 사람은 남의 말을 경청하지 않기에 공감력도 떨어진다.

　셋째, 이들은 잘 듣는 것 이상으로 자신이 하는 말에 신경을 쓴다. 아무 말이나 생각 없이 내뱉는 게 아니라 상대방의 기분과 현장의 분위기를 헤아려 어떤 말을 해야 할지 심사숙고한 뒤에 말할 줄 아는 것이다. 말 한마디에 천 냥 빚을 갚는다는 속담이 있을 정도로 말은 잘하면 타인에게 큰 감동과 호감을 주지만, 잘못하면 안 하느니만 못한 역효과를 불러오기도 한다. 말은 사람을 살릴 수도 있고 해칠 수 있는 무기다. 따라서 공감력이 있는 사람은 상대방의 말을 섣불리 판단해 비판하거나 지적하는 말을 하지 않으며, 힘든 일을 겪고 있는 사람에게 말을 건넬 때는 조심스럽게 완곡한 표현을 사용한다.

공감은 상대와의 신뢰를 쌓는 아주 중요한 요소인데, 성별에 따라 그 방법이 다르게 나타나기도 한다. 남녀 간의 관계와 소통에 관해 연구한 학자들의 분석을 종합해 보면 대체로 남성은 사실 여부와 정보 가치에 관심을 두고 문제를 해결하는 데 초점을 맞춘다. 결과를 중요하게 생각하기 때문에 자기 생각과 다르지 않은 결과가 나오면 공감대가 형성된다. 반면 여성은 상대방과의 원활한 관계에 관심을 두고 이를 조율하며 친교를 나누는 데 초점을 맞춘다. 과정을 중요하게 생각하는 까닭에 자기가 생각한 대로 관계가 맺어지면 공감대가 형성된다.

성별에 따라 성향이 다르다는 것이 성차별적이라거나 성에 대한 고정관념이라고 여겨지기도 하지만, 이는 심리학계와 의학계에서 오래전부터 검증되었고 널리 통용되는 이론이다. 《그래도 당신을 이해하고 싶다》의 저자인 미국 조지타운대학교 언어학과 데보라 태넌 교수는 남자와 여자는 의사소통 방식에 차이가 있다는 것, 즉 자신의 감정과 생각을 표현하는 방식이나 받아들이는 방식이 다르다는 사실을 많은 사례를 통해 설명하고 있다. 세계적인 관계 상담 전문가이자 《화성에서 온 남자 금성에서 온 여자》의 저자로 널리 알려진 미국의 존 그레이 박사 역시 남자와 여자는 생각하고 느끼고 반응하고 행동하는 데 있어 많은 부분이 서로 다르다고 주장한다. 정서적 욕구는 물론 정보를 숙고하고 처리하는 방식이 매우 다르다는 것이다.

남성과 달리 여성에게는 감정적 지지, 즉 공감이 필요하다. 여자는 사랑하는 남자가 생기면 무슨 말이든 다할 수 있는 사이가 되길 바라지만, 남자는 아무런 말을 하지 않아도 되는 사이가 되길 바란다는 말이 있다. 이 점을 잘 이해해야 연인 사이에 소통으로 인한 갈등을 줄일 수 있다.

사랑은 공감하기다. 상대방에 대한 공감이 없으면 사랑할 수도 사랑받을 수도 없다. 한 사람을 사랑한다면 모든 주의력을 그 사람에게 집중하게 된다. 그가 어떤 생각을 하는지, 그가 어떤 감정을 느끼는지, 그가 무엇을 좋아하는지, 그가 어떤 말을 하는지, 그가 어떤 행동을 하는지 일거수일투족에 관심을 쏟는다. 그리고 그것은 판단과 비판과 충고의 대상이 아니라 수용과 이해와 공감의

대상이다. 공감은 각자 다른 높이에서 다른 곳을 바라보는 것이
아니라 같은 높이에서 같은 시선을 갖는 것이다. 결국 둘이 한곳
을 바라보는 것, 그게 바로 사랑인 것이다.

기억이 쌓여
추억이 될 때

    첫눈에 반해 용광로처럼 뜨거운 사랑에 빠졌다 하더라도 격렬한 불길은 곧 잦아들게 마련이고 이후에는 온돌방 아랫목같이 은은한 온기가 유지되는 사랑을 하게 된다. 이때 은은한 온기를 유지하게 해주는 것이 바로 추억이다. 추억은 두 사람이 함께한 시간이고, 두 사람이 머물던 공간이며, 두 사람이 서로의 입에 떠넣어 주던 맛있는 음식이다.

    아름다운 추억은 인생에서 보물창고 같은 존재이며 마르지 않는 시간 속의 화수분이다. 사랑은 한때 뜨겁다가도 이내 싸늘하게 식어버리기도 하지만, 오래 묵은 장맛 같은 우정은 뜨겁지는 않아도 차갑게 식어버리지 않는다. 사랑은 계산할 수 있으나 우정은 계산하지 않는다. 이러한 우정을 만드는 것이 바로 추억이다.

한 푼 두 푼 돈을 모아 고대하던 여행을 떠나고, 비 오는 주말 포장마차에 들어가 어묵과 잔치국수로 주린 배를 채우고, 호프집에서 월드컵 경기를 보며 환호하고, 인기 작가의 책을 읽은 뒤 문학과 인생에 대해 논쟁하고, 어렵사리 표를 구해 유명 오케스트라의 연주를 감상하고, 푸른 파도에 몸을 날렸다가 짜디짠 바닷물을 들이마시고, 모닥불을 바라보며 늦도록 이야기를 나누고, 종달새 지저귀는 소리에 일어나 같이 아침 햇살을 맞고, 이글거리는 붉은 노을을 보며 목놓아 노래 부르는 순간은 그때가 아니면 누릴 수 없는 소중한 기억들이다. 이런 짧막한 경험들이 모여 나이테 같은 추억을 만들고 이것이 켜켜이 쌓여 인생이 된다.

좋은 추억을 만들고 기회 있을 때마다 이를 꺼내 음미하는 것은 두 사람의 사랑을 더 견고하게 만들 뿐 아니라 정서 함양에도 큰 도움이 된다. 사소한 다툼이 있어도 그때를 떠올리면 미소가 지어지면서 긍정적인 에너지가 솟아난다.

이처럼 추억이란 관계를 더 돈독하게 만들기도 하지만, 관계에서뿐만 아니라 인생을 살아가는 인간에게도 그 자체로 큰 힘이 된다. 과연 사람이 추억에 잠길 때 뇌에서는 어떤 일이 벌어지는 걸까? 힘들고 어려웠던 시절도 왜 지나고 나면 새록새록 그리워지는 추억이 되는 걸까? 독일 경제학자이자 저널리스트인 다니엘 레티히는 자신의 책 《추억에 관한 모든 것》에서 이 질문에 관한 과학적 탐구를 시도한다. 그는 인생은 연료가 얼마나 남았는지를 알려주는 눈금 장치나 어디로 가야 할지를 알려주는 내비게이션 시스템 없이 떠나는 자동차 여행과 같다고 말한다. 따라서 앞만 보고 직진하거나 신호등에 따라 핸들을 조작하는 일 외에도 틈틈이 백미러를 쳐다봐야 한다는 것이다. 기나긴 인생길에서 종종 백미러를 들여다보는 것은 다름 아닌 추억을 회상하는 일이다.

그에 따르면 기억은 적어도 청춘의 일부를 성인이 된 후에도 보존시켜 준다. 노스탤지어로 알려진 향수는 우울증을 유발하는 병이 아니라 새로운 활력을 보충해 주는 약이고, 슬픔과 쓸쓸함이 아니라 위로와 즐거움을 선물하는 존재다. 심지어 삶에 대한 긍정적 회상이 인간의 수명을 늘어나게 한다는 의학적 연구까지 발표되었다고 한다. 정지용의 시 〈향수〉와 산울림의 노래 〈회상〉이 왜 이토록 오랫동안 사람들에게 사랑받는지를 알 수 있을 것 같다. 사랑하는 사람끼리 공유할 수 있는 아름답고 애틋하고 곰살맞은 추억이 많다는 건 미래에 자유롭게 꺼내 쓸 수 있는 시간 은행에 막대한 예금고를 쌓아둔 것처럼 값진 것이다.

하지만 추억이 마냥 아름답기만 한 것은 아니다. 왜곡된 추억이라는 부작용 때문이다. 예를 들어 괴로운 이별을 경험하게 한 옛 연인에게 다시 연락이 왔다고 해보자. 나를 차갑게 버린 그 사람의 이름이 휴대전화에 뜨는 순간, 이별을 받아들이느라 눈물로 지새운 밤들과 홀로 외롭고 괴로웠던 기억들과 함께 그와의 행복했던 기억들도 머릿속에 주마등처럼 스쳐 지나갈 것이다. 나와의 연애가 지겨워져 이제 그만하고 싶다고 매몰차게 말했던 그 사람이 나만큼 좋은 사람은 없는 것 같다며 다시 나와 만나고 싶다고 말한다면 이 사랑을 다시 시작해도 될지 잠시 마음이 흔들릴 수도 있을 것이다. 그 사람과는 이미 끝난 관계이며 다시 시작해도 끝이 좋을 수 없다는 걸 알더라도 이렇게 고민하게 되는 가장 이유는 기억의 장난 때문이다. 아름다운 시절에 대한 따듯한 추억, 돌아오지 않는 그때에 대한 그리움으로 나쁜 기억은 잊혀지고 좋은 기억만 마음속에 남는 것이다.

므두셀라 증후군Methuselah Syndrome이라는 게 있다. 선택적으로 좋은 기억만 남기고 좋지 않은 기억은 잊거나 왜곡하는 것이다. 사실과 달리 추억을 아름답게 포장하든가 나쁜 기억은 지우고 좋은 기억만 남기려는 심리이다. 구약성경에 등장하는 므두셀라는 인류 역사상 가장 오래 산 사람이다. 아담에 이어 인류의 두 번째 시조였던 노아의 할아버지인 그는 무려 969살까지 살았다. 장수의 상징인 그가 왜 이렇게 좋지 않은 증후군에 이름을 올리게 된 것일까? 그는 나이가 들수록 과거를 회상할 때 좋았던 기억만 떠올리면서 자꾸 그때 그 시절로 돌아가고 싶어 했다. 고달픈 현실과 불안한 미래보다는 흘러간 과거가 더욱 그립고 애틋한 것이었다. 이 같은 므두셀라의 모습에서 므두셀라 증후군이라는 표현이 탄생했다.

므두셀라 증후군은 현실 도피 심리다. 현재의 삶이 힘들고 어려운 사람일수록 과거의 좋았던 기억을 회상하면서 의존하려는 경향이 강하게 나타난다. 가능하다면 과거로 돌아가 그때의 행복을 다시 느껴보고 싶다. 그럴수록 추억은 더 미화된다. 별것 아니었던 일이 좋았던 일로, 고단하고 곤란했던 일이 의미 있고 보람됐던 일로 둔갑한다. 이 과정에서 점점 과거에만 도취하는 부작용을 낳기도 한다. 알고 보면 별로 내세울 게 없는데도 "나 때는 말이야" "내가 왕년에 말이지" 하면서 허풍을 떠는 사람이 있다. 향수에 젖어 현실을 부정하고 과거로 돌아가 심리적 안정을 얻으려는 이런 태도는 일종의 퇴행 심리라고 할 수 있다.

또한 자신을 방어하기 위해 또는 자신이 처한 상황을 유리하게 만들기 위해 과거의 기억을 조작하거나 변형하는 경우도 있다. 이를 회상 조작Retrospective Falsification이라고 한다. 보다 적극적으로 전혀 없었던 일이나 사실이 아닌 것을 과거의 경험에 추가하기도 한다.

인간의 기억이 얼마나 쉽게 조작될 수 있는지를 여실히 보여준 실험이 있다. 뉴질랜드 빅토리아대학교 심리학과 스테판 린드세이 교수의 회상 조작 실험이다. 그는 태어나서 지금까지 열기구를 전혀 타 본 적이 없는 사람들로 실험 집단을 구성했다. 그런 다음 이들 몰래 가족에게 연락해 어렸을 때 찍은 사진을 입수했다. 그러고는 사진을 조작해서 마치 어린 시절 가족과 함께 재미있게 열기구를 탔던 것처럼 사진을 만들었다. 실험에 참여한 사람들에게 그 사진을 보여주며 과거를 회상해 보라고 요청했다. 그들의 반응은 놀라운 것이었다.

"아, 맞아요. 정말 짜릿했죠. 하늘을 훨훨 나는 기분이었어요. 지금도 기억이 생생해요."

"와, 이 사진을 보니까 그때가 또렷이 기억나네요. 너무나 멋진 추억이었어요."

이들은 하나같이 당시를 분명히 기억한다고 말하며 즐거워했다. 일부 사람은 사진에 전혀 드러나지 않은 일까지 자세하게 이야기하기도 했다. 증언 내용이 워낙 또렷해서 그들 말만 들어서는 그것이 회상 조작이라는 걸 믿기 어려울 정도였다. 연구진은 실험이 끝난 후 참가자들에게 보여준 사진이 조작된 것이었다고 알려주었다. 그런데도 그들은 믿지 않았다.

"거짓말하지 말아요. 나는 사진에 나온 것처럼 진짜로 열기구를 탔다니까요?"

"이거 몰래카메라인가요? 아무튼 제가 어릴 적 열기구를 탔던 것만큼은 확실해요."

오래된 일만 조작되는 게 아니다. 방금 있었던 일도 조작된다. 네덜란드 암스테르담대학교 심리학과 마르테 오텐 교수는 실험을 통해 단기 기억 착각에 대해 밝혀냈다. 어떤 일에 관해 아주 잘 알고 있다고 확신하거나 어떤 상황에 대해 특정한 결과를 기대하고 있었다면, 그 일의 실제 결과와 무관하게 3초 전에 일어난 일이라 할지라도 잘못 기억할 수 있다는 것이다. 따라서 아주 최근에 일어난 일에 관한 기억이라도 완전히 신뢰하기 어렵다는 것이 그의 주장이다. 오래전 일이라서 기억이 나지 않거나 왜곡될 수 있을 뿐 아니라 불과 얼마 전 일이라도 얼마든지 거짓으로 조작된 기억이 만들어질 수 있는 것이다. 이렇듯 사람들은 기억하기 싫은 쓰라린 과거를 미화하고 덧칠해서 아름다웠던 시절인 양 믿고 살아간다.

그러나 과거의 추억에 너무 매몰된다면 현재를 버리는 결과를 낳게 될지도 모른다. 추억이란 과거이기도 하지만 현재에도 멈추지 않고 계속해서 만들어진다. 쉼 없이 흘러가는 이 순간도 미래에 돌이켜 보면 과거가 되고 추억이 되기에 후회하지 않을 시간을 보내야 한다. 그러려면 현재에 충실해야 한다. 지금을 잘 살아내는 것이다. 추억은 나중에 시간 많을 때, 여유 있을 때, 돈 좀 모아놓고 나서 만드는 게 아니다. 내일이 오지 않을 것처럼, 지금 사랑하는 사람에게 전심을 기울이면 추억은 자연스레 쌓이게 된다.

환희의 순간을
지속해 나가기 위해

　짧은 한순간일지라도 사랑하는 사람에게 온전한 기쁨을 선사하기 위해 궁리를 거듭하고 계획을 짜며 실천에 옮기는 것, 그것이 사랑이다. 사랑하는 사람이 기뻐할 때, 함박웃음을 터뜨릴 때, 어린아이처럼 즐거워할 때, 흥분과 떨림과 설렘으로 충만할 때, 세상을 다 가진 듯 행복해할 때, 내 몸에서 아드레날린과 도파민이 마구 쏟아지는 것, 그것이 사랑이다.

　이러한 상태는 환희歡喜라고도 말할 수 있는데, 환희란 매우 기뻐한다는 뜻도 있지만 한자를 풀이하자면 '환歡' 자에는 기쁘다는 뜻 외에 '사랑한다'라는 뜻도 있으므로 '사랑의 기쁨'이라는 의미도 된다. 사랑과 기쁨, 사랑과 즐거움, 사랑과 웃음은 동의어라고 해도 과언이 아니다. 사랑하면 기쁘고, 사랑에 빠지면 즐겁고, 사랑하는 사람이 생기면 자연스레 웃음이 나오기 때문이다. 짝사랑하거나, 사랑을 고백했는데 외면당하거나, 걸림돌이 많아 사랑이 이루어지지 못하거나, 사랑하는 이에게 버림받거나 하면 괴롭고 슬프고 눈물이 나오지만, 이 또한 사랑하기에 겪어야 하는 불가피한 일이니 먼 훗날 되돌아보면 미소가 지어질 수도 있다.

남녀가 사랑에 빠지면 신경전달물질인 아드레날린과 도파민 등이 분비되어 감정을 증폭시킨다. 아드레날린은 심장이 뛰면서 흥분하게 만들고, 도파민은 기분이 좋고 행복한 감정을 느끼게 만든다. 따라서 엄숙한 자리에서도 자꾸만 피식 웃음이 나오고, 상사에게 심하게 야단을 맞았는데도 마냥 즐겁기만 하다. 밥을 안 먹어도 배가 부르고, 잠을 안 자도 피곤한 줄 모른다. 사랑에 빠져 있는 동안 인생의 시간은 환희로 가득 찬다.

만약 당신에게 사랑하는 사람이 있거나 현재 연애 중인데, 순간순간 사랑의 기쁨을 맛보지 못하고 세상 그 누구도 부럽지 않을 만큼 환희를 누리지 못한다면, 내가 정말 사랑에 빠진 건지 연애 중인 게 맞는지 진지하게 점검해 보는 게 좋다. 아무리 연애 기간이 오래되었다고 해도 연인 사이에 기쁨도 환희도 없이 그저 무덤덤하다면 문제가 아닐 수 없다. 심지어 사랑하는 사람을 만났을 때 자꾸만 가슴이 답답하고 불안하며 짜증이 올라온다면 연애

전선에 빨간불이 켜진 상태라고 할 수 있다. 환희 없는 사랑은 사랑이 아니거나 위험천만한 사랑이다. 하지만 당신의 사랑에 환희가 있다면 그 사랑은 무엇도 두려울 게 없다.

환희, 즉 사랑의 기쁨을 생각하면 떠오르는 음악이 있다. 그리스의 전설적인 가수로 전 세계에서 아테네의 흰 장미, 천상의 목소리 등 수식어와 함께 극찬을 받은 가수 나나 무스쿠리가 부른 노래 〈사랑의 기쁨〉이다.

사랑의 기쁨은 한순간이지만
사랑의 슬픔은 영원하죠.
당신은 아름다운 실비에를 위해 저를 버렸고
그녀는 새로운 애인을 찾아 당신을 떠나
사랑의 기쁨은 잠시 머물지만
사랑의 슬픔은 평생을 함께해요.

사랑의 기쁨이라는 제목이나 부드럽고 우아한 그녀의 목소리와 달리 가사는 슬픔으로 가득 차 있다. 사랑하는 사람에게서 버림받은 아픈 경험과 기억이 워낙 강렬하기 때문일 것이다. 나는 한 남자를 사랑했다. 그러나 그는 내 사랑을 받아주지 않았다. 그는 아름다운 실비에를 사랑했기에 그녀에게 떠나갔다. 하지만 실비에는 새로운 애인을 찾아 떠났다. 나를 버린 그 남자 역시 버림받은 것이다. 연쇄적인 실연이다. 그래서 사랑의 기쁨은 잠시 머무는 것이고, 사랑의 슬픔은 평생 함께하는 거라고 노래했다. 그러나 역설적으로 영원한 슬픔을 감수하고서라도 한순간의 기쁨을 위해 기꺼이 자신을 던지는 게 사랑이라면, 사랑은 얼마나 위대한 것이고 그 기쁨은 얼마나 큰 것인가? 그래서 그녀는 사랑의 슬픔이 아닌 사랑의 기쁨을 노래한 것이다.

사랑의 환희를 노래한 또 다른 곡이 있다. 오스트리아 빈 출신으로 바이올리니스트로서도 작곡가로서도 모두 성공한 20세기의 거장 프리츠 크라이슬러가 작곡한 바이올린 소곡 〈사랑의 기쁨〉이다. 빈 왈츠의 선율을 인용하여 만들어진 이 곡은 〈사랑의 슬픔〉, 〈아름다운 로즈마린〉과 함께 《빈의 옛 춤곡들》이라는 모음곡에 포함되어 있다.

시작은 매우 경쾌하다. 흥분과 떨림과 설렘이 빠르게 교차한다. 사랑에 빠진 남녀의 쿵쾅거리는 심장 소리가 들려온다. 아드레날린과 도파민이 마구 쏟아지는 것 같다. 환희가 요동친다. '그래, 사랑하면 이런 감정이 되지' 하며 공감하지 않을 수 없다. 이후 감미로운 톤과 풍부한 감성이 녹아드는 연주가 이어진다. 아득하고 포근하다. 사랑이 무르익는 소리다. 흥분과 떨림과 설렘은 이내 식어버린 걸까? 아니다. 고요 속의 환희는 더욱 달콤하다. 선율은 처음

부분으로 돌아가지만, 사랑이 막 시작될 때의 느낌과는 조금 다르다. 흥분과 떨림과 설렘은 어느덧 느리고 여유 있는 멜로디로 변해 있다. 성숙과 원숙의 단계로 접어든 것이다. 후반에 이르러 다시 빠른 리듬이 등장하는데, 이번에는 뜨거웠던 한때를 여유 있게 추억하는 느낌이다. 이처럼 사랑은 시간에 따라 물결처럼 흘러가지만, 그 속성인 환희는 계속된다.

프리츠 크라이슬러의 〈사랑의 기쁨〉 전반부는 받는 기쁨에 들떠 있는 연인을 연상케 한다. 하지만 후반부는 주는 기쁨을 터득한 성숙한 연인을 떠올리게 한다. 기쁨에 들뜨는 차원을 넘어 기쁨을 누리는 수준에 다다른 것이다.

열정적인 사랑에는 유효 기간이 있다. 제아무리 뜨거운 사랑이라고 해도 시간이 흐르면 아드레날린과 도파민 등 사랑의 환희를 만들어 내는 호르몬의 분비가 점차 감소하기 때문이다. 그래서 사랑은 일시적이지만, 연인 관계는 다르다. 서로가 서로에게 주는 자극이 연쇄작용을 해 끝없이 이어져 나가는 장거리 달리기다. 클래식, 팝송, 가요를 막론하고 사랑의 기쁨을 표현한 음악이 이리도 많은 것은 사랑은 환희라는 것에 대다수 사람이 공감하고, 그 순간을 오래도록 간직하고 싶기 때문일 것이다. 사랑은 나를 환희에 빠지게 만들지만, 그 순간은 너무나 짧다. 그러니 나와 상대 모두가 환희의 순간을 지속해 나가기 위해서는 사랑하는 사람을 기쁘게 하는 일에 더욱 몰입해야 한다.

'어떻게 하면 그 사람을 기쁘게 할 수 있을까?'

'그 사람이 제일 맛있게 먹는 음식은 무엇일까?'

'내가 어떤 말을 할 때 그 사람이 가장 좋아할까?'

사랑은 받기도 하고 주기도 하지만, 받는 기쁨보다 주는 기쁨이 훨씬 더 크다. 아름다운 연인 관계를 이루고 싶다면 사랑에 빠져 내가 환희를 맛보는 것에 만족하는 게 아니라 사랑하는 사람에게도 환희를 선사하기 위해 애쓰며 기쁨의 순간이 계속해서 이어지기 위해 노력할 줄 알아야 할 것이다.

하나와 하나가 만나
하나가 되는 일

사랑하는 사람이 생겼다. 그 사람이 보고 싶어 아침에 눈을 뜨고, 종일 그 사람 생각만 하다가, 내일 그 사람을 만날 희망으로 잠자리에 든다. 사랑에 빠진 사람의 눈에는 아무것도 보이지 않는다. 오직 그 사람만 보일 뿐이다. 이럴 때 남자는 그녀를 향한 내 마음, 세상 끝날까지 함께하고 싶다는 간절한 바람을 어떻게 표현할까 고민한다. 기막힌 프러포즈야말로 그녀의 마음을 사로잡을 수 있는 결정적 순간이기 때문이다. 여자는 남자가 프러포즈하면 어떻게 반응할까 고민한다. 받아줘야 하나 거절해야 하나, 약간 뜸을 들이다가 받아줘야 하나 단박에 승낙해야 하나, 고심한다. 일생일대의 순간이고 중차대한 결정인 까닭이다.

프러포즈에 대한 사람들의 환상을 실현시켜 주려는 듯 영화나 드라마 혹은 소설을 보면 기발한 프러포즈들이 등장한다. 붉은 장미 백 송이를 선물한다든가, 명품 가방이나 비싼 보석을 준비한다든가, 자동차 트렁크에 풍선과 케이크를 숨겨 놓는다든가, 호텔을 예약해 근사한 이벤트를 벌인다든가 하는 건 너무 많이 봤던 장면이다. 인파로 가득한 광장에서 결혼해달라고 소리치거나, 길에서 무릎 꿇고 사랑을 고백하거나, 사람을 동원한 기막힌 연출로 여자를 깜짝 놀라게 하면서 청혼하기도 한다. 산꼭대기에 올라가서 하는 프러포즈, 스킨스쿠버 장비를 착용한 채 바닷속에서 하는 프러포즈, 자동차 극장 프러포즈, 갤러리 프러포즈, 라디오 프러포즈, 캠핑 프러포즈 등도 있다고 한다.

그러나 멋들어진 프러포즈보다 더 중요한 것은 두 사람의 진심이다. 프러포즈를 하는 쪽에서는 자신의 진심을 다 보여주면 되는 것이고, 프러포즈를 받는 쪽에서는 상대방의 진심을 확인하면 되는 것이다. 정말 진지하게 생각해야 할 것은 결혼의 의미다. 결혼이란 무엇일까? 나는 왜 결혼하려고 하는가? 결혼 후 맞닥뜨릴 현실적인 문제와 결혼의 가치는 어떤 것일까? 이런 문제에 관해 공부도 하고 조언도 구하고 숙고도 하는 시간을 가져야 한다.

연애는 사랑만 있으면 된다. 사랑하는 시간만으로 충분하다. 사랑이 식거나 변하거나 다른 사랑이 생겼을 때 힘들고 아프지만, 헤어지면 된다. 그러나 결혼은 사랑만 가지고는 부족하다. 고려해야 할 게 너무 많다. 혼자 생각하고 혼자 결정하고 혼자 만족하고 혼자 책임지던 시간이 끝나고, 둘이 생각하고 둘이 결정하고 둘이 만족하고 둘이 책임지는 시간이 시작되기 때문이다. 연애는 감정과 정서로 시작되고 그것만 가지고도 넉넉할 수 있다. 하지만 결혼은 감정과 정서로 시작된 사랑과 더불어 이성과 논리와 과학까지 두루 헤아려야 한다.

결혼을 염두에 두고 있거나 결혼을 결심했다면, 철저하게 준비해야 한다. 찾아보면 예비부부를 위한 학습과 상담 프로그램들이 좋은 게 많다. 관련 서적들도 상당하고 알찬 특강도 여러 곳에서 진행된다. 결혼을 생각하고 있으면서 책 한 권 읽지 않고 심도 있는 전문 강좌 하나 듣지 않은 채 막연히 잘되겠지 하고 손 놓고 있는 건 어리석은 일이다. 결혼은 만만치 않다. 대학 입시나 취직 시험보다 어렵고 중요한 게 결혼이다. 이런 중차대한 일을 앞두고 어떤 공부나 대비도 하지 않는 게 신기할 따름이다. 입시나 취업은 재수하거나 대상을 바꿀 수도 있으나 결혼은 무를 수 없는 일생일대의 모험이다.

많은 청춘남녀가 착각하는 게 있다. 결혼만 하면 저절로 행복해질 거라고 믿는 것이다. 결혼이 행복으로 가는 입구 혹은 지름길인 것처럼 생각하는 거다. 이것은 반은 맞고 반은 틀리다. 이 생각이 맞는다면 이혼이라는 말도 생겨나지 않았을 것이고, 이혼하는 부부 역시 없을 것이다. 장밋빛 미래를 꿈꾸며 결혼했다가 혼인 신고서에 찍은 도장이 마르기도 전에 이혼하는 신혼이혼에서부터 아들딸 낳고 평생 부부로 살다가 검은 머리가 파뿌리처럼 변한 뒤 이혼하는 황혼이혼에 이르기까지 수많은 사람이 이혼하는 건 결혼이 곧 행복이 아니기 때문이다. 행복한 결혼 생활을 유지하려면 엄청난 노력과 수고가 뒤따라야만 한다.

결혼을 결심할 때 대부분 내가 누리게 될 것들과 얻게 될 것들을 떠올리며 기대감을 품는다. 따뜻함, 편안함, 안정감 같은 정서적인 부분도 있고, 부모 형제와의 화목, 경제적 의지와 분담, 이세에 대한 계획 같은 현실적인 부분도 있다. 이에 반해 결혼과 더불어 내가 포기해야 할 것들과 짊어져야 할 것들은 별로 생각하지 않는다. 나쁜 습관과 좋지 않은 버릇, 배우자가 싫어하는 취미나 모임, 부부의 행복에 방해가 되는 친구나 사람들 같은 건 포기해야 한다. 행복한 가정에 걸림돌이 되는 모든 걸 포기하고 오직 내가 사랑하는 단 한 사람만을 바라보기로 작정하는 게 바로 결혼이다. 어마어마한 것이다. 포기는 곧 결혼의 시작이다.

짊어져야 할 것들도 많다. 결혼에는 많은 의무와 책임이 동반된다. 열심히 일해 돈을 벌어 가족을 부양해야 하고, 일하지 않는 시간을 배우자와 가족을 위해 더 많이 할애해야 하며, 배우자의 부모 형제를 돌아보기 위해 시가와 처가를 빈번히 둘러봐야 한다. 내가 조금 더 힘들더라도 배우자를 위해 장을 보고, 음식을 만들고, 상을 차리고, 설거지하고, 빨래하고, 청소하고, 아이를 보는 등 가사와 육아에 힘을 쏟아야 한다. 내가 조금 귀찮더라도 배우자가 편안하고 행복한 시간을 보낼 수 있도록 신경 쓰고 배려해야 한다. 달콤하고 즐거워 보이는 일이 나를 유혹하더라도 배우자와 가족을 위해 곁눈질하지 말아야 함은 물론이다.

부부 문제로 심각한 갈등을 겪고 있는 사람들을 상담해 보면 자신을 반성하고 자기 잘못을 뉘우치는 사람보다는 배우자의 문제를 지적하고 비판하는 사람이 훨씬 더 많다. 자신은 상대에게 맞춰주고 인내하면서 가정의 평화를 지키기 위해 무진 애를 썼지만, 배우자가 자기 멋대로 살면서 평지풍파를 일으킨 까닭에 이 지경까지 이르게 되었다는 하소연이다. 정도 차이가 있을 뿐 양쪽 의견이 비슷하다. 진료실 공기는 배신감과 억울함으로 가득 찬다. 외도, 성격 차이, 경제 문제 등 이혼 사유는 각양각색이지만, 이혼을 앞둔 부부의 경우 자기 자신을 깊이 성찰하기보다는 상대방에게 온갖 비난을 퍼붓고 화살을 돌리는 게 보통이다.

그러나 법적인 책임이 누구에게 있든지 결혼 생활이 파탄에 이르게 된 것은 남편과 아내 모두에게 일정한 잘못이 있게 마련이다. 파경의 위기를 맞은 부부에게 내가 꼭 해주는 말이 있다. 잠깐만이라도 과거로 돌아가 보라는 것이다. 더 이상 서로를 견딜 수 없어 괴로운 부부라 할지라도 처음엔 오직 서로를 사랑하는 마음이 가득했다. 처음 만났을 때, 가슴이 두근거렸을 때, 집 앞까지 바래다주고 돌아서며 아쉬웠을 때, 첫 키스를 하느라 진땀을 흘렸을 때, 수없는 망설임 끝에 마침내 프러포즈했을 때와 얼떨결에 이를 받았을 때, 그때의 흥분되고 설레던 마음을 떠올려 봐야 한다. 두 사람이 그토록 간절하게 사랑에 목매던 시절이 있었는데, 어쩌다 이 지경에 이르게 되었는지를 차분하게 하나씩 복기해 보라는 것이다.

내가 상대에게 받고 싶은 것, 상대로부터 원하는 것을 먼저 헤아리고 기대하면 실망과 상처가 남을 수 있지만, 상대에게 주고 싶은 것, 상대를 위해 내가 포기해야 할 것을 먼저 헤아리고 실천하면 기쁨과 만족을 얻을 수 있다. 적어도 실망과 상처는 남지 않을 수 있다.

최근에 한 영상 프로그램을 보고 큰 감명을 받은 적 있다. 두 사람은 얼굴이 잘 알려진 배우 부부다. 나란히 앉아 대화하다가 남편이 시청자를 향해 진지하게 이렇게 이야기했다.

"저는 결혼하면서 예전에 알던 모든 인간관계를 다 끊었습니다. 대학 친구, 같은 일을 하는 지인, 자주 만나던 동료, 모든 관계를 정리했습니다. 그들과 만나고 어울리고 연락하지 않으면 살 수 없을 줄 알았습니다. 그런데 그렇지 않더라고요. 다 끊어도 사는 데 아무런 지장이 없었습니다. 저와 제 아내, 아이들 우리 가정을 최우선으로 하는 삶을 살다 보니 정말 행복합니다. 가정의 행복에 방해가 되는 것들, 가족과 보내는 시간을 침범하는 것들을 다 정리하는 게 좋습니다. 아내도 아이들도 너무 만족스러워합니다. 진짜로 행복합니다."

그의 행동이 너무 극단적이라고 생각하는 사람도 있을 것이다. 하지만 이 정도의 각오와 결단 없이 사랑과 행복이 가득한 온전한 가정을 만들고 유지하기는 쉽지 않다. 결혼이란 그런 것이다. 헌신과 희생이 없는데, 아무도 손해 보려 하지 않는데, 누구도 힘들고 궂은일을 도맡아 하려고 하지 않는데, 사랑과 행복이 가득한 가정이 저절로 만들어지고 유지되지는 않는다.

나를 만나기 전 외로운 별 하나였을 그 사람을 바라보자. 아직도 그가 외로운 별 하나라면 반짝반짝 빛나는 별로 만들어주지 못한 내게 책임이 있다. 둘이 반짝반짝 빛나는 하나의 별이 되려면 지금 시작해야 한다. 더 많이 사랑하고, 더 많이 안아주고, 더 많이 고백하고, 더 많이 헌신해야 한다. 사랑은 어음이 아니라 현금이다. 막연한 미래에 대한 장밋빛 청사진보다는 지금 내 앞에 있는 사람을 향한 성실하고 즉각적인 각오와 결단이 더 중요하다.

내가 너를
바꿀 수 있다는 착각

초판 1쇄 발행 · 2025년 3월 31일

지은이 · 이성찬
펴낸이 · 김동하

기　획 · 유승준
편　집 · 최선경
디자인 · 김수지
펴낸곳 · 책들의정원
출판신고 · 2015년 1월 14일 제2016-000120호
주　소 · (10881) 경기도 파주시 산남로 5-86
문　의 · (070) 7853-8600
팩　스 · (02) 6020-8601
이메일 · books-garden1@naver.com

ISBN · 979-11-6416-236-9 (03810)